關原之戰 中

司馬遼太郎

劉立善 譯

目錄

大津一夜

距今稍前的七月中旬，石田三成的家老島左近化裝成越後一帶富裕的鄉士，進了大坂。

目的是到大坂搜尋情報，聯繫大名。

左近領著三名隨從，帶一杆長槍。化名會澤鄉右衛門，旅館訂在愛宕町。

旅館雖在愛宕町，左近卻幾乎每天在聚樂町的妓樓尋花問柳。

在聚樂町玩膩了，便遠去堺尋歡。堺的妓樓在日本數第一，論酒器，許多妓樓都有西洋風格的玻璃杯和銀器等；論酒類，竟擺著葡萄酒等。

左近對其中的「金魚屋」情有獨鍾。

這座字號奇妙的妓樓，每間房裡都擺置著西洋玻璃魚缸，養著紅、黑、白色的金魚。故而市裡都通稱為「金魚屋」。

不言而喻，左近來這種地方，目的是探聽街上的小道消息，瞭解家康和三成的人望評價，會晤大名的家老與軍火商。其次，還由於他性喜風流吧。

在金魚屋，左近總是點來「洗禮名」（編註：天主教風格的名字）曰瑪麗亞的煙花女子耍歡做樂。

「是何理由？」

瑪麗亞曾這樣問過他。

「指什麼？」

「來金魚屋的理由。是因為喜歡我，對吧？」

瑪麗亞有點受洋人影響，話喜歡說半截。

「是啊。是因為喜歡妳喲。」

左近頷首。該日，左近坐在中國風格的紫檀椅子上，時而望著玻璃杯中的酒，時而眺望窗外。視線越過對面的屋脊，可以望見大海，可以望見中國船、西洋船、日本船以及樣式各異的桅杆與船帆。左近喜歡這一片風景，所以來金魚屋總是到「朱江之間」。這房間的主人是瑪麗亞，自然就變成選擇她了。瑪麗亞去過澳門，是個「海外通」，說起話來妙趣橫生，決不讓左近感到膩味掃興。

「『天川』（澳門的別稱）真的是那麼有意思的地方嗎？」

「那地方，無法形容。去過龍宮沒？」

「沒去過哪。」

左近滿面微笑。

「跟龍宮一模一樣。有葡萄牙城、總督府、南蠻寺、中國的朱寺。海港裡停著來自世界各地的船舶。」

「也有日本人嗎？」

「當然有喲。有日本商人，也有日本浪人。我遇到的武士中，就有人一本正經說，想殺進葡萄牙城，當城主。」

「感覺真不錯啊。」

左近似乎喜歡那個在異國大吹牛皮的男子漢，哈哈笑了起來。

瑪麗亞好像喜愛西洋音樂，關於樂器和音色，她談得如癡如醉。

天正十九年（一五九一），印度總督使節來到聚樂第（編註：豐臣秀吉位於京都的豪邸）時，左近跟隨三成前往，聽過洋人的演奏。

順便一提，或許是受到信長的感染，秀吉也酷好西洋器物，大坂城的寢室擺著四張豪華床榻，以享受躺在床上的感覺。當政者的嗜好自然會影響大名和商人。堺占了地利之便，出現瑪麗亞這樣的崇洋煙花女子，亦屬理所當然。

左近換了話題。他想知道在堺這個地方，人們對豐臣家心懷何種感情。

「在天川，」

瑪麗亞說道：

「據說許多葡萄牙人聽到太閤大人作古的消息，都斷言接班人該是內府大人了。」

「是家康嗎？」

「是，江戶內府大人。葡萄牙人覺得內府大人比較好。」

秀吉是曠世英雄，名聲遠揚海外，但同時也招致人們懼怕。秀吉吹牛說要攻下大明，奪取呂宋（菲律賓），這些大話通過明朝海商很快就傳遍海外。但那未必僅是大話，秀吉晚年渡海攻打朝鮮一事，即可為證。豐臣政權推行秀吉那種旁若無人的外交政策，其名聲在海外決不會予人良好印象。在某種意義上，人們都視他為倭寇的總大將。

「來堺的中國人和西洋人都說，還是德川大人穩重厚道啊。」

「原來如此。『穩重厚道』啊。但洋人會說出那話來，許是此地商人告訴他們的吧。」

左近說道。若是如此，那就代表了堺的商人已對豐臣政權絕望棄之，而有迎接德川政權的心理準備了。

「瑪麗亞，」

左近微笑著，巧妙問她如何看待豐臣政權。「私下問妳一句：妳喜歡太閤大人嗎？」

「不。」

瑪麗亞回答。她默默將胸前的十字架托在手掌上給左近看。她信仰天主教，而晚年的秀吉鎮壓過天主教，所以她不喜歡太閤其人。

「這也難怪。但如果家康取得了天下，天主教命運會如何？」
「會得到寬鬆對待。」
瑪麗亞斬釘截鐵地說。
「聽誰說的？」
「我們教徒都這麼認為。德川大人肯定會寬鬆以對。」
（手都伸到這裡來了！）
左近不能不驚愕了。為了拉攏同情天主教徒的大名或大商人，家康及其謀士大概正計劃性地散佈那種流言吧。不僅天主教，針對重視貿易的堺的商人和九州大名，他們還散播如此流言：
——到了德川大人的時代，貿易會更加繁榮。
否則，來到堺的西洋人與中國人不會對家康寄予那麼大的期待。
左近潛伏大坂和堺期間，前往上杉景勝的大坂宅邸，與即將返歸會津的景勝及其家老直江山城守道別。左近躬訪位於玉造的上杉宅邸的那個黃昏，天空又下起了雨。
「誠如大人先前所言，山城守大人是『雨男』呀！」
左近接受邀請，在茶室裡一坐下來，就說了這句話。明日，上杉家的主從就要組隊回歸領國會津，今夜卻下雨了——是否會下整通宵，直到明天呢？
「非也。左近大人一進門，就開始落雨了。這雨男不是在下，當是左近大人喲。」
「也許。」
左近朗朗笑道：「按在下這種德行，是否一旦交戰，也會下雨啊？但願那時能降下吉雨！」
「卻說……」
山城守膝蓋向前一湊，開始謀劃戰略。
不消說，基本方針早已定好。其史無前例的宏大構想是，上杉於會津舉兵，將家康大軍誘至東邊，三成趁機在西邊舉兵，雙雙呼應，夾擊家康，由東西兩側步步進逼，於日本列島中部某地，一舉全殲家康軍團。

「卻說那個構想，何時付諸實施？」

這是關鍵。何時付諸實施，取決於上杉家的戰備進展。畢竟是誘天下大軍深入的防衛戰，從形勢看，會津一百二十萬石領地必須全部要塞化。

「不言而喻，主城若松城需要大規模改造。」

山城守屈指計算各地必須新動工修建的和改造的分城。

「小峰、白石、福島、森山、梁川、豬苗代、金山、鯰貝、藤島、二本松、大寶寺、大浦、津川、須賀川、酒田、中山，這十六座分城必須儘快改造。還要在國境峻嶺設要塞，開闢道路。統計起來，這些工程最快也要明年春夏才能完成。」

「需要一年？」

「是的。十個月或一年後，在下將於東邊會津點起戰火。」

「明白。」

其間，石田家在西國必須做的是運作聯合各大名。此事大概不用左近參與，三成自己就做了。

「穩操勝券。」

直江山城守說道。左近也有同感。此一構想若得以順利推進，且有當代兩大名軍師分別在東西兩地指揮作戰，從軍事上無論怎麼看，都不會失敗。

這時，左近又開腔了。是自己潛伏大坂和堺時，獲知豐臣政權竟然不受愛戴之事。

「在下早就察覺了這點。」

左近說道。秀吉晚年征伐海外、奢侈地大興土木，導致各大名領地的經濟明顯疲敝，物價飆升，百姓度日艱難。大部分人的心願是：

——不希望這樣的政權在秀吉死後繼續存在。

左近淡淡說道：「不過真沒想到情況如此嚴重。」

但打倒家康之後，應該建立什麼樣的政權？左近說道：

「這可是必須考慮的大事呀！」

左近建議，恢復民力、緩和對天主教的壓制、鼓勵貿易、停止戰爭等等，這些政策應該現在就開始放出消息，否則從大名到百姓都暗中翹盼改朝換代，家康會巧妙順應這股時流，建立起自己的政權。

「左近大人可知道在野的學者，藤原惺窩？」

「不知道。」

「聽說這位學者也這麼認為。明天歸國途中，夜宿伏見，我想去拜訪他。」

「這樣呀。」

左近對學問興味索然。嗜好學問這一點，直江山城守在當時的武將當中十分少見。左近覺得，舉出藤原惺窩的名字，這是山城守風格的嗜好，他並沒在意。

順帶一提，藤原惺窩是當時唯一的在野學者，不隸屬任何寺院和大名，以專攻學問獨立於世。

許多大名想招募他，聽其高見，然而，誰也不願出豐厚祿米將之招納。大名招儒學家擔任儒官的風氣，直到德川時代才形成。

惺窩乃公卿冷泉為純之子，在戰國戰亂最激烈的永祿四年（一五六一），生於播州三木郡細川村。後在相國寺出家，還俗後以學者身分立世。

生在不尊重學者的日本，惺窩懊悔異常。就連秀吉都不欲招納惺窩這樣的學者，聽其學說。因此秀吉在世時，惺窩似乎就憎恨他。

朝鮮戰爭時期，惺窩在伏見城下與朝鮮俘虜姜沆進行過筆談。惺窩道：

「目前，日本征伐海外，百姓疲敝。倘若大明與朝鮮聯軍以安撫日本國民為宗旨，登陸博多，大軍所到之處皆貫徹其心，那將大受日本百姓歡迎，轉瞬間就可席捲至奧州白河關。」

日本僅以長於舞刀弄槍者立世，惺窩羨慕大明與朝鮮通過科舉制度，根據學問錄用官吏。他對姜沆說：「自己為何沒生在那樣的國家？為何沒生在大明與朝鮮？」事實上，秀吉政權鼎盛時期的天正十九年

（一五九一），惺窩為逃出日本，南下薩摩，準備從坊津乘船出海之際，終因患病，未果。

（若是藤原惺窩，可能會暗示接下來的時代應如何運行。）

山城守這樣自忖，是因為他發現自己也厭膩了秀吉的治世手段。

接下來為冗筆。直江山城守歸國途中，拜訪了伏見的惺窩茅廬，語言莊重地說明來意。不知何故，惺窩佯稱外出，避而不見。翌日，隊伍出發，惟有山城守留下來二顧茅廬。這一次惺窩真的不在家。山城守長歎而去。惺窩歸來，聽聞山城守到訪的情況，為其一腔熱誠打動。

「我去追他。」

惺窩一身道服裝束，快馬加鞭，穿過山科，進入大津館驛，總算追上了。山城守大喜，將惺窩迎入館驛，讓在上座，自己遠遠坐在下座。

「有何貴事？」

惺窩問道。按惺窩想法，交談必須儘快告一段落，好抓緊時間走夜路返回伏見。山城守頗覺遺憾，說道：「本欲多多請教，怎奈旅途時間倉促，在下可否僅請教一事？」

「所謂『一事』？」

「即『義之道』。」

「義」是謙信以降上杉家的家風之中，上杉景勝和山城守最喜好的理念。

「請講。」

惺窩回答。

「古聖賢語，有『繼絕扶傾』之說。」

山城守道。此語涵義是，為行將絕後的家立起繼承者，扶起即將傾倒的家，此乃「義」者之道，暗指扶助豐臣秀賴。

「當今之時，」

山城守低聲說道：

「在下欲行義，不知先生尊意若何？」

惺窩沉默了。為了義而討伐家康，這樣的密事，堂堂正正地和盤托出，惺窩不知如何回答是好。最後，惺窩默默離座，走出屋舍，駐足簷下仰望群星。

「天心未悔禍乎？億兆生靈將再受塗炭之苦。」

惺窩留下此語，辭別了大津的館驛。總之，惺窩大概懼怕山城守以「義戰」為豪壯之舉，時代將再次倒退至戰國之世。儒學家惺窩信奉的是當時超新鮮的政治哲學——「國政對民須以行仁為本」。謙信以後的武俠之徒山城守，其豪壯之氣令惺窩感動；但他今後要發動的大義之戰將帶來的慘禍，又令惺窩不由得渾身戰慄吧。

翌晨，山城守從家臣口中，聽到了惺窩駐足屋簷下的獨語。

「仁若是孔孟之道，義也是孔孟之道。惺窩先生雖賢，卻非男子漢。」

言訖，山城守奔向了東國。

分銅屋

島左近潛伏大坂之際，另一個情報搜集者從佐和山進入了大坂。

與粗獷的左近不同，此人身穿華麗衣裳，姿容引人矚目。她就是初芽。三成賦予初芽任務，對她說：「以問候淀殿為由，妳去一趟大坂。」而真正目的是探聽殿上的傳聞。宮中婦女的特性是嗜好說長道短，具有男人所無的觀察角度。大坂城裡，包括女官在內，婦女近萬人。顯然流傳於她們之間的傳言也值得搜集。

初芽一行人進了大坂，登上大坂城本丸，見到淀殿身邊的女官大藏卿，說了一番問候舊主的話，接著便閒聊了起來。

「聽說治部少輔大人隱退之後，佐和山城深溝高壘，修築角樓，招納諸國浪人。這些小道消息是真的嗎？」

中年貴婦人大藏卿反倒想探聽三成的近況。此語並非出自政治意圖，大概像後世想探聽演員隱私的那般心理吧。之所以提到演員，乃因三成在秀吉身邊的時候，他在女官之間人氣極盛。這位受同性厭惡、手腕精明強硬的奉行，從女人眼中看來，他的

狷介反倒成為一種潔癖美德，不容邪佞的性格則化作純情無垢的特質。加之三成的舉止脆快豪爽，除了有一種性魅力外，更重要的是，他與加藤清正、福島正則等魯莽大名不同，對女性十分親切。因此就連徐娘半老的大藏卿也樂於探聽三成的近況了。

關於大藏卿問話中修築城堡與招納浪人之事，

「不曉得。」

初芽這樣回答：

「奴家是個女流之輩啊。」

「但是，城裡若搭起鷹架，民伕幹活，即便女人也會知道正在大興土木呀。」

「要是那種規模的工程，的確是刻正進行中。主公長時間住在大坂，一旦返回領國，大概發現城池有些地方不如寸意吧。」

「這不是在備戰嗎？」

「不是。」

「初芽，」

大藏卿低語：

「這件事不必瞞我，從實道來！治部少輔大人準備挑戰那個三河奸人吧？」

初芽困惑沉默。大藏卿繼續說道：

「加藤、福島、黑田等太閤一手養大的大名，現在腰杆都已經軟了，拜倒在江戶老人腳下。我覺得當今世間已沒有豪俠之士了。以前我認為僅有以爭強好勝著稱的治部少輔大人例外。不，現在仍這麼認為。治部少輔大人看似隱退，隻身返回了佐和山後，聽說在深溝高壘，廣納豪俠之士，『不出所料！』殿上欣喜得簡直想高聲歡呼了。初芽，可否說一說那邊的事，讓我們也高興高興？」

初芽回答：

「即便大人準備得無懈可擊，也不能由初芽口中說出呀。只有靠您推測感悟了。」

「哎喲！」

大藏卿對這回答非常滿意。「作為交換，家康方面的動靜，只要我知道，也都說出來。雖是過頭的話語，但今後如果出現嚴重事態，這邊會差遣密使速去佐和山報信。」

「求之不得喲。」

根據大藏卿的講述，本丸殿上的武士、女官、司茶僧等，對家康的憤怒與憎恨非比尋常。怎奈西丸家康的權勢非常強大，那派頭儼如事實上的大坂城主，開始對大名頤指氣使了。

「人心不可靠哪。」

那些大名也真是不成樣，大藏卿說道。他們分別從家康的家臣那裡要來了休息室，問候家康登城之後，即便沒事也待在休息室裡。待在規定的房間裡，這就是他們擁戴家康為天下人的證據。他們登大坂城卻不來本丸，幾乎都只出入西丸。秀吉故去尚未一載，世間就已變成這樣子了。

「這些事說起來都嫌髒嘴，本不想說。那幫傢伙都是些吝嗇鬼。」

大藏卿觀察入微。所謂「那幫傢伙」，即指家康及其幕僚的三河眾人。他們駐紮西丸的費用，幾乎全由豐臣家支付。

「瞎說。」

初芽笑了起來。再吝嗇，世間也不至於有這等事。無論戰時還是平時，諸大名的活動經費，譬如居住大坂宅邸的費用，全部自理。不可能惟有家康例外。大坂城和城裡的所有錢財物品都是豐臣家的財產，並非家康可挪為己用的東西。

「不，千真萬確。」

「如果當真，家康豈非盜賊?!」

任意進駐豐臣家的居城，不僅自己享用豐臣家的米糧，還讓帶來的幾千家丁也吃城內糧倉裡的米。神經錯亂了吧?這麼一想，初芽憤怒得臉色蒼白。

「島左近好像來到大坂了。」

本多正信得到這情報後，從自己家臣中選出二十名能手，命令他們四處搜索。
「發現後，當場斬首！」
正信叮囑道。
未久，正信詳細掌握了左近的動靜：他單身潛入，住在愛宕町的旅館，幾乎每日泡在堺或者大坂的妓樓裡耍歡，在那裡晤人，或者去別人家的宅邸。
（好大的膽量！）
正信暗思。但他覺得此乃求之不得的大好事。若在戰場上，指揮一萬大軍也難以擊敗的左近，如今不帶隨從，潛藏於市街某處。
（無論如何也要宰了他！）
殺了左近，等於減去了佐和山石田軍團一半的威力。
翌日黃昏，正信被家康叫去了。正信剛想稟報：「將秘密殺死左近！」家康卻開了一個意外的話題，即佐和山的新情報。
「柴田彌五左衛門從佐和山歸來，剛才到萬千代（井伊直政）處覆命了。」
家康說道。五天前家康與正信商談之後，欲打探三成以何種心思過著隱退生活，便想出一計，選一個適當專使赴三成處，讓他厚著臉皮對三成這樣說：
「前田利長正於金澤城策劃謀反，遲早須征討之。倘若前田家和德川家斷絕了關係，拜託三成大人站到德川一方。」
「且看他如何回答。」
據此，便多少能瞭解到三成的心機。
「有意思。」
於是立即選派豐臣家的中立派、「馬廻役」（近衛隊員）柴田彌五左衛門前往佐和山。他回來後向井伊直政做了報告。
「彌五左如何說的？」
「哎呀，據說治部少輔款待彌五左，並說：『當使者一路辛苦了！』贈給彌五左一柄國光打造的短刀。接著爽快表態：前田家若和德川家斷絕了關係，㓗人欣然跟隨德川大人。」
「『爽快』？」
正信玩味著這個詞。對於這麼重大的事情，多年來反德川的三成竟馬上就做出了「可以」、「站到德川大人一邊」的回答，實屬怪異。
「真是一條狡狐。」
正信說道。家康和正信之間的隱語稱三成是「佐和山之狐」。彼方是狐，此方是狸，都在為迷亂人心而施展秘術。
「對三成的如此答覆，有何感想？」
「『佐和山之狐』快要下定決心與主上開戰了。為了贏得備戰時間，眼下佯裝順從主上，此方無論如何挑釁找碴出無理的難題，他都會採取這樣的態度：『是嗎？完全服從命令。』由此看來，治部少輔發動叛亂一事，明若觀火。」
「彌八郎也如此判斷？」
「主上也是？」

「啊，所見相同。說此人是狡狐，變招兒卻很嫩。」
「看來是隻幼狐，根本鬥不過主上。」
「更鬥不過彌八郎了。」
君臣相顧而笑。說到底，此二人面對三成舉兵泰然不驚。莫如說他們盼望三成舉兵，趁機可奪天下為己有。故此，嗅到了佐和山之狐「謀反」氣息，這對野心勃勃的家康來說，是莫大的喜訊。
「彌八郎，三成肯定能起來鬧事嗎？」
「毫無疑問。現在臣手裡握著一個證據。」
「何種證據？」
「左近大膽裝扮成越後的鄉士，隻身來到大坂，到處探聽各家的心機。對於石田家來說，左近可謂至寶級的軍師。這樣的軍師不顧危險，隻身潛入大坂，必是有了密謀之後，才有這般舉動。」
「所謂密謀，就是舉兵吧？」
「那當然。」
「然而，何時起事？今年底，還是明年初？」

「上杉家呢？」家康也得知此事了。

「如果上杉家呼應而起，但其進駐領國還不到兩年，估計戰備工作還需要半年。於是舉兵當在明年暮春或者初夏。」

「好令人心焦喲。」

家康咬著指甲說道。話雖如此，家康卻半欣喜半戰慄。因為如果三成成功拉攏了諸大名，明年暮春或者初夏，自己必然被踹落地獄裡。

其後，初芽在城內大藏卿的宅邸逗留數日。某日，隱身市街的左近差人送信來，初芽去了左近下榻的愛宕町旅館。初芽沒穿綢緞之類的貴重衣料，身著素淡的肥袖衣裳，像下級武士的女兒往寺院參拜的打扮，領著一名女童。

初芽進了旅館，在深處一座獨立屋軒面晤左近。

初芽張開小巧紅唇，講述了殿上議論的各種傳言。

「都一味議論著治部少輔何時奮起舉兵呢。」

「看來，傳言散播得很廣啊。」

「是因為沒保住秘密嗎？」

「開什麼玩笑，」

島左近回答：

「事情有時會出現特殊情況，即傳言先行。人們認為石田三成將有舉動，若動，當在何時？期待與觀測混雜成傳言，城內城外四處紛飛。莫如說我們是配合傳言行動。這種情勢下焉能保住秘密？倒不如堂堂正正運作為宜。」

「島大人在市街間暗中活動的傳言，也散得沸沸揚揚。這事兒也是堂堂正正的嗎？」

初芽的口氣略帶諷刺。左近苦笑說道：

「我是主公授以指揮權的戰場大將。身心都適合堂堂正正做事。沒掌握鬼祟化裝躡步行走避免暴露的技巧。」

「關於上杉中納言的流言，也散播得很熱烈。據說學者藤原惺窩每次去德川派的大名宅邸，就說上杉中納言歸國途中，其家老直江山城守在大津面晤了自己，和盤托出了秘密。」

「確實。」

山城守見了那個學者嗎？首先，那件事左近是知道的。

（幹了一件沒用的事。對學者之流說出秘密，後果如何？山城守那樣的人物應當心中有數呀。）

左近說道：

「哎呀，說到底，我也好，山城守也罷，都是戰場上的能人，不適合玩弄這種陰謀。」

「大人呢？」

初芽終於以三成為例，提了出來。

「大人也是這樣。他是個智慧洋溢的人，智慧都從口中流溢出去了。我和他都不適合擔任目前這種狂言劇的演員。」

「適合演出這齣狂言劇的人，好像都早就站到德川大人那邊去了吧？」

「沒錯。德川那方有好幾位名演員。藤堂高虎、黑田長政、細川忠興都是。還有操縱他們的家康和正信，他們真是玩弄陰謀的稀世高手。」

「天黑之前送妳回去吧。」島左近手握腰刀，站了起來。

來到戶外，左近頭戴深斗笠遮顏，悠然走在初芽不遠的前頭，不久送到了京橋口。左近望著初芽被城門吸了進去，便轉身往回走。

（噯，去聚樂町的妓樓吧。）

左近沿著護城河向前走去。城牆頂千貫角樓周邊的松樹上，飄蕩著暮色。

（有人跟蹤。）

當左近察覺時，已經過了本町橋，進入了船場。左近並不介意地走著，到了十字路口就停步，佯裝迷路的樣子。盯梢者的人數、臉型及每個人的步態、坐相，左近都機敏地辨認出來了。

左近走入了聚樂町。妓樓有二十家左右，高高的屋簷鱗次櫛比。簷下的燈籠已經點亮了。左近在「分銅屋」門前停下了腳步，在女子嬌滴滴的接客歡聲中，鑽了進去。

左近的身影在路上消失之後，盯梢者的行動倏地活躍起來。人數也增加了許多。

小野的山野

「來酒！」

左近仰臥著舉杯，枕著妓女肥白大腿高高隆起的部位。

「哎喲，又喝乾了？」

左近喜歡的分銅屋的妓女名曰朱鳥。她拿起酒壺替左近斟酒。

「真是極樂世界呀！」

左近得意洋洋地笑了。

「您說哪兒呢？」

「這兒。」

指的是朱鳥的大腿。

血液的溫度使朱鳥的大腿皮膚溼潤潤的，島左近的臉貼上去，感到非常舒服。

（今天老子要殺人了。）

左近邊喝酒邊自忖著。

卻說左近鑽進分銅屋時，就喚來了一個隨從阿吉，小聲說道：

「外頭有武士數人，不，也許已增加到十人以上了。許是等我出門時將有伏擊。」

「是。然後呢？」

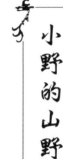

阿吉的眼睛倏然閃過一道亮光。阿吉決非尋常之輩，他是埋伏在大坂市街裡的石田密探之一。

「不知是本多的部下還是井伊的家臣，但毫無疑問，這些人都與家康相關。」

人若犯我，左近準備先堂堂正正自報家名：「老子是石田治部少輔家臣島左近！」再漂亮地揮刀砍殺。

「公諸於世，讓世人去評論吧——家康暗殺左近這傳言一旦散播開去，那可是有失體面的。」

「有道理。」

由此，家康在市井的人氣會大大降低，其陰險、奸佞的印象必然更加鮮明。

「老子要讓人們看看熱鬧。阿吉，辛苦你一趟，速去宇喜多家、小西家等，通知他們說聚樂町有熱鬧可看了。但要補充一句，告訴他們不必幫忙。」

左近一一點出關係密切的家老名字，頤指「速去！」然後鑽進了朱鳥的房間。

左近一杯復一杯地喝著。他鯨吞牛飲，綽號「酒仙左近」，而且酒後從不誤事。

朱鳥在左近的央求下，講著街上雞毛蒜皮的傳聞，講完了，她央求左近：

「會澤大人，給奴家講一講越後的故事吧。」

為了強化即將發生的事件效果，左近認為繼續使用化名已經毫無意義，便說道：

「老子不是越後的會澤。」

「何處？」

「雖然也家住鄉間，卻是離京城不遠的鄉間。」

「江州佐和山。」

「莫非是石田大人的人？」

「正是。」

左近扒開了朱鳥的大腿，手指插進了私處。

「哎喲，好癢啊！」

「對不起。」

說著，左近撫觸著朱鳥股間的溼潤之處，笑容滿面。

朱鳥無可奈何，悄聲說道：

「真拿您沒辦法。」

「真怪，上了年紀做這種傻事，卻是最大的消遣嗜好。」

「石田大人的哪一位呀？」

「說老子嗎？」

「是啊。」

「島左近。」

啊！朱鳥倒吸了一口涼氣。她對貼在自己大腿上的那張臉望了片刻，流露出難以置信的表情。島左近可是個名震遐邇的軍師呀。

「淨騙人。」

言訖，朱鳥低聲浪叫起來。島左近的手指在朱鳥的肉體深處微調妙動著。朱鳥疑惑不解：果真是左近，他能做這種事嗎？

「若是島大人，他的老家在大和國的平群。」

「知道得可真詳細呀。」

………………………………………………………………………

「奴家的老家也在大和國。」

生於箸尾莊，朱鳥說道。箸尾莊是箸尾宮內少輔的領地，他是左近侍奉筒井家時代的同僚。

「朱鳥，」

左近一骨碌翻身爬了起來，手握著腰刀。

「我想起了一件事。」

「去向何處？」

「小出片刻。」

說著，左近從懷中掏出一袋沙金，放在自己剛才當作枕頭的大腿上。

「不久將進入亂世。到那時，此物最能派上用場。」

左近預測，一年後，石田三成舉兵，日本史無前例的大戰亂時代必然隨之到來。戰爭不可能一舉而決勝負，或許會像南北朝時代應仁之亂那樣，整個日本分裂為紅白兩派，一段時間裡持續著無休止的戰亂。

（能一舉殺死家康是再好不過了。但若讓他負傷逃走，受其誘發，戰亂必接連不斷，元龜天正的戰國時代又將重來。）

左近這樣判定。所以，他對這位同鄉的煙花女子起了愛憐之心。

（將來，她可怎麼生活下去呀？）

終於，他不覺掏出了能買下十塊水田的沙金，放在朱鳥的大腿上。

「還能光臨此樓嗎？」

「如果還活著，遲早會來的。到那時之前，妳要珍視自己的大腿。」

「如何珍視？」

「別讓大腿瘦了。」

左近要下樓了，倏然一回身，手又伸進女人的股間。

「還想要啊？」

女子略感困惑，但以並無不快的神情，忍受著左近這沒完沒了的好色癖習。

「還有客人要來的。」

「讓他等一下！」

左近一本正經地說。

俄頃，左近抽出了被女子秘處浸泡得淫淋淋的手指，用這根手指，叮叮拍打著刀柄上的鉚釘。

「在做什麼呢？」

「潤淫鉚釘呀。」

為防止拔刀相鬥之際，鉚釘鬆動導致刀身脫鞘，通常是用唾沫潤泡使之膨脹。

「用那東西啊？」

焉能如此。但左近似乎很喜歡自己這創意，像個孩子似地認真熱衷於這個動作。

「外邊有傻瓜，砍傻瓜需要與之相應的避邪消災符呀。」

須臾，島左近緩緩走下樓梯。

左近走在路上。

狹窄的街道兩側，自西徂東，妓樓鱗次櫛比。嫖客們吵吵嚷嚷散步在街道上。最近一個月以來，駐在大坂的大名幾乎都相繼返回了各自領國，隨之，花街一派嚴重的蕭條景象。

（武士挺多啊。）

左近敏捷地看著街上的人群與個人，這樣思量著。而且武士都是兩人一夥兒，有的高聲調戲妓女，有的邁著貓步，都佯裝成醉漢。雖說是妓樓集中的花巷，傾斜的巷道上充斥醉漢，這也是人為跡象太明顯的偶然現象。

左近時而坐下，時而邁小步，時而像蹭著草鞋底泥土似地走著。

一個醉漢朝左近踉蹌而來，一搖一晃都是招數吧。

「沒教養的傢伙！」

那人叫喊著，腰刀拔出了一半要砍左近。左近拔刀神速，喀嚓！那人的腦殼發出了脆響，鮮血飛濺，身體順勢橫倒在地。

左近躍身後退，腳還沒沾地，照那人同夥的腰部又橫掃了一刀，將其砍倒了。

「看似德川內府的部下！」

左近大聲狂喊起來，早喊者為贏家。

「這些傢伙不是本多佐渡（正信）的同黨，就是井伊的部下！老子早就識破了奸計，他們假託藉故打架，意在暗殺！」

左近把刀舉高，對跳過來的一人不啻拍落蒼蠅，由左而右斜劈了下去。

「老子是石田治部少輔的家臣島左近！快一一報上名來！」

左近手提血刀，悠悠沉著向前走去。為了儘量把事件鬧大造勢，他決心將看見的殺手全部砍死。

「能否報上主家之名？」

一個彈跳力極好的殺手，朝怒吼的左近飛來。左近的刀尖砍下，敵人的骨頭鳴響，身體崩癱，躺倒在地。

街上大吵大嚷鬧翻了天。女人啪噠啪噠跑回家，男人趕忙關緊了家門，當這些聲音都靜下來時，路上活動的只有左近和刺客群。刺客們尚無退散的跡象。

左近不改行走速度，打開始就一直向東走去。

「諸位市民聽好！」

左近邊走邊喊。

「德川內大臣腹隱何種機謀？他背叛太閤遺令，拋棄伏見，來到大坂，現住西丸。這件事奇怪至極！」

說到這裡，左近舉刀，猛力將靠近的殺手刺個通透。抽出利刃後又邊走邊喊：

「更沒料到的是，今夜的舉動竟發生在大公膝下，好奇怪呀！」

未久，島左近走到了街道盡頭十字路口，南路傳來了嗒嗒的馬蹄聲。

「左近大人在何處？」

馬上的身影手舉火把，火光映照著自己的臉。他騎馬在十字路口兜著圈兒。

「左近大人在何處？看我的臉，我就是宇喜多中納言家人稱『不好惹』的速水半左衛門！」

中納言宇喜多秀家是反德川派的巨魁之一。

「哦！」

左近從陰影裡信步走了出來。

「我在這裡！」

他靠上前去，手拍馬頸，說道：「這馬我想借用一下，如何？」

話音未落，半左衛門早把轡繩從馬上甩給左近，自己從對面下馬，消失在黑暗中。

左近隨即上馬。

雙腳夾踢馬腹，躍馬飛奔，疾風一般飛馳過方才來路。

馬上刀法是左近的強項之一。他單手高舉下劈，砍死欲避開馬蹄的的刺客。當腦袋高挑在半空又摔到地面時，左近的馬蹄聲已響在遙遠彼方。

就這樣，左近策馬離開大坂，披夜色沿淀川北上，拂曉時分抵達六地藏。再策馬前進，通過醍醐裡，過三寶院門前，進入小野的山野。

眼前是一片竹林。

左近緩行，讓馬歇息解乏，他稀哩嘩啦撥開竹枝，踏小徑前行。須臾，進入一座尼庵院內。草庵四周環繞竹林，不易發現。

左近下馬，將馬拴在松樹上，卸下了鞍韉。然後脫下無袖外褂，持之認真細心地給馬擦汗，又掬起井水，讓馬飲了一點水。

此時，草庵後門拉開了，走出一名年齡三十五六歲的比丘尼。

「呀，妙善。」

左近頭也沒回，一邊擦拭馬臀一邊說道。

「有血跡。」

她敏銳發現左近的衣袖和外褂都濺著血跡。

「怎麼了？現在又沒有戰鬥。」

「發生了近似戰鬥的事件。」

左近離開馬，開始凝視她的臉盤。

「還沒變老。」

說著，撥了一下她的下巴。

「大概是托唸佛的洪福吧。」

「我也想模仿著唸佛，返老還童。或許是上了年紀，通宵騎馬疲憊不堪。能否讓我睡到明天早上？明天回佐和山。」

左近且走且說，進了庵內。

「只有一套被褥呀。」

「那就足夠了。可以兩人蓋一床被。」

「哎喲！」

比丘尼發出了苦笑。

「為何？」

「主公依然……」

大概是想說主公依然好色吧？

「奴家已不是以前的奴家了，現在可是入了佛門喲。」

「不，僅僅是睡覺。」

比丘尼站起來，進了藏衣室，被褥鋪在該室，又進廚房為左近做湯泡飯。

她俗名椿井妙，是島家的一族，靠這層關係在左近家當女傭，和左近之間還生過一個女兒。但是，女兒五六歲時夭折了，接著老母也辭世。椿井妙突然起了菩薩心，背著左近發落，走出佐和山的宅邸，隱遁小野裡。當然，其後為了維持尼庵，左近給她買下了田地。經過小野的山野時，偶爾也來看上一眼，留些金錢和物品。

「分別二載了吧？」

左近往嘴裡扒著泡飯，一邊說著。比丘尼笑了。

「都闊別四載了。」

「真的呀？」

「主公還是精力充沛，真是太好了。」

「精氣不是很夠。」

「為何？」

比丘尼的口氣裡終於流露出二人有過合歡經歷的親近感覺。

「要發生戰爭了。」

「何時？」

「尚不知何時，但肯定會發生。」

「說是要發生，誰發動啊？」

「我呀！」

左近動著筷子說道。

「是迫不得已的戰爭。這場戰爭若無人發動，日本的未來將永遠正義掃地。」

「誇大其詞。」

「但是，勝出的希望敵人有八分，我方有二分。這是聰明人不會上桌的賭博。失敗後，倘若我還有命，就來這尼庵，老老實實過敲木魚的日月。」

「淨說些言不由衷的話。」

妙善好像透徹瞭解左近的性情，微笑著，再不和他閒扯了。

夏夜之月

夏蟬鳴噪著。

「在何處呢？」

島左近豎起耳朵，筷子不動，凝視妙善。

「指的是什麼呀？」

「蟬啊。」

「好像在後院的山毛櫸樹上吧。一定是的。昨天早晨就在那兒鳴噪呢。」

「哈哈，那蟬昨天開始就一直在後院樹上吧？」

「應該是的。連叫聲都是一樣的。」

「是個優秀人物。」

「在說奴家嗎？」

「正是。心胸那麼寬廣，為何孩子和老母離世了，就突然動了拋棄塵世之心？真搞不懂女人心。」

「也許越是心胸寬廣的女人，越是厭膩塵世和自己的生身。一旦橫下心來，是很大膽的。」

「哎，對太閤殿下歸天後的世間騷動，妳有何感想？」

「奴家的感想？」

妙善的眼神有點陰暗，若有所思。

「不知道。」

隨之無精打采地說道：

「奴家住在山中草庵，世上的聲音一點也傳不進來。縱然傳進來了，和隱居草庵的尼僧毫無干係。就如同那隻蟬，是昨天鳴噪的蟬或者不是，二者無關。」

「還說著十分睿智的話。昨天鳴噪的蟬是秀吉，今晨鳴噪的蟬，或許就是家康吧。」

左近哧哧地笑了，說道：

「妳這話的意思是，『家康蟬』和昨天的『秀吉蟬』鳴噪得一模一樣，不知何時就取而代之了。至於蟬的同與異，和世間黎民百姓無關吧？」

蟬噪停止了。

左近開始動筷扒起泡飯了。

「鬧事的都是大名吧？」

「是的。我生性討厭那種半吊子悟性的話語。」

「那都怪奴家喲。」

妙善笑出聲來。左近吃完飯，擱下筷子。

……………………………………

「喝一杯煎茶不？」

「不喝了。」左近搖頭。

「太睏了，就想睡覺。」

「主公的被褥鋪在藏衣室裡。」

妙善站起來，將左近領了過去。

室外旭日東昇，陽光燦爛，而關著門的藏衣室裡一片漆黑。

「請！」

妙善嘎吱嘎吱拉開了藏衣室的門，手持蠟燭走了進去。這比丘尼表面上住得挺貧寒的，寢室卻很奢華，床鋪好似貴人的寢台，凸起在地板上，蓋被也非棉布被面，而用上綢緞，中間絮滿了絲棉。

「妙善偷偷過著奢華的生活。」

「生活中若一種奢華也不允許，那麼，尼僧也會感到活得無聊。惟睡覺期間，當是淨土呀。」

「聞到了青春的芬芳，是妙善揮發的氣息吧？」

「不是，氣息來自那裡。」

妙善指著掛在柱上的花瓶，說道：

「那是石榴花吧？」

她舉燭映照著花。隨著燭光照耀，鮮紅的筒狀鮮花浮現出來，有濃綠的葉片扶襯，鮮豔得令人雙睛清亮。

賞花之間，左近的體內倏然充滿激情。

「妙善。」

左近將她拽了過來，奪下她手中的蠟燭，置於枕邊。伸出另一隻手抓住妙善，將她壓在自己的大腿下面。

「不行！」

妙善反抗著，呼吸急促。

「主公，別這樣硬來。妙善已是尼身了。」

「別說一本正經的話！」

左近舉手擦了擦額頭的汗水。妙善一邊反抗，一邊看著左近的動作，憋不住笑了起來。

「累得精疲力竭了，還有這股精神。」

妙善終於以過去的習慣逗弄左近開玩笑。

「說什麼呢。」左近一臉精悍的笑容，回答：

「行了。男人累了的時候，反倒來勁。」

「主公那樣可以，奴家女人身可不成啊。若做了這等事，好不容易過上清靜日子的妙善，事後必然會懊悔涕泣的。」

「這是女人難以拯救之處。」

左近說道，手還沒有鬆弛下來。

「但是，做這種事會妨礙奴家成佛得道啊。」

「事後即把它忘得一乾二淨！就連蒼蠅停過的那般小事，也不要留在記憶裡。以此換來的是，魚水之歡達到高潮，都舒坦死了。這種心境大概就是佛法說的大徹大悟者的心境吧？」

「是這麼回事嗎？」

妙善的反抗弱了下來。若不妨礙成佛得道，她情願被這個左近愛撫得死去活來。

「是的呀。」

說完，左近的手觸摸著妙善的秘處。

「哎喲，正咆哮著。」

左近笑著，他以這種語言形容妙善秘處的狀態。這個尼姑的反應不知要比堺和聚樂町的煙花女子可愛多少倍。

「此事可別說出去呀。」

妙善的臉難過地貼在左近的胸前。左近覺得她的形象非常可愛，動作突然粗魯了起來。

一番雲雨過後，左近大概真的累了，趴在被窩裡喘著粗氣。

妙善如廁，須臾歸來，拿著溼毛巾給左近擦拭身體。

「難受嗎？」

「不。」

「都精疲力竭了，還硬要做那種事。」

妙善憋著笑意。從妙善那沉穩的態度看，左近說的「事後即刻把它忘得一乾二淨」這種修行，大概在她的心中逐漸完成了。

「不，不累。」

「真是好色的主公。好好睡吧。」妙善輕輕拍著被子。左近進入了夢鄉。

日落之後，左近起來，敏捷地穿上了衣褲。

佛堂傳來了妙善誦經的聲音。左近沒有喊她，逕自來到窗外簷廊，穿上草鞋，跳到院子裡。

井邊的樹上拴着馬。左近睡覺時，妙善好像餵了草料，馬蹄刨地的氣勢力度十足。

月光把草庵院裡照得刷白。

左近翻身跨馬，立即拽緊轠繩，轉了一圈，咯噔咯噔走了。

誦經的聲音停止了。

妙善來到簷廊時，左近的人與馬已變成月下的飛影，即將消失在竹林的小徑上。

（主公回佐和山。）

妙善駐足廊上，不想去追他。妙善心裡很清楚，即便追去，他也不是那種能停馬依依惜別的人。

在此話頭一轉。

卻說這個時辰在大坂發生的事。

日落之後，奉行增田長盛離開了大坂城本丸的政務室，回到了宅邸。

入夜之後，風也停了。夜裡空氣悶熱，熱到喘氣都覺得難受。

長盛在浴室裡沐浴沖汗之際，小姓前來稟報：

「大藏少輔大人光臨，請求急速拜見。」

所謂大藏少輔，即同僚的奉行長束正家。

順帶一筆，秀吉選任的豐臣家執政官「五奉行」官名分別是：

治部少輔　石田三成

彈正少弼　淺野長政

民部卿法印　前田玄以

右衛門尉　增田長盛

大藏少輔　長束正家

其中，石田三成中了家康的計謀，現今退隱佐和山；淺野長政受家康圈套的牽涉，目前在武藏府中閉門思過；前田玄以雖然無事，但他負責管理京都和伏見，不住大坂。

秀吉當年委任掌管豐臣家事務的五奉行，如今只剩下增田和長束二人了。僅就此事，滿街百姓就互相散播：

「德川大人好可怕喲！」

「太閤歸天還不到一年，奉行就不斷減少，只剩下兩位了。照此下去，遲早那兩位也得落入圈套。」

這種恐怖，小心翼翼、機靈的增田長盛和長束正家都感覺到了。

忽聞長束來訪，增田感到奇怪：

（哎呀，又有何事？剛才還都在政務室呢。）

長盛出了浴間，著便裝來到茶室，接著將長束請了進來。

「好悶熱啊。」

長盛說道。

「正是。」

長束好像正心思專注地考慮事情，表情嚴肅。他的數學頭腦世間罕見，靠這頭腦，他做官發達到今天的地位。長束沒有野戰攻城的武將那般大膽無敵的派頭，他閃動著細細的眼睛說道：

「我想暫且辭去奉行一職，回領國去。」

「啊，為何這般突然？」

「非也。很早以前我就思考這件事了。今天在政務室我就想對你挑明心事。怎奈隔牆有耳，故趁夜色前來拜訪。若是一個男子漢，城裡的公務再也幹不下去了。」

「因為西丸（家康）的緣故嗎？」

「是的。」

「家康說挖苦你的話了？」

「不管是本朝或唐土，無人能出其右的惡人就屬家康了吧。」

言訖，長束正家哭了起來。

身為同職的長盛，十分理解長束的心情。儘管並非發生什麼會令男兒涕淚不休的大事，但每天接連不斷發生，現在都不稱事件了，可說已形成了滔滔的社會潮流。

這都是由於家康飛揚跋扈。

譬如，大名之間的婚嫁，就顯現出家康的霸道。秀吉害怕大名結黨營私，遺言禁止大名間私婚，結親和婚禮都須經大老和奉行商定批准。

然而秀吉死後，家康肆無忌憚，與大名間結成姻親關係。三成在職期間，靠他的譴責，家康一時有所收斂。三成下臺後，家康開始明目張膽地違背遺令。

最近，大坂的大名宅邸，半數以上或者在準備婚禮，或者刻正舉行，或者醞釀結親，可謂沸沸揚揚，全都要和家康攀上關係。

「還有極端的事例呢。」

長束正家說道。

「聽說有的大名竟與妻子離緣，欲和德川家結親。不言而喻，『西丸』大人喜好這股風潮，收養親族和譜代家臣之女，企圖沒完沒了地結姻親。」

正家的語言激憤起來。

「大名之間結親，遵照故殿下的遺法，必須由我們奉行簽字蓋章才行。可是家康他，」

正家甩掉了家康的敬稱，

「竟然用自己一人的印鑑發佈法令。即便太閤在世之時，也不曾出現過沒有奉行蓋章的法令。如今奉行已形同虛設了。」

「如果是這樣，」正家繼續說道：

「看到家康於光天化日之下營私，受過太閤厚恩的大名，哪怕只有一人敢仗義執言，嚴加彈劾，我也不至於這般失望。但有誰去譴責奸人為非作歹？反倒爭先恐後跑到家康帳下，屈膝取悅。加藤清正如此，福島正則亦然。」

聽著聽著，長盛的臉頰充血，悲憤得眼睛溼潤了。

「右衛門尉大人呀，」正家嗚咽似地說道：

「見到如此營私，檢審家康、糾舉大名，這是我們奉行的義務。然而，家康仰仗大老官職，憑恃關東二百五十五萬石的兵力，對待我們不啻蟲豸。提出異議，他連聽都不聽。趕上了這不可思議的世道，我想，不如暫歸領國，脫離天下政務，以治癒這堵塞鬱悶的胸懷。我離去，留下大人獨自擔當奉行職務，頗感不安。必有許多難心事。怎奈我實在忍受不了，在大坂一天也待不下去了。能否寬宥我的任性？」

看來，正家的心太累了。本來就瘦削的他，臉上出現黝黑的溝窩，那形象儼然是一條正遭雨打的病弱老犬。

「看大人這副形象，我很難開口請求留任。」

長盛聲音沙啞地表態：

「但是，大藏少輔，就這樣放任自流，家康營私之舉將會永無止境地擴大下去，最終或恐要趕走住在本丸的秀賴公，自任天下之主，這是家康的本心，他是不達目的絕不善罷甘休的。」

「我明白。」

「既然明白，我們能否有點作為？」

「沒有實力。這次我算是徹底明白了，有實力，才能行法令與正義。我的領國在近江水口，年祿僅有五萬石。」

這等微少的俸祿，焉有力量與家康抗衡。加上增田長盛的領國大和郡山的二十四萬石，也只有區區二十九萬石。

「治部少輔如何？」

倏然，正家呼喊似地說道。

「不怕家康的大名，天下只有那位旁若無人的三成！但他退隱佐和山後，卻不鳴也不飛。」

「他也等於沒有實力。」

佐和山只有十九萬餘石。增田長盛的年祿額雖不算太充足，卻也高於三成。

「據說佐和山在深挖溝，高築牆。」

「在備戰吧？」

說著，正家不由得戰慄起來。打起仗來沒有獲勝的可能。

「不曉得。大藏少輔回到水口後，都在近江國內，可否遣專使去探聽一下。」

「但是，」

這也挺可怕。

「若派去專使，治部少輔會認為我們站到他那邊，將我們拉攏進去，突然舉兵，我們就進退兩難了。」

「看來，大藏少輔真的是精疲力竭了。」

增田長盛束手無策了。三成再好戰，也不至於那般輕率舉兵。舉兵必勝的計謀成立前，三成會按照自己的風格不斷活動的。

「也許是吧。」

「肯定是的。」

「說不清楚。」

「看來，大人還是應當靜養一段時間為好。」

長盛將被大坂的複雜政治折磨得疲憊不堪的同僚送到大門口，臨別時這樣說道。

正家離去後。夜裡的空氣略有點流動了，多少下了點兒雨。

宇喜多騷動

大坂的玉造。

有間字號怪異的傭工介紹所，名曰「鼬鼠屋」，門上掛著印有字號的大布簾。

大坂的大名宅邸密集，介紹傭工的行當很多。大名返回領國、交戰前的準備工作、邀請客人來宅邸觀看能劇等場合，都須聘雇傭工。傭工介紹所就專門提供此類人力。

石田宅邸在城北備前島上的時候，鼬鼠屋提供的傭工經常進出宅邸。石田家撤到佐和山後，則改至玉造的宇喜多家。

鼬鼠屋的老闆名曰銅六。

綽號「不識數的銅六」，可見他是多麼不會算賬。

宅邸要求「派來一百六十個傭工」時，他會如數派出；但等到去算賬時，卻不會計算金額。無奈，宅邸的官員帶來算盤，傭工數乘上工錢，再乘上手續費，最後將現金支付給他。

銅六就是這麼個人。但是他對人親切，不貪欲，一身豪俠之氣，頗有人望。所以，他的買賣興隆。

三成欲退隱佐和山之際，銅六拜訪了島左近。

「我願跟在三成大人隨從的隊尾，我也要去佐和

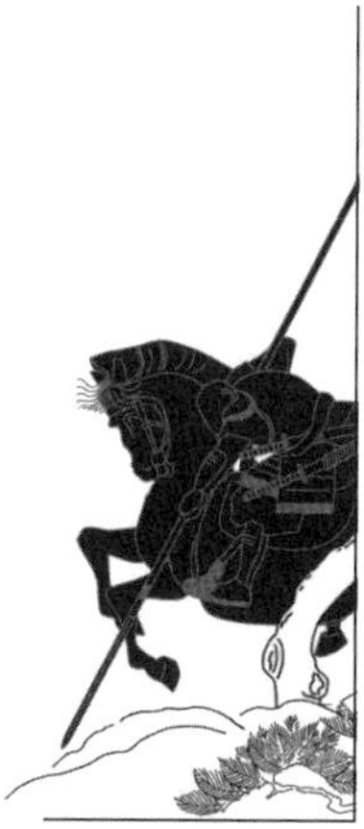

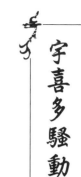

山。」

銅六提出這樣的申請，怎麼勸阻，他也不聽。

「佐和山是鄉野，而且城下也有傭工介紹所，你去了無事可做呀。」

左近這麼勸銅六，他卻纏磨央求道：「不，我關門歇業，去當一個雜役，讓我做給三成大人提草鞋什麼的活兒吧。」

歸根結柢，左近連哄帶勸，讓銅六留在了大坂。

左近告別小野的妙善尼庵，回到佐和山的翌日，銅六來到了臨琵琶湖畔的左近宅邸。

「哎喲，有何事？」

見到不速之客，左近詫異。

銅六是個大腦袋的小個兒男人，從左近一側看向叩拜的銅六，整個身體宛似都藏在腦袋裡邊，榻榻米上好像滾動著一個大圓腦袋。

「宇喜多中納言大人出了大事了！」

「中納言大人出了何事？」

「不，大人家……」

「大人家起火了嗎？」

「不不，如果起火，那還是好的呢。家裡的重臣鬧分裂，發生了嚴重騷動。照這樣下去，中納言大人的玉造宅邸裡，很可能要發生內訌和交戰。」

宇喜多秀家的重臣分裂成兩派互相中傷，這左近是知道的。但是竟發展到將要交戰，這可非同小可了。

「專門來報這個信的嗎？」

「正是。」

傭工介紹所老闆以旅行者的打扮，專程下近江，通知其他大名家的騷動消息，目的何在？

這一定是銅六按照自己的思維方式，認為此事會影響石田家的利害。三成舉兵，中納言宇喜多秀家必然回應，這已成為天下人的常識。銅六也是在這種認識的基礎上，專程前來建議：

——若不儘早仲裁，我方寶貴的夥伴會在大事發生前就崩潰了。

「你是自作主張來的嗎？」

「是的。宇喜多大人宅邸我們經常進出，可謂如同主公家。但傭工介紹所老闆之流的我，如果提出僭越的建議，也許會受到斥責。小的認為，中納言大人家不靠近石田家，必將崩潰。所以就跑到這裡來了。」

銅六的想法，有點令人難以置信。

在三成住大坂時出入石田宅邸的商人們，至今不忘蒙受過的恩澤，還會帶著各種慰問品前來佐和山。但這只是表象，他們每次來都委婉反映家康的言行、大名的動靜、市井的傳言才歸去。他們似乎都暗中激勵著三成的志向。

（這個銅六也是吧？）

左近這樣猜度。總之，騷動事件可是非同小可啊。

宇喜多家的主公秀家，居城在岡山，領國有備前、美作、備中半國，外加播州三郡，是年祿五十七萬四千石的大大名。

宇喜多秀家生於天正元年（一五七三），此年二十六歲。

青春年少。

秀家少年時代就侍奉於秀吉身邊。小田原戰役時，秀家任海上運輸總司令官；朝鮮戰爭時，於開城大破明朝大軍，攻陷晉州城，立下殊勳。秀家畢竟由秀吉一手恩養，成長於殿上，不知勞苦，是其特色之一。

左近等人認為：

「宇喜多中納言少年時代就受太閤溺愛，自然而然，他似乎淨模仿了太閤的缺點。」

所謂秀吉的缺點，即愛好狂言劇，酷嗜大建樓堂館所，熱衷於茶道。一句話，秀吉所有喜好玩樂的一面。

順便帶上一筆。少年時代就由秀吉恩養的人，還有加藤清正和福島正則等魯莽粗人。早在秀吉任織田家部將攻城野戰縱橫馳騁之際，他們就開始接受秀吉的薰陶。他們繼承了秀吉那時的審美風格，理所當然。

宇喜多秀家則不然。他是在秀吉打下天下之後，才受其薰陶養育，成長於秀吉的趣味愛好生活之中，是一名有勇有謀的男子漢，但嗜好玩樂的貴公子氣息更顯濃烈。

但此人的人品很好。

（或許是大名中人品最好的。）

左近這麼判斷。

據說秀吉也這麼想。臨終之際他對五大老一一叮囑，關於秀家，他特別親切說道：「秀家幼少之時，我就提拔了他。在守護秀賴的大事上，秀家不同於其他人，在任何情況下他都不會逃之夭夭。」

秀家的人品之好，秀吉心裡最清楚。

在極端嫌惡家康這點上，秀家和三成意見一致，他認為：

「不滅家康，豐臣家就會漸趨消亡。」

秀家無所顧忌地這麼公開宣傳。在這點上，他可以說是三成難得的盟友。

然而，這位貴公子在治理至關重要的戰鬥力「家族」這一方面，最不擅長，是其短項。

秀家擁有的畢竟是五十七萬四千石的遼闊領地，統率大量家臣團，尋常的舉動很難平息家中的騷動。

然而，秀家按照自己少年大名時養成的習慣，家中一切事務全部委託首席家老長船紀伊守管理。

長船是個富有才智和忠義之心的老人，但好惡之情太烈。加之長期掌握權力，自然也就形成了派閥。

進一步強化了長船派色彩的是中村刑部。

刑部不是宇喜多家的譜代家臣，秀家的夫人從前田家嫁來之時，中村刑部作為陪送者，由前田家進入了宇喜多家。

刑部是個新人，口才好，能說善道，一來就和長船紀伊守套交情。未久，成為宇喜多家的行政官吏之一。刑部憑藉才能與手腕，處理公務時露骨地徇私，與自己派閥外的重臣團隊對立日益激化。

恰在此時，長船病歿。

政局驟變，敵對派的宇喜多左京亮任首席家老，閣僚人事變動，職務全由反長船派擔當，中村刑部遭辭退了。

中村刑部從握有政權的座位跌落下來，懷恨在心，偷偷拜謁主公秀家，

「他們，」

就正在執政的敵對派下這樣的讒言：

「奪權心切，毒死了長船紀伊守。臣下重申一遍，紀伊守大人不是病死的。是被左京亮大人毒死的。」

「胡說！」

秀家付之一笑。

秀家對家政興味索然，卻擁有能識破此言虛假的睿智。

「不許再說這等話！」

秀家斥退了中村刑部。

秀家雖然有識破中村刑部讒言的聰明，卻不想探究事件的根源，也不趁熱打鐵整頓家政。大概他生性討厭政治吧。

秀家將事件擱下來未加處理。導致事態惡化了。

左京亮黨說：

「聽說刑部去進讒言。對這種不義漢，豈能置之不理！」

大家鬧騰起來了，聲稱要殺掉中村刑部。

刑部也有同黨。他們表態：

「要殺中村刑部，我們也有心理準備，不惜一戰！」

騷亂鬧大了，終於，位於玉造和備前島上的宇喜多家大坂宅邸裡，家臣們不知何時就會交戰，形勢一觸即發。

「這樣啊。是這種騷亂？」

家康一定會很高興吧？左近這麼想。他犒賞銅六，

給了他金錢與物品。

「好不容易來一趟佐和山，歸途湖上行，順路參拜竹生島若何？」

於是逕來到湖畔，船伕們高高興興幫忙張羅，銅六欣然歸去。

「宇喜多家……？」

三成由左近口中聽到此事，神情不悅。

家中騷動若趨惡化，宇喜多家的戰鬥力勢必減弱。不僅如此，家康恐會以這場騷動為由，摧毀宇喜多家。

「必須儘快處理呀。」

三成絞盡腦汁琢磨方案。儘管如此，他畢竟是個退隱之人，不便前往大坂拋頭露面。

「刑部少輔可以。」

三成說道。

刑部少輔即三成十年來的盟友大谷吉繼。吉繼性格誠實，信望卓著，尤其是和宇喜多家的關係很好。讓大谷吉繼自告奮勇前往調解，也許會萬事順暢。

三成又冥思苦索：

（大谷吉繼即便調解順暢，其後家康也可能出面破壞。）

在家康看來，宇喜多家是反德川勢力之一，其五十七萬四千石年祿的消失，是家康的理想。

（故此，大谷吉繼之外，再選派一個直屬家康的大名為好。）

三成認為，這種場合的最佳人選，是家康麾下譜代大名中，以品性誠實爽快通達著稱於世的榊原康政。三成將此方案告訴左近。

「妙計也！家康的家臣出面調停，家康不便橫加破壞。」

幸好大谷吉繼從居城敦賀來到大坂，眼下正在養病。

三成的密使奔向大坂，與吉繼商量此事，他爽快應諾。吉繼立刻前往榊原康政宅邸，

「我來，是為了宇喜多家的事。」

吉繼先鋪下前提，接著說道：

「秀賴公的天下還很年輕，此時中納言（秀家）家中發生騷動，不利於天下。本來應按內府命令來平息。但這樣做就上升為公開的事件了，不太好。與此相比，不如大人與敝人連袂去居中調停一下，尊意如何？」

當然，榊原康政欣然應諾。此時的家康正偏於重用本多正信、井伊直政等謀士，對長於野戰攻城的武將略顯疏遠。對此，榊原康政多少有些不滿，

（我不僅是戰場上的男子漢，也適合處理這般政事。）

他大概想讓家康看看自己的才華吧。

不消說，榊原康政背著家康運作起來。這一點正吻合了佐和山上苦思妙計的三成之意圖。

調解一事，大谷吉繼負責說服宇喜多秀家，榊原康政負責說服宇喜多秀家的重臣團隊。

大谷吉繼拜會秀家，談及此事。秀家正當束手無策，便懇求道：

「再三拜託！」

秀家求吉繼擔任調解人。

然而，榊原康政負責說服重臣團隊，實在棘手。康政分別將兩派人請到自家，聽他們陳述內情原委，又專程去宇喜多宅邸，滿腔熱情奔走不暇，但很難達成協議。

數日，就這樣白白過去了。

這事傳進了家康的耳朵。

某夜，家康和本多正信等幾個近臣雜談時，

「小平太，」

提及了榊原康政。順便說明，榊原康政通稱小平太，官名式部大輔，領地在上州館林，食祿十萬石。榊原康政在德川家的職務是任家康之子的輔佐，駐在江戶。

「小平太因為和同僚平岩親吉換班，離別江戶來到

大坂。現今還不想回江戶上任。不僅如此，還專注於調解別人家的紛爭，恐怕是沉湎於利欲。小平太好似貪得無饜了。」

家康以故意刁難的表情說道。

所謂「沉湎於利欲」，即按照慣例，調停成功後，接受調停的一方須贈謝禮，充當報酬。家康說的是，榊原康政追求這份謝禮。

可以說，這是家康慣用的伎倆。

家康想讓榊原康政退出調停，但喚來康政正式下令，事情會鬧大，圍繞家康對宇喜多家的心情，世間會有各種猜測。

因此，家康認為，不如臭罵康政一頓，此事傳到康政耳朵裡，他就會主動撤出。康政少年時代就為家康調用，不言而喻，家康知道他不是個物欲之徒。

這頓臭罵傳到了康政耳裡。

他感到意外，半夜拜訪大谷吉繼，細述原委：

「事到如今，已涉及武士的面目身分，我想退出，返回江戶。」

翌日，康政便回江戶去了。

康政退出，導致騷動進一步惡化。

宇喜多家的重臣認為調停不成立，直接逼迫主公秀家：

「把刑部交給我們！」

秀家仰仗主公的權威，不能交出刑部，拒絕了他們的要求。

「那麼，我們用武力將他奪過來！」

反刑部黨的頭領宇喜多左京亮，帶領五百人武裝固守備前島宅邸，與秀家對抗。

秀家一看事態惡化到這種程度，難以獨自處理，終於去了家康處，申請公開調停。

家康脆快允諾。

當然，公平看來，武裝籠城，反抗主公，這是左京亮等重臣的無理。

按照社會上流行的推測，家康會命令他們切腹。然而，家康卻採用了保護性的處理措施，將他們下放到關東及其他地方，表面形式是令他們閉門思過，暗中卻饋贈祿米幫襯。後來，他們成了家康的家臣，戶川肥後守的領地在備中庭瀨，年祿二萬九千二百石；花房志摩守任「旗本寄合席」（編註：江戶幕府旗本中俸祿三千石以上的退職者），食祿六千石。他們的家都一直延續到明治維新。

可以說，三成的謀略失敗了。

會津若松

豪俠想開眼，
就去會津看，
會津若松吃大餐。

據說這首俚謠曾在上杉一百二十萬石的城下會津若松流行過。筆者不曉得是否屬實。

所謂「吃大餐」，是前代主公上杉謙信留下的自家軍營習慣之一。

謙信一旦臨戰，在軍營中熱烈造飯，配上竭力提供的山珍海味，犒賞士卒。

因此，據說上杉家的家臣一聽說軍營中架起了大鍋大灶，就預知「呀，又要打仗了！」個個躍躍欲試。

「豪俠想開眼」中的「豪俠」，究竟指的是誰呢？是指主君上杉景勝？謀臣直江山城守？是指主君與隨從？還是謙信留下的上杉軍團？

總之，太閤死後，二百大名低頭叩拜家康，這種慘不忍睹的形勢，連京都和大坂的百姓都愁眉不展。人們的期待是：

——惟有上杉家，從其家風看，與眾不同。

謙信那近乎病態似地嗜好俠義的遺風，留給世間的印象栩栩如生。上杉家以此自豪，景勝住在伏見宅邸或大坂宅邸時，家臣們向進出的商人們講述謙信的故事，積極宣傳謙信的天才、逸事和嗜好等。

「謙信公從未出於領土野心發動戰爭，他打的總是正義之仗。」

確實如此。

在上方一帶，此類故事都浸透入街坊幼童心中。

上杉軍團的統帥景勝回到了居城會津若松，可以說，此事引起了滿天下的疑惑與期待。

上杉景勝和直江山城守，知道世間的這種期待。景勝平素極端地沉默寡言；直江山城守也沒有正事以外閒聊的習慣，從他倆口中從未走漏過「讓家康看看何為正義」這種意志。

但是歸國後，他們開始以行動表態了。

即興築若松城、修建並經營周圍各分城、招納浪人等。

受上杉家盛名、世間議論的景勝歸國真意的吸引，奔投而來的浪人中有許多知名人士。

首先，就是車丹波。

車丹波名曰猛虎。

是常陸車鄉的望族，他侍奉常陸國守護大名佐竹氏，是獨當一面的武將。車丹波突然離開佐竹氏，成為浪人，帶領同黨來侍奉鄰國的上杉氏。他大概是遵照主公佐竹義宣的命令才這樣做；佐竹義宣與景勝意脈相通。

車丹波有勇有謀，上杉家立刻提拔他任獨當一面的武將。

這裡講一下車丹波其後的故事。一開戰，車丹波就與德川方面的伊達政宗交戰於瀨上，大破敵軍。關原之戰後，車丹波又返回佐竹家，因上述緣由，死於非命。其子名曰善七。

關原大戰後，車善七為暗殺家康或秀忠，潛入江戶城，找門路成為江戶城庭院裡的民伕。他伺機之間，身分暴露被捕。車善七被帶到秀忠面前，因態度大義凜然，免於一死。被官家任命為「非人頭」（編註：賤民的頭領），直到德川時代末期，江戶的「非人頭」車家都世代襲用善七大名。

另有一個浪人，名曰岡野左內。

此人原是蒲生氏鄉的家臣，氏鄉作古後，他暫當浪人，應上杉家招募來到會津，俸祿一萬石。

岡野左內非常英勇善戰，但有愛攢錢的奇特癖好，已達到名人水準。

不僅攢錢，他平時還把金錢撒在房間裡，夏天一絲不掛躺在其上睡午覺，將享受金錢的觸感作為特殊的樂趣。

「身為武士卻這副德性！」

上杉家的家臣中也有人討厭左內，左內並不介意。

然而，將要開戰之際，左內向主公景勝捐獻了一萬貫永樂錢充當軍費，令眾人瞠目結舌。

開戰後左內與伊達軍交戰，向遁逃的馬上敵人連砍兩刀。事後得知此人就是敵軍大將伊達政宗時，左內咬牙切齒，後悔不迭。

戰後，他返回蒲生家，領俸祿一萬石。臨終，他將借給他人金錢的字據悉數投入火中，並向主公蒲生家捐金三千兩。可謂奇士。

還有一位奇士。

此人是加賀前田家的浪人，名曰前田慶次郎利大。他是利家亡兄之子，本來在前田家擁有地位，可食祿萬石。

慶次郎能文能武，但又是一介出格的風流狂人。他拋棄了在前田家的主公堂兄弟身分和五千石高額俸祿，放浪天下。

慶次郎喜歡用一個諧謔之號——「忽之齋」。

他喜好奇裝異服，來到若松城下時，身穿袖寬兩幅的奇妙長袖上衣，後腰上插著彩旗。

旗上寫著大字：

「大武邊者」

慶次郎讓隨從家丁都手持桿身朱紅的長槍，這種長槍原本是武功卓著者才允許使用的。

進了若松城，在人聲沸騰的茶館裡，慶次郎利大說道：

「家康企圖盜取天下，諸大名明知家康野心，卻都瘋狂巴結。在這個大名都成了窩囊廢的世間，我認為只有上杉景勝是男子漢，因此，我『忍之齋』特意從遠方來到此地！」

慶次郎首先面晤了直江山城守，又拜謁了景勝。景勝早就聽說前田家有個不好對付的著名奇人。

他欣然接納了這個奇人，賜祿二千石。

但是，上杉家的家臣討厭慶次郎平日行走時背旗上寫的「大武邊者」。他們面詰慶次郎：

「何謂『大武邊者』？」

當時，上杉家是天下最強大的軍團之一。

「你在他國另當別論，來到我們家還自稱『大武邊者』，是何道理？」

慶次郎大笑，說道：

「諸位是那樣讀的呀？」

他又笑了，俄頃，收住了笑聲，說道：

「這應讀做『大不便者』。我多年過著浪人生活，手頭無錢不如意；尚無老婆，何其不便？故而寫做『大不便者』。連這種瀟灑都不懂，真不愧是土包子。」

此外，新招納的浪人中，受到獨當一面武將待遇的還有：

山上道及

上泉泰綱

小幡將監

齋道二

等人。他們都以具備指揮能力而受到賞識。一旦開戰，他們可以調動天下大軍，發揮奮勇猛進的威力。

景勝不僅招納浪人。

上杉家的舊領地位於越後。轉封會津時，越後還留下了許多生於當地的舊臣。

景勝和山城守向他們送去密信，命令道：

「一日開戰，你們在越後發動起義！」

越後的新領主是堀秀治，領俸祿三十三萬石。堀秀治明明白白是家康派，開戰時他大概會攻進會津，所以讓舊臣在後方起義擾亂之。

接到密令的舊臣有：

宇佐美勝行、宇佐美定賢、萬貫寺源藏、齋藤利實、柿崎景則、柿崎三河、丸田清益、安田定治、加治資綱、矢尾阪光政、朝日采女、竹俣壹岐、七寸五分監物、長尾景延、庄瀨新藏、神保刑部、遠藤讚岐等。

在今日秋田縣仙北郡，有個名叫角館的小鎮，領主是戶澤氏。

現任主公戶澤政盛是剛滿十三週歲的少年大名。俸祿額四萬石左右，角館城不過是個攏土、種草築起的小小土城。

少年大名探聽到「會津上杉家暗中備戰」的消息。

戶澤氏在伏見有宅邸，少年大名歸國回奧州途中，上杉家的領地是必經之路。

一進入上杉家領地，就看見石料運上一條條山嶺，正在修築要塞；築路民伕在勞動；載米的貨車數不勝數，奔向主城若松。當然這全是軍糧。

而且沿途還可見到眾多浪人奔向若松。

「這是何故？」

十三歲的少年問家臣。

「哎，」

家臣聽到上方一帶的流言，回答道：

「聽說上杉家要反抗內府。」

「要打仗嗎？」

少年眼睛發亮，問道。

「是的，也許會開戰。」

「何時？」

「具體何時，還不清楚，不過一旦開火，主公必須站到勢力強大的一方呀。」

因此，角館的戶澤家保住了自家，延續至今。可謂有四百年的傳統。戶澤家是小豪族，但家系悠久。戶澤家言稱，最早是平氏一族中的兼盛來這一帶落戶。進入戰國時代，戶澤家隸屬南部氏，後來獨立。未久，秀吉掌握了中央霸權，戶澤家便派機靈的家臣進京活動，保住自己的領地依然如故。

若不能機敏地應對中央政變，偏僻地區小大名的命運究竟會如何，不得而知。因此，戶澤家對京城大坂的政情變化異常敏感。

「太閤殿下去世後，是德川大人的天下呀。主公應當心中有數。」

（原來是這麼回事啊。）

少年大名只能理解到這種程度。

然而，會津山野上的異常變化，應該如何對待？

「這可是重大事件。」

家臣說道。不過，縱然會津的上杉氏開啟戰端，北方山間的角館領主戶澤家也不會受到威脅。家臣們思忖，與此相比，更重要的是應當將這種態勢急速稟報大坂的家康，以獲得家康對戶澤家誠意的嘉許。於是家臣向少年大名建議：

「給家康報個信吧？」

少年大名記得，秀吉晚年，自己登伏見城殿上問候秀吉時，被秀吉抱過。

離別伏見出發前，少年大名僅在登大坂城西丸向家康做歸國道別時，與家康有過一面之識。

（是個非常肥胖的人。）

家康的肉體特徵，留在少年的心中。

「畢竟我們位於奧州邊境，地籍上記載的面積極少，打起仗來，兵力弱小，起不了大作用。要想立功，就應當在目前這時候。」

雷厲風行，少年大名當場就派一個聰明家臣奔往大坂。

家臣夜以繼日趕路，折回大坂，來到家康謀臣本多正信坐落在西丸郭內的宅邸，拜會正信，傳達了消息。

「戶澤家立大功了！」

正信一邊發出老年人派頭的咳嗽，一邊表揚了戶澤家的克勤忠義。

「老臣立即稟報主上。今後要派間諜長期嚴密監視會津的動向！」

說完，打發專使歸去，正信馬上來到家康的居室。

「會津的傳聞，好像屬實。」

提及戶澤派來的使者所通。

「正是。定是確鑿消息。」

「主上就要時來運轉了呀。」

「難說，加賀前田那件事，就失敗了。」

家康發出了苦笑。

在家康看來，邊境大名對自己感到憤怒，進行備戰，這正是自己頓足焦候求之不得的大好事。據此可以宣傳：

「那人對豐臣家有叛逆之心。」

然後要求年幼的秀賴發出大名總動員令，自己率領一群大名前往「討伐」，以這種野戰體制直接強行開創幕府。

特意給加賀的前田家設了陷阱，對方卻沒掉進去；沒替上杉家佈網，對方卻奮起反抗我方。

「自謙信以來，上杉就是好義之家。真是義勇非凡啊。」

「確實。」

「『佐和山之狐』目前如何？」

人稱「西丸之狸」的家康這樣稱呼三成。

「他自然和景勝氣脈相通吧。」

「正是。主上為征討上杉、前往遙遠的會津之際，三成便趁後方空虛，於大坂舉兵，東西呼應，兩面夾擊主上。這大概就是三成的兵法吧？」

「不可掉以輕心。」

「誠然。一旦疏忽，我方就會反勝為敗。」

越後國境毗鄰上杉氏的領地。不久，堀秀治派出任務相同的急使來到大坂，德川氏的根據地江戶，也送來了內容相同的報告。

到達的信使皆由正信老人接見。

「老臣找機會稟報主上。」

這是正信的制式回覆。

「找機會？」

聽到正信悠然拖著長腔的回答，每個信使都感到驚詫，皆以忠義的神情急切說道：

「已經不允許從容不迫啦！」

正信的表情越發陰沉。

「是嗎？此類消息別處也送來了。主上一概置之不理。」

「為、為何？」

「主上這麼說的。上杉家自謙信公以來，家風重義。景勝大人是無與倫比的忠義規矩人，故太閤殿下更十分信賴，焉會向豐臣家拉開謀反之弓？主上就是這麼說的呀。」

這是一計。一旦開戰，名目是「為了豐臣家」。從現在起，要若無其事地向世間散佈家康這種為臣的本分。

此間，針對會津的動靜，琵琶湖畔佐和山城的諸般機能也敏感地啟動了。

三成決定派島左近和朝倉內膳這兩名家老任聯絡官，化裝前往會津。

旨在最後一次商定舉兵時機。

奧州之雪

左近為與上杉家取得聯繫，離別了琵琶湖畔的山城。此時已是大雁在湖面不斷鳴叫的季節。

秋日將盡。

「奧州恐怕降雪了吧？」

三成說道。這季節派左近下奧州，三成好像分外掛心。

對於三成這般細膩的關愛，左近心裡非常感動，但他口頭卻只說道：

「淨講些沒用的話。」

左近又以老調子嘲笑三成了。

「主公對家臣只須下令：『出征！』即可。」

左近一副浪人的模樣。

同行的副使朝倉內膳也是一副浪人裝束。他倆各帶家丁一人，雜役五人。

一行人沿途兼遊覽，進江戶時，季節已入冬天。

左近和內膳都是首次逛江戶。

「可真熱鬧啊！」

江戶真不愧是關東二百五十五萬石的城下町啊，左近心想。

最關鍵的城池倒是很一般。這座鄉野之城的圍牆

多為攏土築成，石材極少，諸多城門中甚至還有草葺蓋成的。左近發現家康的樸質務實正表現在這座城池上。

（雖說是講求嗜好情趣，但太閤大興無用之土木，耗盡天下資財；家康則努力自戒，不仿效秀吉之弊，此城就是家康的形象。）

左近如此想道。

內膳似乎也這樣思量，他回頭一瞥左近說道：

「出乎意料，竟是座小城。」

「家康焉能盤踞這座城池作戰。」

事實上，家康稱霸日本的構想中，大概沒有固守江戶城這一項吧。

「看這城池，也能理解家康的心胸。」

左近說道。

「對家康而言，將金銀米鹽用於築城，不如都儲存下來，用作軍費。城池再粗糙，將來若打下江山，屆時命令大名協助，便可以一舉建成壯麗的城池。這位老人的聰明，就表現在土城的粗糙城牆上。」

儘管如此，與其他大名的城池相比，江戶城還是規模宏大。家康的家臣中，年祿萬石以上者不在少數。他們的宅邸鱗次櫛比，遍佈江戶城內外。

左近一行開始參觀大名宅邸區。

（令人佩服的是，無論哪家宅邸，都建得比鄉間武士住宅還樸陋。）

左近頗有感觸。這並非表明家康軍團貧弱，反倒顯示其樸素剛勁、蓄積資金的風格吧。

（是個不易擊敗的強敵。）

左近且思索且走向平民區。海濱不斷填埋造地，相繼建起了新的街區。

一派朝氣蓬勃。就規模而言，雖然還無法與京都大坂相比，但市街上活動的商賈工匠，感覺都遠比上方兩都（京都與大坂）充滿活力。

「百姓的人數據聞一路增加啊。」

內膳說道。人們從各國雲集至這座新興都市，其人口增長率遠遠超過京都和大坂吧。

（百姓有直覺。來到江戶就有工作，物品會暢銷，除了這種眼前利益，他們一定切身感覺到江戶不久會成為天下的中心。）

離別江戶，過了江戶川，入奧州街道，風物逐漸顯得蕭瑟起來。

走進白河之時，山野已經全為大雪覆蓋了。左近以為會有人前來白河迎接，大概由於聯絡不暢，他們還必須自力旅行，走進上杉的領地。

在白河古關，一行人買馬，再認真齊備了蓑衣、斗笠、草鞋等雪地裝備後，向北走進了郡山。

會津若松城前來迎接的眾人，抵達郡山，為聯絡不暢深致歉意，接待左近和內膳如同貴人，沿著豬苗代湖北岸道路奔向會津。

天地一籠統，全是大雪。

「這雪何時能化呀？」

左近在馬上叫喊著問道。只要大雪不化，上杉家就無法進行任何作戰，石田家也不能奮起興兵，從而天下尚不能為戰雲籠罩。

「雪化要到二月底，山腳的話，則到三月中旬還有殘雪呢。」

上杉家的家臣回答。不久，一行走進會津盆地。群山遼遠，原野廣闊。

（奧州第一的穀倉。）

左近這樣思忖著。他感受到這片遼闊雪原覆蓋下的土壤之肥沃。與上杉家一百二十萬石的軍事力量相結合的沃野，令人心中頓有依靠之感。

家老直江山城守三十萬石的居城在米澤。根據迎接者的話，眼下直江住在若松城內的更衣宅邸裡。

左近和內膳在直江山城守陪同下，進入若松城，登上本丸拜謁了上杉景勝。

景勝大約年滿四十，尖下頦，黝黑臉上沒有鬍鬚，剛刮過的臉，鐵青色十分明顯。

「是島左近、朝倉內膳吧？」

和養父一樣，景勝以少言寡語著稱，嗓音分外高。

「正是。主公治部少輔讓我問候大人，所以，躬訪奧州。」

「你看，我這麼健康。治部少輔大人一切安好吧？」

「多謝貴言。以前主公喜歡放鷹打獵，最近好像常常感到膩了。」

三成心裡明白，徜徉山野打獵，最利於偵察領地內的地形。

「我景勝，」這少言寡語的男人又道：

「將根據『義』，討伐欺負太閤孤兒寡婦（秀賴和淀殿）、企圖盜取天下之人。左近，你和我家山城守商議，訂定戰術！」

景勝說的話，只有這些。

翌晨，在山城守的更衣宅邸裡，左近一覺醒來了。許是出於主人的關愛，庭院的落雪已經掃完了，苔蘚高高隆起。

左近喝著小姓敬上的煎茶，思考著山城守的事。

（是個文雅的男子漢。）

左近望著庭院裡的陽光。山城守決定舉兵反抗家康後，離別京城大坂之際，曾賦詩一首。那美妙的詩句，浮現在欣賞庭院的左近腦海：

春雁似吾吾似雁，
洛陽城裡背花歸。

當今天下，大概再沒有哪名武士如直江山城守兼續這樣文武兼備了吧。

山城守親率上杉軍團奔赴朝鮮戰場，屢建奇功之際，他倏然察覺：

「我軍徒為英勇殺敵於異國而自豪，僅僅熱衷於多取敵軍首級，此舉究竟有何意義？應該收藏至寶，以利萬世。」

於是一攻入敵城，山城守必定命人到處尋覓書庫。所謂至寶，指的是書籍。

他從許多書籍中篩選出貴重版本，帶回居城米澤。其中有附帶卓見注疏的《宗板漢書》、《左傳》、《史記》等。這些書籍正如山城守所期待的那樣，為江戶時代的儒學發展做出重大貢獻。

午後，山城守讓他人迴避，自己與左近促膝商量了戰略。

上杉家的作戰理念之一：焦土抗戰。

「我想將天下軍隊誘入會津之地，然後我軍恣意馳突攪擾，終使敵軍人困馬乏，再予以痛擊，令敵軍一敗塗地。」

若是這樣，一百二十萬石的領土全境必須化為一座大要塞。

山城守展開領內地圖。

「我先談己見，左近大人若有異議，還請多多指教。」

首先，在「會津七口」的南山口、白河口、信夫口、米澤口、仙道口、津川口、越後口分別築起堅固城堡，整頓七條道路，使其富於機動性，可以運送軍隊和軍糧……說著說著，山城守的話頭轉向了秘中之秘的戰略說明。

「恐怕家康軍的主力會從白河口攻進來吧？」

山城守指向了地圖的一點。

「這裡就是白河。」

「高見。」

「白河以南，是遼闊的革籠原盆地。」

直江山城守說，要設此地為預定戰場。廣闊的盆地地形適合大軍決戰。

「用何計，誘家康軍深入？」

「白河以南，有名曰越堀、蘆野的奧州街道驛站。先向該處派出輕兵，對付北上的敵方大軍，一仗一仗漸打漸佯敗退逃，敵人必會追擊，自然就進了革籠原。」

充分誘敵入侵革籠原後，先重創其先鋒部隊。目擊先鋒部隊崩潰，家康當會派主力部隊馳援。此時，於關山背面待機的景勝直屬部隊從左側一躍而出，高原上直江山城守指揮的部隊則從右側突進衝殺，三方包圍家康的主力部隊猛力攻打，最後一舉克敵致勝。這就是山城守的戰術。

左近凝視地圖，思考少刻，抬起頭來。

「妙計莫過於此。在下若是山城守大人，也會這樣佈陣。」

「呀，左近大人也這麼想的啊？」

山城守認為，左近和自己是日本最傑出的軍事家，彼此意見一致，令山城守的神情非常明朗。

「但是，」

左近又開腔了。他問山城守：「交戰不能僅靠大道理取勝，還要靠時運。倘出現意外失誤，此戰失利，再做何計？」

「主公中納言景勝以及上杉家，全員戰死！」

山城守微笑說道。

「合乎上杉家家風。」

山城守強烈的美感意識即表現於此。他不只對謙信崇拜至極，謙信的人品、言行，為人之英銳，這一切似乎都化作了一種宗教意識，活在兼續心中。太守景勝是個比山城守還單純剛烈的男子漢，自然其宗教式的美感意識也就更加強烈。

「留武士大義濃芳於萬世，乃此戰之目的。」

山城太守說道。他不可能沒想到，此戰若進展順暢，上杉家的領地將進一步擴大。但與此相比，可謂當世少見的觀念——儒教的大義名分——促使山城守熱衷於「討伐奸賊」。否則，一介家臣焉能輕鬆說出「上杉家全員同歸於盡」的壯語？

「那麼，何時舉兵？」

左近問道。這個問題已經反覆推敲了若干遍，今後仍要繼續保持秘密聯繫。

「今年秋天，修造工程多少進行了一些。」

這是指領地內的軍事土木工程。初秋剛動工就下雪了，現已暫停。

「希望來年二月可以再開始。按愚見，三月裡大體可以竣工。三月十三日，是先代謙信公二十三回冥誕，明年想盛大紀念。以這場法會為由，將國內諸將招集到若松城，宣佈發動義戰，說明作戰概略，然後公開進行國內土木工程。若是如此，三月後可以隨時開戰，但我覺得理想時機當在七月後、十月前，東西呼應奮起，能如此安排則最佳。」

直江山城守說道。

「總而言之，這大雪，」

庭院裡又開始落雪了。

「要是不停不化，奧州的悲憤就無從宣洩呀。」

直江山城守浩歎。

左近逗留數日後，再度冒雪沿奧州街道南下，經中山道回到了近江佐和山城，一五一十覆命。

春節過去了。

「春節期間，大坂發生了許多奇妙事情。」

三成講起了左近外出期間大坂的形勢。當然，待在城裡的三成是通過大坂各種可靠途徑獲得了這些消息。

即家康的勢力日益膨脹。

大坂城裡舉行元旦賀儀，西丸的家康不僅比照本丸秀賴的規格舉行，接受大名拜禮，還從一日到五日演出猿樂，大小大名摩肩擦踵前往欣賞。

奇妙的還不只這件事。會津上杉家的重臣藤田信吉，作為景勝的代理人，也送了賀禮。

上杉家的使者到大坂送賀禮並不足怪。

問題是藤田信吉。

信吉人稱能登守，原屬甲州武田家，為上州沼田的小領主。

藤田信吉可謂有背叛習性之人。

「為何派他送賀禮？」

三成聽聞此事時，為上杉家感到遺憾。

藤田信吉從屬武田家之前，就是個因背叛不斷而遠近聞名的人。武田氏滅亡時，他採取了怪異行動，轉而侍奉上杉景勝，拜領了會津的大森城。

這大概是因為信吉十分擅於機敏地觀察形勢吧。

（下一個時代屬於家康。）

信吉必定是地據會津、遙望天下，做出了這樣的推斷。

此人來到大坂，先到大坂城本丸拜謁秀賴，恭賀元旦，然後去西丸拜謁了家康。

「呀，是能登（藤田信吉）啊！」

家康在信吉面前流露出令人毛骨悚然的親切。

「猿樂就要開演了。彌八郎，帶他去吧。能登啊，你輕鬆看戲吧！」

家康說道。猿樂散場後，家康喚來信吉，一番長談。

「風聞上杉中納言要謀反背叛豐臣家。」

家康說道。信吉剛要回話，家康又開口了。

「別說了，我明白。那是我和他的事。不打官腔了，總之，你回國後對中納言傳達：都是大老之身，圍繞天下政治希望相商之事，堆積如山，我希望他早早來大坂，兼而參拜豐國廟。」

說完，家康親贈信吉時裝和銀錢。然後信吉到另一房間，與本多正信進行了長時間密談。

「似乎被家康收買了。會津的中納言和直江山城守會如何收拾這個心懷叵測歸國的藤田信吉呢？」

三成心中掛慮此事。

逃出領國

卻說上杉家的使臣藤田能登守信吉。

此人好像有特異嗅覺。離開大坂，他騎馬走東海道，一路琢磨：

（上杉家已無前途了。）

下一個時代，肯定是由家康統治的天下吧？

（畢竟德川大人是關東二百五十五萬石的大大名，縱然與上杉、石田交戰一度慘敗，還可在關東割據稱雄，那麼崇高的身分，調動龐大兵力，與各方敵人交戰，遲早會有出頭發展之日。有道是「大樹底下好乘涼」，我現在必須仔細想一想。）

信吉不是上杉家的譜代家臣。

從頭說來，他出身關東當地的地侍之家。履歷複雜得一言難盡。他於武藏國大里郡用土（今埼玉縣）呱呱墜地，父親在用土有一座小城。當時關東為越後上杉謙信的勢力範圍，藤田侍奉上杉家。謙信死後，小田原的北条氏勢力逐漸擴大，信吉轉從北条氏，出仕上州沼田城，挖空心思玩盡權術，成為沼田城的守將之一。天正七年（一五七九）信吉殺死了北条家守城的將士，竊取沼田城，將其拱手送給甲州的武田勝頼，再屬武田家，在沼田的金剛院建起

了豪宅。武田家為織田信長所滅，織田家的武將、關東探題瀧川一益到來，信吉從屬瀧川。天正十年（一五八二）信長一死，關東發生變動。信吉在沼田坐立不安，帶領一族和同黨八十三人遁逃，跑到越後，傍依上杉景勝。

信吉畢竟是身經百戰的老將，在上杉家立下殊勳，尤其是平定佐渡一國，戰功卓著。景勝愛其武才，上杉家轉封到會津若松時，賜他大森城，任家老之一。

如今，信吉是一百二十萬石上杉家的高級官僚，日月過得從容安定。然而，青年時代作為關東獨立的小豪族，每當關東的政治形勢發生變化，他就巧妙遊動，汲汲於傍依勢大力強的一方，同時保留一點自己的獨立性。這一點，信吉不同於直江山城守那種官僚出身的人。

（老子是拿自己筷子吃自己飯的人。）

信吉有此自負。他雖無直江那樣的教養，卻具備戰國戰亂中得以倖存的奸詐狡猾與世俗智慧。信吉的直覺迅疾，擅於洞察時勢，敏銳得如同動物。

藤田信吉返回會津途中，不斷夜泊驛站。他的隊伍有騎兵十人、步兵三十人，再包括其他雜役，共有六十餘人。

從東海道的舞坂、濱松一帶開始，天就一直下雨，到了掛川，雨才小了些。走到金谷，大井川氾濫，人過不去，不得不滯留數日，等待水位降低。

一行人停宿於金谷，租用某富豪宅邸為旅館，叫來當地的煙花女子，每天吃喝玩樂。

連大白天都將側屋當作安樂窩，狎妓縱酒。

藤田信吉紅臉禿頂，半張臉長滿灰白鬍鬚，膚色油亮。看上去有豪傑之氣，惟有眼睛異樣，像從別人臉上借來似的，又長又細。那雙眼睛即便在荒淫之時也沒笑過。

信吉冥思苦索：

（本多佐渡守正信擁有老狐般的智慧，在德川家中並不受歡迎，但眾人都評價他從不食言。他焉能欺騙我。）

正信的那席大坂密談在信吉胸中閃耀著明燈般的光輝。

「你必須背叛主公上杉家！」

正信並沒這麼說。這種話決不能出口，但他說了十分近似的話。

「能登大人，世道無論如何變化，我一定保證大人發跡。畢竟大人的出生地是武藏，上溯祖先是坂東的望族畠山氏，和統治關東八州的德川家可謂緣分不淺。無論何時、發生何事，德川家都不會疏遠藤田大人。」

正信反覆強調。總之，話裡有話，大概就是想讓信吉採取有利於德川家的行動吧。

（他的話想表達什麼呢？）

信吉沒悟透真意。我在上杉家做何事，才能有利於德川家呢？他專注地琢磨著這件事。

第五天，雨停了。

信吉好像拿定了主意。從金谷出發一路東進時，此人臉頰浮上了獨特的明朗爽快神色，心事好似全悟明白了。

藤田能登守信吉通過會津南山口下到盆地時，已經是三月初了。

沿途到處砍倒大樹架起柵欄，石材堆疊堡壘，道路修築得重載的車馬也能通過。大規模防衛工事開始了。一問才知道，從會津仙道招募的民伕竟達八萬人。

（景勝果真下定決心了嗎？）

信吉穿過修建工事的現場，心懷恐懼，回到了若松城下。在更衣宅邸裡換下旅裝，立即登城拜謁景勝。

景勝坐在上座。

下座的首席家老直江山城守兼續，身穿藏青色無袖外套禮服，獨自隨侍景勝。別無他人。

次位家老藤田信吉獲准上前，膝行至景勝身前，仰起大臉盤，開始陳述大坂形勢。

少言寡語的景勝一直保持沉默，臉不變色，也不問話。

直江也一言不發。

（難道景勝和直江都聽說了嗎？）

信吉心生疑念。在這鴉雀無聲之中，只有信吉抖擻的話語聲發出空蕩蕩的迴響。

「臣到大坂一看，德川內府的勢力如旭日東昇，西丸特地建起了天守閣，每個休息間都擠滿了前來問候的大名、大名的家老、京都的公卿、各大寺院的僧侶、神官等，與太閤在世別無二致。京都大坂的黎民百姓紛紛議論：家康公已成為天下人了。在下親眼一看，那威勢已遠遠超過傳言了。」

「……」

景勝依然緘默。信吉只好繼續講下去：

「更令人驚詫的是，我上杉家謀反一事，連大名宅邸裡的僕役都無人不曉。大坂的殿上與城下，四處都在談論這件事。」

「……」

「殿上熱烈議論家康公何時下達出征令，今日或明日？諸大名爭先恐後自告奮勇，屆時願當先鋒。目前形勢就是如此。按照這種趨勢，天下大名很可能悉數跟隨家康公。這樣一來，我上杉家將重蹈太閤在世時小田原北条氏的覆轍。臣為上杉家滅亡在即而驚恐，就快馬加鞭趕回來了。」

（以威脅令其停止謀反之念，也就等於吻合了家康的心理。）

藤田能登守信吉這樣認為。按照他的判斷，家康的實力再強大，一百二十萬石的景勝若起而叛亂，也是極難對付的嚴重事件。他認定，讓事件消弭於未然，就是效忠家康的行為。憑信吉的智力，他怎麼也不可能想到家康正暗自翹盼景勝叛亂呢。

「臣重申一遍，現在家康公已是名副其實的天下人了。」

為觀察景勝和兼續的反應，信吉停下了話頭。

然而，兩人依舊沉默。信吉無奈，只得以自己的話聲打破場面的沉默。

「目前，」

他提高了聲音：

「應該拆毀所有新建城池，再解散新招納的浪人，然後主公儘快親自去大坂解釋。否則上杉家走向滅亡之勢，明若觀火啊。」

信吉的稟報與建議到此結束。

景勝鐵青的下巴微微一努，視線朝下，凝視信吉。俄頃，說道：

「辛苦了！」

自始至終，景勝嘴裡只吐出這麼一句話。

信吉在座位上又待了片刻。景勝一言不發，信吉不由得失去了沉著。

一旁的直江山城守，視線宛如刺人一般，盯著信吉。信吉坐立不安，趕忙施禮，告別退出。

之後直江山城守雙手置膝，望著景勝，微微露出苦笑。

「能登守好像要出賣上杉家呀。」

景勝似乎也這麼想。他露出與山城守同樣的笑容，頷首回答：

「正是。」

二人沉默片刻，山城守開口了。

「不宰了他，將來必與上杉家結仇。看那人的前例。」

「不行。」

景勝搖頭。

「看看再說吧。」

他只說了這些。一旦開戰，信吉可以發揮無與倫比的作用，景勝許是愛惜他這一點吧。

次日，若松城向四面八方派出傳令兵，向領地內的各城主傳達：「彙集若松城！」

招集日為十三日。

彙集的名目並非軍事會議，該日正當先代謙信公第二十三回冥誕，將在若松城舉辦盛大法會。

不過，該日託辭舉辦法會，實際上要幹什麼，上杉諸將心裡一清二楚，該是發表「打倒家康宣言」和舉辦首次軍事會議吧？

傳令兵也來到了城下的信吉宅邸。信吉故做笑容接待，回言道：

「回去稟報：『老臣得知了。』」

將傳令兵打發回去後，信吉慌忙帶領幾個隨從，夜以繼日奔回居城大森城。大森城遺址在今日福島縣東海岸的大浦村。

信吉即刻喚來了心腹家臣，下令道：

「趕快準備，逃出領國！」

此舉對信吉來說理所當然。看景勝和兼續的那副態度，再待在上杉家，自身就危險了。

「去向何方？」

「江戶！」

事已至此，信吉只得逃走，準備跑到江戶的德川秀忠帳下控訴。

十一日，信吉辭別大森城。不消說，表面裝做去若松城參加謙信公的冥誕法會。

然而沿途百姓一眼就能看出，這支隊伍的目的非比尋常。信吉的妻妾、子女、侍女均在其內，不僅如此，以栗田刑部為首的主要家臣也攜家帶眷，全都夾雜在隊伍中。搬運家財的馬伕不絕於途。

「大森城主想逃出領國吧？」

十二日夜裡，這情報紛紛傳到了會津若松城裡。

「嚴守『七口』！」

直江山城守下令封鎖七個出口。直江特別重視通往江戶的南山口，命令家老之一的福島城主、岩井備中守信能率軍追擊。

岩井信能火急追趕。

到達南山口，天已黎明。不出所料，藤田能登守信吉的長長隊伍正趕著攀過此處。

岩井的軍隊塵土飛揚地追趕，瞅準時機開火射擊。藤田的隊伍正在山坡上，夾帶著婦孺，行動遲緩，按這種狀態無法逃脫。

「這裡有末將任殿軍，斬殺防衛，主公快逃！」

家老栗田刑部策馬靠近信吉說道。

信吉心裡有了依靠，喝斥著眾人逃跑。追兵在山坡上下激戰，砍死了刑部。但信吉終得逃走，到了江戶。

在江戶，他鑽進榊原康政的宅邸，備述景勝謀反一事，又通過榊原康政牽線搭橋，拜謁了中納言秀忠。

事態嚴重，秀忠驚詫，當即遣急使奔赴大坂稟報家康，同時命令信吉：

——你作為此事證人，馬上去上方！

藤田信吉再度走東海道，進了大坂，不解旅途裝束就登上西丸，拜謁家康，同樣事又複述了一遍。

「為了豐臣家，這次你做得非常漂亮！」

家康誇獎信吉，特意從秀賴的器物庫裡拿出一柄刻有豐臣家徽的短刀，以「秀賴賜予」的名義贈予信吉。

接著，信吉本人受德川家保護，移居京都，住進了大德寺。

藤田信吉因為這個大功，獲得譜代大名的待遇，領地在下野國西方，年祿十一萬五千石。大坂戰役的翌年，元和二年（一六一六）信吉死去，終年五十九歲。信吉無嗣子，領地被沒收，成了絕後之家。

信吉趕來後，家康將本多正信喚至上房一室，研究對策。

「罪狀明明白白。臣想建議，以景勝對秀賴懷有二心為名目，招集大名馬上東征。但如此一來，世間恐會認為主上輕舉妄動。所以目前先向會津派去問罪使，勸說景勝前來大坂。他若拒絕，再擁天下之兵討伐上杉。臣認為，這樣的步驟顯得穩重。」

「嗯。」

家康心想，正信這種擁有大器有才之人，沒辦法像信長和秀吉那樣電光石火般發揮才智，對已經明白了的問題還要深思熟慮。

俄頃，家康抬起了厚厚的眼皮。

「可以。有其他想法嗎？」

「臣認為，還是只能採取秀賴公派出問罪使的形式，才有利於天下視聽。為了日後將逐漸發展的征戰態勢，不給世間留下是德川、上杉兩家私戰的印象，必須始終堅持公戰的形式。」

接下來，二人開始細膩磋商具體對策。

未久，選出德川家的一將、伊奈圖書頭為正使，五奉行之一的增田長盛之家老河村長門任副使，四月一日，離開大坂。

他們急切趕路，四月十三日進入了會津若松。

不言可知，景勝和兼續翹首盼望問罪使到來。問罪使既然是公事公辦，上杉家的回答也可以公開於天下。以正式公文彈劾家康的陰謀，以彈劾狀喚醒天下大名心中的正義感，這是景勝和兼續的本意。

向家康提出的彈劾狀，恐會成為公開的挑戰書。

挑戰

春天就要過去了。

按照日曆，夏天尚未到來。家康的問罪使進入上杉景勝城下之日，會津盆地的上空萬里無雲。

盆地裡滿溢光芒。金黃的菜花與嫩綠的桑葉點綴著原野，村村寨寨，養蠶男女忙碌勞作著。

「已到夏天了吧？」

馬上的伊奈圖書頭嘟囔道。馬朝向城池的天寧寺口走去。隊伍最前頭由上杉家家臣領路，按轡徐行。後面跟著是伊奈圖書頭和他的隨從，再後面是副使河村長門騎著黑毛馬緩緩而行。

（不愧是上杉家一百二十萬石的居城！）

伊奈圖書頭仰望前方高聳入蒼穹的七層天守，這樣思忖著。

本丸的東側像大坂城那樣，築起了高高的石牆，頂上是嶄新的城堡。不知何故，南側是凸起長著青草的土牆，上面綿延著石牆，構成了古代風格的堡壘。

若松城除了本丸、二丸、三丸之外，馬場脇丸、稻荷郭、北出丸、西出丸等小城郭也建起了角樓，角樓與角樓間有小徑相連，護城河與城牆形成了複雜

的結構。

（真得仔細看，記牢了。）

伊奈圖書頭暗想。一旦交戰，自己肯定要負責攻打十六座城門的某一座。總之，城郭的景觀、城門的配置、街裡的道路等等，都記住就不會吃虧。

他們從天寧寺口進入城內，被延入建在二丸、充當館驛的家老宅邸休息。

一行通過之後，市街上就開始議論紛紛了。

城下的中心街區，有一家城裡最大的傭工介紹所「越後屋」。使節團從門前經過後，武士家的僕人和民伕頭領等二三十人聚攏過來，唧唧喳喳地議論。

「德川大人太荒唐！」

「那幫人是來下戰書的吧？」

「大戰在即喲！」

人們高聲熱議這些事。當然，其中也有人蹙眉低語，所言之事帶著悲觀。

「為何會津必須對付天下之兵？雖說上杉家自謙信公以來是武勇之家，但果真能獲勝嗎？」

「上杉家有城州大人。」

這是指直江山城守兼續。

「他繼承了謙信公的衣缽，人稱『智謀之神』，無論發生何種大事，上杉家也不可能失敗吧。」

「什麼叫『不可能失敗吧』？」

高聲說話者責問道。

「別那麼膽怯，上杉家必勝！上杉家自鎮守越後春日山城以來，從未打過敗仗。謙信公時代，就連甲州武田信玄大人的大營都踏平了！可憐的哪，武田信玄還遭謙信公親手砍了三刀呢！謙信公進而殺入關東，所向披靡。就連小田原的北条家看見了越後兵，都趕忙將城門上閂，大氣不敢喘，不敢出戰，更別說啥德川大人了。他只不過是偶然碰上了好運氣，平步青雲，得了內大臣的位置。儘管德川大人在大坂城西丸令天下大名跪拜，然而，一旦與上杉大軍相遇沙場，雙方大戰一番，我方瞬間就會馬踏敵屍，把他們踩成肉泥！」

「能那麼順利嗎？」

低聲說話者嘟囔著。

「何必擔憂！掌握上杉家一百二十萬石指揮大權的是城州大人！」

「寄望那位城州大人呀。」

至於要如何對付家康的問罪使呢？無論高聲或低聲說話者，對此都抱著強烈關心。

景勝坐在上座。

正副使者入座後，景勝開口問候：

「遠道而來，辛苦了。」

景勝以濃重的越後腔調慢慢說道。

景勝目露凶光，這本是他慣常的表情。他的容貌沉穩剛毅，在戰場上能有如此穩重大將風度之人，並不多見。景勝相信：

——大將必須態度不二，全神貫注地運籌帷幄。

戰況再險惡，景勝主陣周圍的旌旗也巍然不動，景勝依舊神色自若，穩重沈靜，貼身侍衛都必須面朝敵營，採取跪射姿勢，不許咳嗽一聲。這是謙信以來的兵法之一。其思想根據是戰場上的大將風度和主陣氣勢必須穩若泰山，全軍才能毫不動搖，奮勇殺敵。

一旦到了進擊之時，景勝一如謙信，一馬當先，鼓舞全軍。有時景勝也衝入敵陣，發揮勇猛果敢的武將威風。

然而景勝腦袋裡的戰略戰術才能究竟有多高水準？是名將還是愚將？這件事誰也不知道。

景勝如此少言寡語，是因為信口開河，會將自己心中的構想與根性全都暴露出來，閉口不言的話，則任誰也摸不清楚底細。

——主公究竟都想些什麼呢？

連宅邸裡的人也不明白，服侍景勝身邊的近習亦然。因此，上杉家眾人對於景勝極為懼怕，一家上下汲汲於完成任務，服從既定統制，戰場上沒有任意後退者，無不捨生忘死向前衝。

景勝純是一位不可思議的大名。

仔細考察可以看出，與其當謙信的遺臣，直江山城守更願自任謙信的弟子。也許正是這樣的山城守，才將年長於己五歲的景勝訓練成如此風格吧。

「吾家主公繼承了謙信公的血統，卻沒繼承其神妙的天才。主公只模仿了謙信公的外型，頭腦的總智慧由我繼承。主從二人合二而一，勉強能頂上一位謙信公。」

山城守不能這樣露骨說出。他只好設法促動景勝開悟。景勝也是出類拔萃之人，因此他汲取了直江的靈意，自我培訓，終於在外型、舉止、勇氣、氣概這四點上，已成為凌駕謙信的謙信了。

正副兩名使者抬頭凝視景勝。

（此人在想什麼呢？）

他倆努力想從景勝的表情裡讀出本意來。

景勝接過信函默讀著。這份信函從身分上看，並未採取由家康發出的形式，而是由景勝的好友、相國寺和尚承兌發出的忠告書。但實質上與家康的「責問書」無異。

景勝讀罷，抬頭。除了兩眼放射可怕光芒，表情毫無變化。他緊咬著嘴唇。

伊奈圖書頭忍耐不住，湊上前去，開始口頭縷述「德川內大臣的話」。

內容扼要如下：

「閣下鞏固城池、準備交戰，而無寧日。根據各地情報，我已掌握了若干證據。一邊蒙受故太閤殿下的隆恩，一邊反叛秀賴公，甚是出人意表。」

這是斥責。家康的要求是：

「當改變主意，為做出解釋，請儘早來大坂。閣下與我家康同為大老之身，需要相商之事頗多。譬如朝鮮外交等當務之急。望儘早來大坂。」

伊奈圖書頭說完了。

景勝這才露出微笑，旋即消失。

「回答前我想問一下。這封信和你的口頭陳述，言詞真是誇大。究竟是對誰說的？」

「當然是對上杉中納言景勝大人，即對大人說的呀。」

「對我景勝嗎？」

他的臉頰脹得通紅。

「是說我景勝忘記了豐臣家的隆恩，企圖背叛幼君嗎？」

「正是。」

「一派胡言。我上杉家有先代謙信留下的家法，以義為首。我景勝恪守祖上留傳家法，欲殉此法。縱然天地翻覆，我景勝也不可能背叛幼君！」

「但是如信函所寫，國內修築新城，徵募各國浪人，諸般事實歷歷在目。」

「那些屬於上杉家的內政，用不著別人多言。德川內府之所以懷疑，說到底，是因為有讒人吧。將那個讒人叫到這裡，澄清是否屬實，可好？」

讒人指的是從上杉家逃走、跑到家康帳下的藤田能登守信吉。

「不把那人叫到這裡，澄清是否屬實，我就不去大坂。內府口信說，我去大坂有要處理的天下大事，希望相商；但若一有小事，敝人就須列於內府末座，盡大老之職，那我是不願屈就的。」

景勝的話說完了。接下來沉默得儼然是一塊石頭。沉默是此人發言的結尾。

正副使重複問了多次，都彷彿空手拍打石門，只是反覆發出空蕩蕩的聲響。

「上杉家的意向是，」

米澤三十萬石從四位下、直江山城守兼續從旁開口：

「修書一封，明晨送到下榻的館驛。二位可帶著回大坂。」

山城守的態度與言外之意是，再議論下去也無用了。

會見結束，使者返回二丸的館驛後，景勝和兼續來到茶室，主從二人輕鬆喝茶。

用茶時，誰也不提適才使者的話題，只是品評點心。

那是名曰「松風」的京都點心。作為茶點端了上來。傳說本願寺還是武裝教團時，住持僧顯如和信長達成屈辱的和解，讓出石山城。顯如遷往紀州鷺森途中，掌管軍糧的某人把精心製作的點心獻給顯如，這就是「松風」的由來。

二人交談的內容只有這些。

俄頃，山城守告退，返回大町口城門旁的武士宅邸。

「書齋裡備好筆硯！」

下達命令後，山城守更衣沐浴，讓兩名兒小姓為他搓澡。

出浴之時，他胸中已經文思泉湧了。

山城守坐在書齋裡。

「信紙就這些嗎？」

這些紙是不夠的。他既然想宣洩對傲慢家康的憤懣，大概要寫長文回函吧。

「再預備些信紙，硯池裡斟滿水，研墨！」

文思泉湧。

山城守最後猛地擱筆。

「華函已詳細拜讀，幸甚。」

一起頭即直奔主題，一項項寫下去。

「關於我上杉家，多種雜說於上方散播。內府心存疑惑，無可奈何。內府當思會津地處遠國，加之景勝年少，此兩點恰巧容易產生謀反傳言。僅此而已。態勢極為正常，謹請放心，毋需為流言勞神。

「勸景勝去大坂一事，我方實難遵命。畢竟我上杉家因變換領國，前年方從世居故地越後遷至會津，諸般政務堆積如山。為加處理，去年九月景勝由大坂下領國。倘若剛下領國又須上大坂，那麼，何時處理家國政務？

「說景勝懷有二心，讓景勝呈上誓言書。誓言書再多封也無意義，關鍵在於心意。景勝乃忠義規矩之人，故太閤殿下心裡十分清楚。太閤死後，景勝之心依然未變。太閤歸天，大名之心巨變，倘以為景勝也是那種人，我方則甚感困擾。」

山城守文中含刺，隱隱痛斥家康於太閤死後面目大變。

「進而，攻擊上杉家匯攏武器，此說亦令人困擾。上方武士擁有今燒茶碗、炭箱、瓢（茶道用具）等誤蕩人心之道具。鄉野武士則不然，只準備長槍、弓箭等用品。

「又，責備我國大修道路，河上架浮橋，實難理解。修路架橋是國家執政必然涉及事務。據聞，讒人之一堀秀治（越後國主）所言，此為會津攻入越後的軍用道路。試想，欲滅久太郎（堀秀治）何需新修道路？此亦多慮。

「且說，若景勝懷叛逆之心，欲固守城池，何必開拓道路？反倒應當悉數堵塞國境進出口，破壞道路。如今景勝十方築路，倘設是出於軍事目的，一旦遭天下大軍包圍，必須十路出兵進行保衛戰；兵力不足，未久必被攻破。故此，開拓道路反而是毫無敵意的證據。」

承兌的信上尚有如下一段文字：「此前風聞加賀的前田利長企圖謀反，內府責問，但最終以仁慈之心穩妥處理。已有如此先例，還望三思。」山城守對此做答之際，筆下尤含憤怒。他知道「前田事件」是家康一手捏造。所謂「穩妥處理」，就是拿前田家的未亡人芳春院當人質，視為私物，不由分說便送到江戶，強行將前田家拉進了自己奸計的陣營。這些事山城守瞭若指掌。

（若對此回覆，則無異於傻瓜了。）

山城守這麼認為。他只寫下三行字：

北國肥前大人（前田利長），
接受內府大人一片好心，
可見內府大人威嚴匪淺。

所謂「一片好心」，意即家康肆無忌憚；而「威嚴匪淺」，則指家康「真夠威風的啊」，極盡嘲諷之能事。

山城守繼續往下寫，行文修辭都強烈針對家康所作所為，文中隱隱暗示：惟有蒼天和景勝已識破了你的奸計！最後註明日期、署名，寫完收信人姓名後，補充了「又及」：

又及，急迫之間，重申一遍。
據聞內府大人或中納言大人（德川秀忠）欲蒞臨地方，諸事萬端，待蒞臨地方之時，再做計較。

這三行是下戰書了。含意是：

「追記。聽說家康大人或者秀忠大人要下地方討伐會津。諸事屆時再見分曉吧。」

意即，家康若想率領三軍前來，那就請吧。我方佈陣國境，嚴陣以待。

家康在大坂城西丸接過伊奈圖書頭的歸國報告，打開默讀之後，翻面反扣：

「我今年五十九歲，活到這把年紀，還不曾目睹耳聞如此無禮的信函！」

家康嘟囔道。他簡直要愣住了。臉上神色彷彿忘記了氣憤，氣息細弱如絲。

家康必須當演員。

若將天下當做一場大戲的舞臺，那麼，現在的家康，正扮演著領銜主演的角色。

「……」

滿堂連聲咳嗽都沒。西丸大廣間裡列坐的近臣和大名，屏氣凝視家康對會津的挑戰書做出何種反應。

（主上如何打算？）

由會津帶回無禮信函的伊奈圖書頭等人，臉色蒼白。

「萬千代（井伊直政）。」

須臾，家康開口了。恢復了溫和的神情。

「在！」

井伊直政跪拜。家康微笑著，用話家常的口氣問道：

「去年寄放你那邊的『三條小鍛冶』，已經磨好了嗎？」

三條小鍛冶宗近乃平安朝的刀匠，家住京都三條，故而以之為姓。聲名遠播，甚至有謠曲《小鍛冶》傳唱。家康是從秀吉手中拜領了這把名刀。

「已經磨好了。」

「拿來！」

井伊直政連忙退下。少頃，捧上來銀光閃閃的一把刀。

「放到簷廊上。」

「簷廊上嗎？」

「是，簷廊。」

說完，家康好像忘了這事，轉到其他話題，與近臣們談笑之後，倏地站起來，嗖嗖走到簷廊，操起了銀光閃閃的名刀。

風滿庭院。

說是庭院，卻不是秀吉嗜好的那種點綴著諸多奇岩異木的豪華庭園。家康修築大坂城西丸時，特意命令栽植了生長於山城國山崎一帶的孟宗竹，形成了竹林。

竹林搖動，清掃長天。

（啊！）

諸大名屏息之際，家康以驚人的輕巧動作跳入風中。

嚓！白刃在午後的天光底下閃閃發亮，說時遲那時快，砍斷了孟宗竹。與討厭刀法（劍術）的秀吉不同，家康自幼修習，工夫不淺，天正初年還從奧山休賀齋處獲頒神影流「皆傳免許」（編註：師傅已傳授全部絕技的證書）。

最近，家康胖得出奇。為減掉贅肉，他頻繁外出放鷹捕獵，卻仍很難消瘦下來。這般肥粗老胖的家康，卻行動輕捷，悄然揮刀，砍斷了直徑足似小盆的孟宗竹。

轉瞬間，孟宗竹倒下。家康白刃入鞘，遞給井伊直政，說道：

「萬千代，寶刀鋒利。」

事實上，滿座是目擊了家康出刀，粗壯的孟宗竹不啻芒草輕巧倒下的光景。

直政一聲不吭接過。一般家臣大概會說這樣的奉承話：

——哎喲，與其說刀鋒利，不如說主上的本領高強！

然而，家康的家臣一概不說這類話語。他們都深知家康討厭恭維。

家康站在風中。

直政一本正經說道：

「只有五郎正宗或三條小鍛冶之作，能斬得這麼漂亮呀。」

「哎，更要緊的是……」

家康彷彿想起了什麼，接著高聲講出了最想說的事：

「萬千代，將這刀全套保管好。」

「保管到何時？」

「指日可待。會津之戰，帶上這把刀！」

此話意味著，將如對那孟宗竹一般砍倒上杉景勝。

家康一言，滿座大名聽來彷彿雷霆滾過。此話可謂家康討伐會津上杉家的宣言。不久，這話將從這庭院傳響到六十餘州吧。

當晚，家康即喚來豐臣家的執政官、奉行增田長盛，正式傳達了討伐上杉一事，並表態：

「我親率全軍。」

長盛大驚。討伐上杉和家康親征這兩件事，他全反對。家康笑而不答。

長盛一退出，就派急使奔向住在近江水口居城的奉行之一長束正家處，讓他火速來大坂，又聯繫了豐臣家顧問中老生駒親正和中村一氏。未久，他們聚首，連袂登城拜謁家康，建議道：

「秀賴公尚處幼弱，掀起天下風波，是否合適？上杉景勝也好，直江山城守也罷，充其量是兩個不懂禮節的土包子。他們無禮，我等會狠狠訓斥。故而，切望內府儘量三思而後行。」

家康擺出了一大堆理由，頑固地不肯退讓。

「我是為幼君好，才征討會津。若容忍這等非禮蠻橫，天下政權還想存在否？」

家康開始顯示出驚人的行動實力。付諸實施，刻不容緩。

山城守的挑戰書到達數日後，家康喚來深蒙秀吉恩澤的三個大名，命令他們擔任全軍先鋒。

三人是，

福島正則

細川忠興

加藤嘉明

當先鋒是立功揚名的良機，作為武將沒有比這更體面光榮的事了。

「此乃武門驕傲。」

三人叩拜。在家康看來，這是最佳人選。三人都是粗莽性格，不僅在戰場上能發揮莽撞突進之勇，更有利的是他們都討厭石田三成。他們預想到下一個時代將屬於家康，很早以前就開始向德川家獻殷勤。

加之，他們都深蒙秀吉舊恩，點他們任先鋒大將，為將豐臣家諸大名的心吸引到家康身上，這應當是最有效的做法。

譬如，諸大名必會這麼琢磨：

——不是連左衛門大夫（福島正則）也迎合家康的主意，擔任先鋒，竭力奮進嗎?!

於是，多少有點猶豫不決的大名也會爭先恐後奔至家康麾下。

家康進一步採取行動。

六月二日。向各領國大名下達軍令，命令駐在大坂的大名各自歸國，準備出兵。

六月六日。要求大坂的諸將早早全體登城，齊集大坂城西丸，召開討伐會津的軍事會議。

無人反對討伐。時潮驟變，會場充滿了爭先恐後要跟上這股新潮的氣氛。圍繞戰略戰術，列位大名爭相發言。

在家康看來，多是些愚劣的戰術論。當然，大名發言旨在希望自己的存在得到承認，至於喋喋不休講了些什麼內容，都是無所謂的。

會場上吵吵嚷嚷，此起彼伏。家康始終高興地頷首，哪條建議都認真傾聽，一一發表些評價：

「不愧是擅長巧戰的兵部大人！」

又加了一句：

「哎呀，修理大人心真細，這一點我都疏忽了。」

家康隨聲附和著，以滿足這一群武將的自尊心。

會場上有個名曰堀秀治的男子。

官名左衛門督，通稱久太郎。

是第二代。

父親堀久太郎秀政生於美濃，是名播天下的勇將，戰場上指揮高明。消滅了明智光秀後，堀秀政跟隨秀吉屢建殊勳，終於被提拔為越前北庄十八萬餘石的大大名，並受特別恩准，姓羽柴，人們敬稱為「羽柴北庄侍從」，是經歷戰國時代倖存下來的著名男子漢。然而首代久太郎已故去了。

二代久太郎堀秀治，現年二十五歲，才幹平平。

秀吉健在時，受亡父功勞庇蔭，移封至越後，獲賜上杉謙信的居城春日山城，年祿加封至三十三萬石。

秀治移封越後，因為某事，對前任越後國主上杉景勝懷恨在心。於是他將鄰國會津的動靜一五一十密報家康。

因為密告，他立下了大功。這次軍事會議上，堀秀治心裡焦急，怎樣發言才能更加引人注目？

（應該說些什麼呢？）

堀秀治搜索枯腸，還是沒想出值得發表的意見。

終於，好不容易想到了一件事。他乾咳一聲。

「在下有事要說。」

堀秀治膝行湊前。他是個矮小男人。

「內府可知道，從白河到會津的途中，有個地方叫背炙勢至堂？」

「不知道。」

這個看來機靈的二代久太郎，以前的密告為家康帶來了很大利益。但不知何故，家康討厭堀秀治這張孩子臉。

「若不知道，慎重起見，在下談一談。背炙勢至堂是一處非比尋常的天險，人擠著只能並列通過兩個，要是馬，僅能勉強通過一匹。就是這樣的要害之地。臣以為，如果上杉一方在那裡建了要塞，嚴加防守，先鋒諸將應該多加小心。」

（說了啥玩意兒呀。）

家康大概是這麼想的吧。他的心情露骨地表現在臉上。

首先，家康變了臉色，事出有因。眾多受過謙信訓練的勇將猛士雲集上杉家，名聲很大，在座大名相信者很多。這個節骨眼上，如此發言，豈非煽動眾人不必要的恐怖心理嗎?!

加之，此番發言又明顯傷害了家康的自尊心。信長和秀吉過世後，眾所公認家康是天下一等的軍事家。景勝之流，無論佈下何種陣勢，有何了不得？堀秀治的發言，等於將煞費苦心就要君臨天下的家康之威信降低到毫無價值的程度。

「就這些了嗎？」

家康故意困倦似地垂著眼皮，拖著長腔問道。

「『就這些了嗎』指的是……」

「哎，指的是與久太郎年齡不相稱、老氣橫秋的忠告，就這些了嗎？」

「正是。」

「勿說那種蠢話！縱然是那樣的天險，敵方一桿槍，我方也是一桿槍。狹路相逢一對一，為何我方的槍就劣於上杉的槍？你是說我方將士劣於敵方嗎？」

「非、非也。」

年輕的二代久太郎慌神了，看他一眼都覺得怪可憐的。

「沒有那種事。惟有我方槍法高強。」

「理所當然！」

家康用三河方言帶搭不理地說道。大名們以害怕的眼神看著變臉的家康。秀吉死後，家康對豐臣家的大小大名都示以過度的親切。如今，這個老人漸漸收斂親切，要很自然地推出天下之主的威嚴。

軍事會議以家康的斥責落幕。大名退去。

家康進了上房。後隨的謀臣本多正信老人，

（不愧是主上。）

對家康卓越的才能，從心底湧上了雀躍得意和欣喜，久久難以平靜。

（啊，必不可缺的人物。）

這個老謀臣如此思忖著。畢竟家康帶往會津的軍隊，七成以上是豐臣家諸大名的甲兵，可謂是借來之兵。既然如此，家康理應低頭拜託：

「還請多多關照。」

然而家康訓斥了年祿三十三萬石的大名，導致軍事會議閉幕了。

（我們的主上已非秀賴公，而是實力第一的德川大人。）

自然，其他大名胸中的這種印象和意識，由於家康那充滿威嚴與自信的態度，也更加鮮明了。

（哎呀，真是深得要領的絕招啊！）

正信走在長長的走廊裡，浮想著軍事會議上的家康，心裡已經醉了。

其後，家康沒有休息，立即在上房一室召開了秘密軍事會議。

所謂秘密，與會者都是平時那幾個人，除了正信老人，還有井伊直政、本多忠勝、平岩親吉等。

「決定進攻點和各自職守吧！」

家康說道。他拉過一張小几，趄著身子。

「不必在乎我，我在這裡聽你們議論。」

家康閉上了眼睛。家康本不是具備天才敏銳的人。他採取的思考方法是，與其相信自己的獨斷，莫如傾聽各種賢愚意見，且歸納自己的想法。幕僚們熟知家康的如此思考法，便熱議起來。這種場景，可謂極道地的「家康式」。

先於他取得了天下的信長和秀吉，基本上都沒有這種模式。

幕僚們圍著一張圖展開討論。這是一張會津上杉領地的地圖，山河與城池塗繪了彩色。

討論結束，家康靜靜起身。

他做出決斷，發表意見。「祐筆」（編註：書記官）察覺，立即拿起毛筆。

家康開始講話了，祐筆流利記錄著。

講完後，家康問幕僚：

「如何？有異議否？」

諸僚以家康的意見為基礎，再度議論，最後家康做出結論，會議到此結束。與其說是合議主義，不如說是家康的思考方法。

其結果是，進攻點和眾人部署的梗概都決定了。

主要進攻點鎖定在會津七口之中的五個，分別任命了大將。

首先，相當於主戰場的白河口，由家康、秀忠父子指揮攻打，率領的是關西諸將。

攻打仙道口的大將是佐竹義宣；負責信夫口的是伊達政宗；米澤口由最上義光率領仙北諸將攻之；津川口由前田利長、堀秀治負責，再配上堀直政、堀直寄、村上義明、溝口秀勝等大名的輔助兵力。

「江戶作為列位大名的集合地點！」

「何日集合？」

「佈告上只寫『儘早』即可。不明示日期，大名們反倒會擔心遲到而儘快聚來的。」

「主上何時離開大坂？」

「後天或者大後天，我準備向『御本丸』（秀賴）做出征告別。其後，準備妥當，便辭別大坂。」

「如此神速嗎？」

「時機已成熟了。」

說完，家康的臉頰紅得異常。雙眼閃著可怕的光。

（此一舉，天下是否可成為我的？）

家康心思，僅繫於此。

家康動身

——德川大人親率天下大名征伐會津上杉家！

這消息當夜就傳遍了大坂城下。緊接著，集中於城下的諸大名宅邸，向各自領國派出了送急信的快馬、快船，奔向四面八方六十餘州。

「哇，要天下大亂啦！」

這種恐怖感越傳越廣，人們驚懼戰國之世又要降臨。

在如此態勢中，話題的主角家康，他那似乎要被過厚脂肪脹裂了的身體，沉呼呼地穩坐在大坂城西丸。

（不許動！）

家康這樣命令自己。靜如林，這應當是賭上興亡的家康最賣力的演技。不可輕易變動姿勢——就連表情、坐相、站相、語言口氣，都必須給天下人留下這樣的印象：

——不愧是德川大人，堪任天下首領。

於是，那些躊躇不定的大名就會集中倒向家康一邊。

家康也曾命令旗本：

「全體注意，站相要有威嚴！」

所以，在各家武士鬧哄之時，惟有德川家的旗本比平常更少言寡語，沈穩謹慎，無論在殿上還是路上，舉止都保持穩重。

——不愧是德川軍團！

靠這一印象，必定會給天下人心可信賴之感。

翌晨，家康很早就來到大廣間。

殿上塞滿了人。住在大坂的大名，以及住在領國的大名之家老趕來了，紛紛懇求拜謁，家康應接不暇。

「主上決斷，可賀至極！末將以戰死主上馬前之決心，渴望參戰！」

眾人異口同聲說道。

也有少數人進諫家康切莫親征。加藤清正就是這樣，他說：

「內府離開大坂後，極端分子恐會發動騷亂。征討會津一事，請命令左衛門大夫（福島正則）、甲州（黑田長政）、越中（細川忠興）、左馬助（加藤嘉明），外加末將五人來指揮吧。」

家康面帶微笑。

「非也。這件大事是我冥思苦索之後做出的決斷。諫言值得感謝，卻是無用。」

言訖，他略過加藤清正，環顧身邊其他人，講起自己當年武勇。

家康的沙場經歷和誰比都是老資格。永祿三年（一五六〇）的桶狹間會戰時，滿十八歲的家康就作為今川方的一員武將，率三河兵馬攻下了織田軍的前哨陣地丸根要塞。

「那時，據說故太閤殿下上戰場，不過為信長公牽馬拽鐙。」

家康提及，當秀吉還是個牽馬伕時，如今列坐廳上的豐臣家諸大名多還沒出生。

加藤清正垂首傾聽。

「畢竟都是四十年前的事了。」

家康春風得意。他覺得，沙場歷練這麼長的人，在日本史上恐怕是「捨我其誰也」。

「哎呀，很長。就連我德川家中的人，自桶狹間會戰以來依然健在的老將，也只剩下渡邊半藏了吧。」

恰好渡邊半藏在座。他比家康小一歲，臉上留下了兩塊傷疤，顯得非常蒼老。

「哎呀，僅是馬齒徒增，深感汗顏。」

渡邊半藏口吐此言，臉上沒帶笑容。他是德川家的譜代武士，桶狹間會戰三年前開始服侍家康。上戰場他總是衝鋒在前，桶狹間會戰兩年後的永祿五年（一五六二），三河八幡會戰中家康軍全線崩潰時，半藏負責斷後，轉身單騎衝進敵陣，揮槍狠刺，殊死奮戰，與敵軍名將交鋒十回合，救出己方武士數十人後平安撤退了。

故而，渡邊半藏得一外號：「槍之半藏」。半藏的領地在武藏比企郡內，年祿三千石（後增至一萬三千石）。

「人的命運真是奇妙呀。」

家康得意洋洋。

「渡邊半藏那樣的老將，現在都是我的部下，還是個三千石的身分。而主計頭（清正），」

家康這才看一眼清正。

清正跪在那裡。

「你運氣不錯啊。隨侍太閤殿下，年紀輕輕就當上了身分很高的肥後半國之主了。」

此話也可理解為諷刺清正。

還可理解為，家康意在炫耀德川家功績超過清正的家臣多如牛毛，他們現在還是低微的身分。

「半藏啊，」

家康的心情越來越好。

「這次征討上杉，是一場久違的戰爭。你上了年紀，還打算和年輕人一起爭先恐後衝鋒陷陣嗎？」

「開什麼玩笑啊！」

半藏臉上露出了苦笑，回答：

「武將死戰，理所當然。半藏可是人老槍不老！」

「喲，說得好！半藏這把年紀還能青春煥發，我也熱血沸騰呀。」

家康手拍膝蓋，高高興興，急令身旁的小姓：

「將第二個盔甲箱拿上來！」

少刻，家康愛用的頭盔、鎧甲沉呼呼地運了上來。這是家康引以為豪的南蠻盔甲。家康在堺買下這套葡萄牙騎士穿戴的盔甲，在頭盔上繫了一串下垂的護頸，鎧甲又配上護腿罩，改造成日本式鎧甲。整套鎧甲銀光閃閃。頭盔是櫧實形，鎧甲凸起如鳩胸，十分洋氣。

「半藏！」

家康召喚。

「這個送你。此番出征穿戴上，尤顯青春煥發。槍法要努力顯出你不減當年的英勇氣派！」

這是家康對大名的示威。在如此演技中，家康似乎要讓他們明白：此番征討上杉，自己下了非比尋常的決心。

⋯⋯⋯⋯⋯⋯⋯⋯⋯⋯⋯⋯⋯⋯⋯⋯⋯⋯⋯⋯⋯⋯⋯⋯⋯⋯⋯⋯⋯⋯⋯⋯⋯⋯⋯⋯

夜幕降臨。

前來伺候的大名已經下城了，家康居室裡卻依然燈火輝煌，家康與心腹諸將的會議還在持續。

軍事會議結束後，家康喚來旗本佐野忠成，命令道：

「你待在大坂，留守西丸。女眷們都託付給你了。」

家康不能帶領阿茶局等側室東下。表面上不是謀反，因此至少得將女眷都留在大坂。跟隨家康的列位大名，也都將妻子兒女留在大坂，作為交給豐臣秀賴公的「人質」，所以不能惟有家康帶家眷前往。

然而，這又是令家康眼下心生掛牽的緣由。

「你人機智，我認為只有你堪當此任。阿茶局等都託付給你，如何？」

佐野忠成是肥後守，年祿三千石。佐野忠成以英勇衝殺自豪，不願接受這份任務，但最後還是勉強答應了。

後來，動亂爆發，佐野忠成保護女眷逃出大坂城，進了大和國，將她們安頓在當地他熟悉之處，隨後便單騎進入伏見城戰死。

戰後，家康大怒：

「佐野忠成戰死伏見，看似盡忠，其實不忠。我將女眷託付予他，忠成理當自始至終善加保護。但他中途將之託付給我素不相識的人，想樹立個人武名，任性地戰死了。」

故此，家康沒收佐野忠成的三千石俸祿，只讓其子成職繼承了五百俵（編註：原為裝米的稻草袋，轉為米的計算單位，一俵合四斗）祿米。

翌晨，家康去本丸拜謁秀賴，談及出征一事。

「為了豐臣家綿延千年，懇請暫賜我一些時日。」

家康口頭上請了假。不消說，領會了家康意圖的奉行增田長盛，早將家康出征之事稟報了秀賴及其母親淀殿。這次請假不過行禮如儀而已。

總之，關於家康出征的資格，他位居五大老之首，又是秀賴的代理官，師出有名：討伐「豐臣家逆臣」上杉景勝。正是憑藉這種身分，家康才可以率領秀賴手下諸位大名前往征討。

儀式是主君對其代理官的儀式，秀賴按照近臣交給的話，以稚嫩的聲音說道：

「辛苦了！」

作為出征的祝賀，秀賴親贈家康寶刀和茶器，又從本丸金庫拿出黃金二萬兩，軍糧庫撥出稻米二萬石，當作餞別禮物，下賜家康。

其後，京都的朝廷派權大納言勸修寺晴豐為敕使，下大坂入家康的西丸，賜家康敕語，以及布匹一百反（編註：日本布帛長度單位，一反合兩丈八尺）。

這樣一來，形式上家康是依據天皇的敕令和秀賴的將軍令，征討上杉，出兵依法有據。不言而喻，敕使西下，是家康通過京都商人茶屋四郎次郎和宇治茶師上林曉庵等人，預先說動公卿，萬事都安排穩妥了，並非朝廷自發性地派敕使前往大坂。關於這點，家康早做了周密安排。

終於到了慶長五年（一六〇〇）六月十六日，清晨，家康從大坂城出發了。

家康隨著東升的旭日，出了京橋口城門。

為了爭睹內大臣家康出征，天色還早，市民們就已經將京橋到天滿碼頭的數丁（編註：一丁約一〇九公尺）之間擠得水泄不通，人群彷彿重疊摞了好幾層，跪在路邊施禮。

「哎喲！」

市民們大失所望。

秀吉征討九州、小田原，以及朝鮮戰爭時期南下肥前名護屋的出征場面，市民們都還記憶猶新。秀吉嗜好奢華，獨出各式心裁，如同華麗的演出，迷醉了全城人心。然而，家康的出征場面完全相反。

但見直屬家康的三河三千將士，樸素篤實，步伐整齊地走出城門。

大將家康亦然。

他沒有戴盔穿甲。而是身著水藍夏季單衣，套上肥袖黑外罩，一身老爺子隱居風格的打扮。為防日曬，頭戴一頂越前戶口產的斗笠。

僅此而已。家康若非置身慣常坐騎、日本第一的雜毛名馬「島津駁」背上，人們大概會懷疑：

——他是大將嗎？

家康就這樣抵達天滿河畔登船，溯淀川而上。座船圍著印有德川葵紋的戰陣用幔帳，船上的寬窄旗幟迎著河風飄揚。岸邊有三十個縴夫拉船行進。

陸上有兩千五百名戰士擔任護衛，奔向伏見，炎炎赤日下，密密麻麻擠滿河堤路，向上游行進。

「好熱啊。」

家康迎著河風說道。

「正是。」

本多正信老人點頭附和。

「我胖成這副模樣，對炎熱的感受程度，與身材瘦溜的卿可不同啊。」

「非也。臣太瘦，似乎都熱到骨頭裡了。」

「去年夏天也熱得厲害。」

家康說道。去年夏天，家康態度強硬地與豐臣家的奉行談判，終於住進伏見城，在那裡度過夏天。伏見城坐落在桃山高地上，夜間相當涼快，白天格外炎熱，家康常常登天守閣納涼。

「去年在天守閣，」

正信含笑剛對家康開口，家康彷彿也想起了什麼事。

「是的，我發現了小偷。」

這是僅有家康、正信和幾個側近知道，關於納涼的回憶。去年夏天在天守閣乘涼時，能夠看到底下的大廚房。伙伕頻頻將食物似的東西藏入袖口或塞進懷中，從那屋脊下走出來。

「那不是在偷東西嗎？」

家康生性吝嗇，而且比別人加倍厭惡規章制度鬆弛。

「伙伕做那種事，是因為領班管理太鬆。那間的領班是誰，立即調查！」

家康不快，陡然變了臉色。左右又不便勸說。當時，在家康身旁的正信老人，翹腳從窗口俯視了片刻。

「我彌八郎對那廚房有個想法。」

正信老人笑嘻嘻說道。

看著正信的笑容，家康一陣困惑。

「說說看。」

正信把扇子豎立膝上，說道：

「那般情景對德川家來說，真是可喜可賀啊。主上，請回顧一下。過去在岡崎城身分還低的時候自不待言，濱松城時代領國可謂遼闊了，儘管如此，城裡的廚房依舊寒酸，就算廚房領班想偷一尾柴魚都不可得。如今除了是關東八州的首領，還代替秀賴公判斷處理天下政務，列位大名的貢品極多，滾滾流入門內，倉滿庫實，廚房也豐裕起來，自然也就出現小偷了。那個呀，前波半入常在貴人面前唱的『今樣歌』（流行歌）中，不也有這樣的歌詞麼：『大廚房與河淺灘，總是豐盈好。』就是這麼個理由呀。」

正信想說的是，身為天下第一的大名，又是秀賴的代理官，何必連廚房的事也總掛在嘴上。

家康面浮苦笑，沒說什麼。沒必要說了。他知道處罰廚房領班一事，正信會通過途徑處理的。

「去江戶……」

正信換了話題：

「趕著回去嗎？」

江戶是討伐會津的最後策劃地，正信想根據家康抵達江戶的日期，決定大致的開戰時間。

關於此事，他想聽聽家康的真實想法。

「是呀。」

說著，家康解開前襟，讓河風吹進去。

「夏天作戰，叫人好傷腦筋啊。」

「哈哈哈。」

「天太熱，緩走東海道，途中，我打算在富士山一帶放個鷹打個獵啥的。」

「哈哈哈。」

正信深深點頭。

家康的內心盤算，和自己要建議的作戰方案一致，儼如刻意求得符合似的，正信心滿意足。

（外出期間，石田必舉兵，主上期待如此。）

家康的眼睛並沒盯在偏鄉奧州。

家康離別大坂，又注視著大坂。正信放下了心。

對自己主公這般頗有氣派的戰略眼光，正信表示敬畏，內心再度受到震撼。

黃昏時分，抵達伏見。

家康身披殘照，進了出征首日的宿處伏見城。

琵琶湖畔

（是年齡關係吧，這麼疲乏。）

家康進了伏見城，連說話都感到吃力了。確實有年齡的原因。但首因是今天為出行首日，身體尚未適應，乘船的疲累也湧上來了。

「想馬上睡覺。」

走在廊上，家康向正信老人說道。

「那事如何處理？」正信問道。

「是否接見堅守伏見的諸將？」

「啊，免了。」

家康簡短回答。

「接下來，我畢生規模最宏大的狂言劇將開始上演。不能登台前就精疲力竭了。」

家康很在乎自己的疲頓。他深知疲累時思考方式偏於消極，智慧遲鈍。

「聽從尊意。」

正信老人退去。

家康進了寢間。

這裡是故太閤經常使用的「鴻之間」。房間隔門的金箔糊紙上，畫著無數烏鴉般的黑鳥亂舞。

（就像這些鳥一樣。）

家康思忖著。他不知道東海道沿途大名的心要飛向何處。途中或恐有人站出來，殺死下江戶的家康。

（不可疲頓。）

下江戶的行軍，對家康來說，已經是拉開作戰行動的序幕了。

家康鑽進被褥。閉眼後倏然想起一件事，遂劇烈搖著枕邊的鈴鐺。值班近習隔著紙門低聲回應：

「山下又助在此待命。」

「忘了說。你向佐州（本多正信）傳達一聲，明天我第一個接見彥右。」

「是鳥居彥右衛門大人嗎？」

「是。」

家康頷首，終於閉眼了。鳥居彥右衛門是德川家的譜代老將，家康遷居大坂城西丸以來，他一直替主公守護伏見城。

家康入睡了。睡得很踏實，幾乎沒有做夢。

清晨，家康一骨碌爬了起來。

覺睡得很好，疲乏消失得無影無蹤。

（我還年輕。）

昨夜的老人有了另樣的實感。身體充滿了新鮮活力，家康幾乎想跑著出去。

這個早晨，慶長五年六月十七日，是這年首見的萬里晴空，相當稀罕。

家康來到走廊。近習慌忙追上，擔任扈從。家康的腳步很快。

（主上怎麼回事？）

家康的腳步特年輕，近習們都感到驚詫。

左側是庭院，屋簷前是蔚藍長天。家康時而環顧天空，像年輕人一樣走得朝氣蓬勃。

（人說有瓊樓玉宇，指的就是這座城池吧？）

酷嗜修建豪華建築的秀吉，晚年傾天下財富，築起了這座城池。正當削平伏見桃山丘陵、大興土木建築此城之際，無此雅興的家康，

（是個多麼嗜好愚蠢奢侈的人啊！）

對秀吉那無休無止的帝王情趣感到驚愕。秀吉讓家康幫忙建城，他頗感苦惱。如今重新眺望，秀吉留下的遺產顯得出奇壯觀。

（這全歸我所有了。）

家康且思且行。雖說歸己所有，但家康生性討厭無用和浪費，他並非想獲得可謂當今世上最大的無用之物——伏見城。在家康看來，無用永遠是無用的。

（故而，遲早我要拆掉它。）

和伏見城相比，家康現在強烈渴求的是有權「拆毀」伏見城。

俄頃，家康來到了人云「千張席」的大廣間。

（太閤在這裡接見過大名。我也到此拜見過。當上太閤，想必是得意洋洋吧。）

倏然，家康想坐一下秀吉坐過的上座。他像孩子似地疾步登上。眾人皆知，家康凡事三思而後行，對這樣的家康來說，這是罕見的舉動。

家康在上位站立片刻，慢慢彎腰坐了下來。

（天下就要滾入我懷中了。）

漫長的歲月裡，家康不斷忍耐。一想到等待最終還是值得的，他的臉頰浮現淺淺笑意。

大廣間裡靜悄悄的。

卻說大廣間裡的人。現在坐在上位的惟有家康。此外，僅有家康的近習、侍醫等幾個人聚集在角落。

家康獨自暢笑著。

許是這個場景過於異常，曾隨侍家康的其中一人——板坂卜齋，後來這樣記述當時情景：

十七日，內府逗留伏見。
來到了千張席的內間。
興致勃勃，欣賞四方。
駐足內間，
獨自莞爾而笑。

家康這番舉止之間，遙遠的下座出現了一道人影蹲踞著。

此即留守伏見城的鳥居彥右衛門元忠。

「靠上前來。」

家康沒有這樣說。他站起身，離開上位，踩著榻榻米來到彥右衛門身旁坐下，立著右膝，說道：

「彥右衛門，有大事拜託。」

彥右衛門仰起佈滿皺紋的老臉。他年長家康三歲。要論老臣，渡邊半藏也是，但資格不及這位彥右衛門。因為在家康還名曰「松平元康」的少年時代，到駿河的今川義元那裡當人質時，從三河跟去的看守人之一就是這位彥右衛門。

當時彥右衛門遭今川家武士虐待，宛似奴隸，但他決不離開家康身邊。夏天給家康擦身體，冬天用自己身體給家康溫腳，相依為命。自那時起，二人間交流著超越主僕關係的濃密情誼。

彥右衛門為人忠義規矩，樸質寡言，為了主公水火不辭，是典型的三河人。

曾有這樣的事例。

隨著家康身分越來越高，彥右衛門的俸祿不斷增長，現今是下總年祿四萬石的大名身分。本應封彥右衛門以某某守等四位或五位的官階，事實上，家康一手培養起來的大名，悉數受封官階，惟有這位老三河人表態：

「臣只稱『彥右衛門』足矣。」

家康再三勸說，彥右衛門堅辭不受。至今仍以日本唯一無官職的大名著稱。

「彥右衛門啊，我要去會津了。」

只有在對此人時，家康還用幼童時代的講話方式。

「我要是去了會津，」

他低聲說道。

「石田三成大概會在上方舉兵。這件事是肯定的。」

家康一字一句嚼碎了似地，緩緩說給彥右衛門聽。

「石田在大坂招集西國大名，首先會攻打這座伏見城。估計他的兵力有十萬，或者還會超過。」

伏見城可能陷落。

對家康而言，伏見城可謂捨棄不足為惜的「捨城」。家康要任命這位鳥居彥右衛門擔任這座「捨城」的守將。

（除了忠義規矩的彥右衛門，其他人皆無法勝任這座必死之城的守將。）

家康是這麼看的。守城死戰之後，全軍都得「戰亡」。若點機靈之人擔任守將，他也許會巧妙運作，或者與敵妥協，或者投降。

（若是那樣，德川家將威信掃地，影響到日後的政略。）

但是，任用了彥右衛門，他明知必敗，依舊會愚直地進行防衛戰，竭盡死力，充分發揮三河武士的勇猛風格，令天下人戰慄。堪當此大任者，非彥右衛門莫屬。

「你能留下來嗎？」

家康又給彥右衛門配上了內藤家長、松平家忠、松平近正三員副將，總兵力一千八百人。

「遵命！」

彥右衛門點頭，臉不變色，但補充了一句：

「反正是必然陷落之城。」

彥右衛門環顧大廣間，又說道：

「適才點出三員副將助威，無此必要。請將他們全帶到會津陣地。固守伏見城，臣彥右衛門一將足矣。」

他以一貫的頑固，強烈地堅持己見。家康也有家康的想法。雖是一場死戰，彥右衛門一將率兵不足五百，若沒遭到頑強抵抗就丟了城池，德川家的武威會招致天下人懷疑。至少應該守城數日吧。故而有必要配上三將助威。

家康說出了這項用意。

「有道理。原來用意如此啊？」

彥右衛門輕輕頷首，贊同家康。

（還有一道難題。）

伏見城可謂是秀吉別墅的娛樂城，鉛彈貯存得很少。

「彥右衛門。」

家康下定決心命令道：

「太閤健在時，此城天守閣裡貯存了相當多的金銀。一旦開戰缺乏鉛彈，可熔鑄那些金銀，當鉛彈射擊！」

「遵命。」

彥右衛門擊膝道：

「臣自幼隨侍，歷盡辛苦，全都值了。這般大度，主上定能取得天下。伏見城裡的金銀即便鑄成鉛彈打光了，將來取得天下，想要多少就能夠回籠多少。」

入夜，家康又將彥右衛門喚來內間，賜酒，講了許多故事。彥右衛門醉得愉快，談到了駿河流浪時代的往事。

「想來，臣與主上已是多年的主從緣分了。但眼下或恐是今生拜謁主上的最後一面。」

彥右衛門若無其事地說完，退了下去。須臾，傳來了彥右衛門通過走廊的足音。這名老人在三方原交戰中瘸了一條腿，走路的足音格外高亢。足音漸行漸遠，終於消失後，家康倏地掩面哭了起來。

這裡順便帶上一筆。

彥右衛門這類型的人，是家康軍團的特色。

信長軍團和秀吉軍團中，均無這般氣質的武將，可謂風土不同所致。

信長率領的是尾張人。尾張的交通四通八達，自信長時代始，商業繁榮，自然，當地的民風是投機性格很強，雖才華橫溢，但缺乏忠義規矩、耿直、質樸堅強的風氣。

鄰國的三河卻相反。這裡是純粹的農業地帶，完全不懂得流通經濟的技巧。與信長軍團投機性的奢華相比，家康軍團帶有農民氣息。這種氣質孕生的主從關係，帶有古風的堅韌，這是令天下大名懼怕家康軍團的最大原因吧。

次日的十八日，家康從伏見城出發，午前抵達大津城下。

這裡是年祿六萬石的京極高次的居城。大津城的本丸突出至湖面上，大手門在京町口。京極高次時年三十八歲。

（他是個膽小怕事的人，十有八九會站在我方。）

家康這樣判斷。秀吉討伐明智光秀時，京極高次跟隨明智光秀。家門本應遭到摧毀，但獲得寬恕。原因之一，京極家可謂佐佐木源氏的嫡系後裔，屬於名門，高次的妹妹做了秀吉的側室，名曰松之丸殿，受到秀吉寵愛。

還有另一項親緣關係：高次之妻子阿初為淀殿的妹妹。從閨閥這方面來說，沒有誰比高次和秀吉的親緣更深了。

高次與德川家的緣分也深。家康嗣子、中納言秀忠之妻，是高次的小姨子。他的親緣跨兩家。

然而，秀吉死後，高次急速接近家康，多次對家康申請：

「一旦有事，請把末將視為家臣，心無隔閡地下令。」

事實上，高次的大津城對家康來說，是重要的戰略要塞。三成在大坂舉兵，為討伐東方的家康，攻陷伏見城後大舉東下時，大津城是阻其東進的要塞。三成軍攻打大津耗費時日之際，東國的家康可以充分備戰。

（必須抓住高次的心。）

家康這麼思考著。隊伍接近大津城下。此時，高次親自到京橋口外迎接家康。

「末將想請大人用午膳。」

高次提出邀請，家康欣然應諾。

家康被迎進城裡，在大廣間享受了豐盛的午宴。

午宴散，家康進入京極家的裡房，拜謁曾為秀吉側室的松之丸殿，鄭重說道：

「您身子硬朗，真是大好事。您大概已有耳聞，會津有人發動戰亂，老臣作為秀賴公的代理官，前往膺懲。叛亂平定後，過些時日再來謁見。到那時我來給您講戰爭故事。」

然後，松之丸殿的嫂子、高次之妻則請家康坐上座，省免謁見之禮，輕鬆地話起家常。

回到大廣間，家康坐在上位。

接見高次的重臣。主人高次逐一介紹家臣時，輪到了淺見藤右衛門。

「這名字我記得。所謂淺見藤右衛門，就是早年在賤岳之戰中功勳卓著那人嗎？」

正是。淺見覺得連家康都知道自己的名字，心存感激，感動得高聲致謝。

對高次的其他重臣，家康也不忘一視同仁，一一問候。

「都是一臉豪橫之氣喲。」

家康巧舌如簧。換地方，家康和高次又密談了一小時。其後，家康滿心歡喜地辭別了大津城。

隊伍離了大津，夕日將墜之際，抵達今夜的宿營地石部驛站。

（近江是有三成居城的領國，必須小心謹慎！）

此夜，家康思忖之際，某位大名僅帶著兩名隨從，手執一柄白扇，未備武裝，來到家康夜泊的驛站。

襲擊

不速之客是長束正家。

年齡四十出頭。

矮小瘦削。過於老實穩重的外貌，怎麼看也不像是年祿五萬石的大名。這副模樣站在門口，像個地方醫生或神官。

「什麼？大藏少輔（正家）來訪？」

已進寢間的家康一陣狐疑。

五奉行中，長束正家與三成的交情最深，堪稱「石田黨」。

但是，正家個性不像三成那樣激昂，與家康也保持著適當的關係。

（歸根結柢，正家不過是個能幹的官吏，沒有主見和膽量。）

家康很早就這麼判斷。

秀吉打下江山後，不再需要野戰攻城的猛將；取而代之的是經營天下的幹練官吏。

首先，秀吉從一手培養起來的身邊武士中提拔了石田三成。此前不過是一介「佐吉」的三成，獲任命為治部少輔。秀吉封他為大名，還讓他任五奉行之一，掌管天下諸般政務與財政。

以同樣理由，秀吉將正家提拔為五奉行之一。在此之前，正家是丹羽家的家臣，對秀吉來說算是陪臣。正家青年時代就諳熟財會業務，他以這方面的才幹聞名於世。

正家當上奉行之後，逐漸升官，現在是在這石部驛站東方十五公里的水口城城主。

「聽說正家一人來了？」

家康低聲問跪在寢間入口的正信老人。

「是的。只帶一把扇子。」

「難道即將夜襲的殺手是埋伏在驛站某處？」

「他沒那麼大的膽量。不過，安全起見，本多忠勝一幫人正嚴密搜索驛站和街道。」

「見他不？」

「不用。俸祿額五萬石的小大名，貴為內大臣的主上用不著特意出寢間接待。臣代為應酬，聽一聽他有何事。」

「那就委託卿了。」

家康躺在緞被上。

正信退去，他將正家招入大門旁邊的小屋。

「怎奈行軍途中，沒有可以接待來賓的像樣房間。主上已經睡了，由我代為轉達。夜半來訪，有何要事？」

「呀，誠惶誠恐。」

正家放下了扇子。

「我家城池即為石部的下一站，水口驛站。城裡備下了明日早膳，請務必順路蒞臨。」

意思是，正家在自家城裡準備了家康及其麾下三千人的早飯。

（怎麼就這點事啊。）

正信老人覺得挺沒勁。

「如此熱情，實不敢當。」

正信致謝，退回後屋徵求家康的意見。答曰：「那就承其盛情吧。」正信返回，向正家傳達了家康的意思。

「已經答應了?」

正家面浮喜色。

「那麼我立即趕回去,命令他們預備。就此告辭。」

正家急急忙忙回去了。

然後,正信第三次跪在家康的寢室入口。

「大藏少輔已經回去了。卻說……」

正信乾咳了一聲。

「主上真心打算在正家居城用早膳嗎?」

「早飯在何處吃都一樣。」

「那傢伙的舉止缺乏沉著,有點忐忑不安的。」

「臉色呢?」

「異乎尋常,很不好看。給人的感覺好像在策劃著什麼似的。」

「那個膽小鬼什麼事也不敢做。」

「非也。說不定他的後盾『佐和山之狐』正在暗中操縱呢。」

同一個江州內,從三成位在湖畔的居城佐和山到正家的居城水口,若走捷徑有四十公里左右的路程。

「正是。有那隻『佐和山之狐』哟。」

「將主上困在水口城裡,鎖緊城門,殺死主上。這個方案誰都想得出來呀。」

「但是,彌八郎。」

家康躺在那裡說道。

「如果拒絕去吃早飯,世間要說家康膽怯了。」

「確有道理。」

正信頷首。

「總之,今夜街道各處撒下了天羅地網,嚴密搜索,看看是否有可疑跡象吧。」

「那當然。」

家康白天在大津城滔滔不絕,話說得太多,現在已經精疲力竭了。他略顯不耐煩地回了一句,就閉眼睡覺了。

這裡說的,是此日的前天之事。

琵琶湖畔佐和山城的內室，三成的家老島左近和主公頻繁辯論，意在催促：

「下決心吧！」

家康東下，開始行軍走東海道，途中肯定要通過近江的南部地方。

「所幸水口城是長束大藏少輔大人的居城。現在利用水口城，一舉刺殺家康，除掉天下大亂的病根！」

「大藏少輔膽子太小，不知他能否參與。縱然參與，膽小者最終會敗事的。」

「說啥呀，我巧妙擺弄他。」

「卻說……哎呀。」

三成躊躇不決了。

「主公還思考大會戰的事不？還思考天下一分為二的大事不？」

「只想這事。」

三成是個喜好大氣派的人。討伐家康，要展開古今未見的大會戰繪卷，聳動天下視聽，堂堂正正在戰場上殺死家康。

「交戰規模越大，越有利於世道人心。我想在這無道的世間樹起警眾的告示：正義必勝，不義必亡。」

「想的是無用的事。戰爭並非有利於世道人心啊！」

（無論經過多少時日，主公還是個黃毛小子。）

左近神色不悅地思量著。三成很早就愛好學問，近來這種傾向愈發明顯。事物的思考方法在主觀上是睿智卓越的，但僅此而已。三成關注現實的目光似乎變得遲鈍了。

左近是個徹底的現實主義者。

（主公的佐和山只有十九萬餘石。要和關東二百五十五萬石的家康一決勝負，只有動用奇謀權術。但是，主公又厭嫌這一手。）

左近又進一步盡力勸說了三成。

「行了，別說了！當然，刺殺那怪獸，一把短刀足矣。要那麼做，太閤殿下故世後，我在殿上就可刺死他。刺殺機會有的是。我卻沒那麼做。」

「主公是說此非『將者之道』?」

左近的微笑裡帶著諷刺意味。

「正是。強烈彈劾家康,堂堂正正擺下戰陣、旗揚鼓敲,然後開始交戰。否則,我方就樹不起正義。若搞夜襲,豈非招世人誤解為我在報私怨?」

(確實如此。)

左近不得不點頭。正義和不義這兩種觀念先行的場合,事理確如三成所說的那樣。然而,要讓家康心臟停止跳動,不消說,這種觀念反倒成為障礙呀。

「總之,」

左近又執拗地緊跟著說:

「僅就水口這件事,能否任憑臣一手處理?付諸行動也不見得就能成功,但若能確認一下我方出招後家康反應如何,此舉也不算白搭。」

「可以。」

三成沒這麼說。

「左近與年齡不相稱,血氣方剛喲。」

只是苦笑著,採取了默認的形式。

左近離別主公退出,徑回湖畔的自宅,將家老招集一起。

左近的家老之中,兩個是他的故鄉大和地方人氏,其他二人,一為近江當地人,另一人出自甲斐武田家。

左近對他們說出了計畫。首先,他對大和出身的家老箸尾權左衛門吩咐道:

「你帶信去拜見水口的長束大藏少輔大人!」

左近寫下了計畫概要,讓權左衛門帶著,立即出發。

接著,從自家人中選出刀術超群者五十名,任命家老吉原十藏為將領,讓他們化裝成浪人、山野僧、商人等,三三五五奔向水口,形象打扮得平常而不顯眼。

最後,左近讓四個隨從扛著包裹,披夜色離開了佐和山城。

包裹裡是一把火藥槍。
抵達水口城下時，天將黎明了。
左近戴著深斗笠遮顏，因為水口城下的百姓有許多人認識佐和山城著名男子漢島左近。
——島大人蒞臨城下了。
若是這樣的消息傳開去，謠言必定蔓生，
（是要刺殺德川大人吧？）
難保不擴大成這樣的說法。
城下的南側，近鄰甲賀的群山，綠葉覆蓋山嶺，美得令人望之雙目清亮。
左近進到城裡了。
長束家的家老出門迎接，領著左近拜見了城主長束正家。自然是斥退左右，正家身旁連近侍也沒有。
「來信我讀了。」
正家極度膽怯地說道。
「要在這座城裡刺殺內府？」
「正是。」

左近語言簡短，態度誠懇地點頭。
「不麻煩大人什麼。內府夜宿石部吧？到那時，大藏少輔大人只牽上一匹馬，親自去內府客舍，僅表明想招待早膳。其後的事由我來做。」
「你到底想幹什麼？」
「大人只將在下和家臣藏到城裡就可以了。」
「真叫我為難啊。」
左近一眼看出，正家戰戰兢兢。
「對方是內府，他身邊總侍立著本多忠勝等馳騁沙場的老將，還帶領三千大軍。並非輕而易舉殺得了的呀。」
「所以，才殺他。」
左近故意說得輕鬆。
「別講得那般輕巧！」
長束正家越發膽怯了。
「無論刺殺成功與否，內府三千兵都不會保持沉默的。如果垂死掙扎鬧騰起來，如此小城瞬間就會踏平。」

「這屬於意外情況。」

左近不斷微笑著。

「人稱當代智多星的大人，竟也說出這等不該說的話呀。內府如果活下去，必然摧毀豐臣家。大人當有心理準備，恕在下冒昧，豐臣家崩潰了，大人的水口城和性命都保不住啊！因此，乾脆此時在貴城裡一舉結果了他！」

「太、太殘暴了。」

「非也，請放心。在下決不胡來。拜託將我的家臣混入貴府接待官之中即可。倘無良機，當場就放棄這次機會，決不胡來。」

「左近，太冒險了呀。」

正家幾乎要哭了。這時，左近又口若懸河，從方方面面曉以利害，終於讓正家認可了。

左近僅將五十名刺客中的三十名留在城內。

（反正在城裡也不可能得手。膽小鬼正家但求無事。他肯定連自己家臣都不可能安排在內府身邊。）

至於廚師，恐怕德川家的官員也要進城裡廚房逐一檢查，端飯菜的司茶僧或小姓之類，也不會用長束家的人，而由德川家的人來擔任吧。

（在城內束手無策。）

不消說，只有在城外下手。為此，左近讓剩下的二十人化裝成各種身分。

左近盯住臨街最大的那間旅館，入住一事，求長束家與旅館老闆商定好了。左近讓旅館廚房有煙囪的屋脊底下潛伏一個神槍手。又命家臣們化裝成旅館的領班、替班、男僕等。左近也潛伏旅館裡，負責指揮。

旅館名曰「日野屋」，位於城東。計畫步驟是，城裡的暗殺一旦失敗，家康平安出城沿街道東行時，潛伏日野屋裡的左近等人，隨著號炮聲響，瞄準家康的轎子砍去。

（只要殺了家康，隊伍就亂套了，德川的家臣們將喪失士氣。長束家也不會放棄這個機會，大概會打開城門殺將出來吧？）

當然，其部署由左近對正家及其家老們一一細密叮囑，說得明白。

「在最初的襲擊中殺死家康，當場我和家臣們必然都得戰死。請別讓我白死了。」

左近補充道。此非誇張。事情到了這地步，左近和島家的家臣都要死在家康座轎周圍。

「能上些酒嗎？」

左近坐在日野屋老闆的居室裡，恭恭敬敬對年輕老闆娘說道。

老闆娘親自下廚房，俄頃，酒燙熱了，端了上來。她是個細眼膚白的女人。明天家康的隊伍入住這旅館前，老闆娘要和老闆、雇工們一起退避到城裡去。

「我請客。」

左近說著，自己先喝下一杯酒，第二杯送給了身旁正襟危坐的年輕老闆。

第三杯送給老闆娘。

老闆娘好像挺有酒量，手托酒盅，謙恭有禮地貼近朱唇，然後咕咚一聲，一飲而盡。

「二位都海量喲。」

左近一邊說著，觥籌交錯其間，年輕的老闆夫婦都放鬆下來了。

其後，左近睡了一覺。晚飯端來時候，再次推杯換盞。

左近好像有一種不可思議招人喜歡的魅力。

「不知您拿這旅館做什麼，但請不必介意，隨便遣用吧。」

年輕夫婦對左近低語，注意不讓雇工們聽見。

左近沉默地低著頭。酒氣染紅了他的臉頰，濃密鬍鬚刮過後的痕跡黑呼呼的，活像演員勾勒的臉譜。

日落之後，老闆夫婦按照預定計劃進城，帶著十來個雇工，從後門溜了出去。

剩下的只有左近及其家臣。

遁逃

卻說住在石部驛站的家康。

毫無疑問，家康並沒有連左近埋伏在下一站水口旅館裡的事都察覺到。不過，他奇妙地眼睛清亮睡不著。水口城主來訪，已經是兩個鐘頭前的事了。

（好像有什麼將要發生。）

因此才焦躁不安的吧？家康貼著枕頭的後腦勺部位，血液沸騰，他無端地焦慮起來。

「現在幾刻了？」

「亥刻剛過。」

值夜班的人隔著紙門回答。

家康閉上了眼睛。

就在這時，有名武士領著一個隨從，來到了驛站門口。

「我在石部任代官，名叫笹山理兵衛。」

他向負責傳達的家臣自報姓名。

笹山理兵衛出身於甲賀的鄉士家庭，是豐臣家的地方官之一。近江地方點綴著豐臣家的直轄領地，理兵衛作為代官駐在石部，主管行政事務和徵稅。

理兵衛是道地的甲賀人。

人稱近江「甲賀五十三家」的鄉士們觀望形勢，將

來都想跟隨家康，以多種形式為家康盡忠。石部代官笹山理兵衛景元絕非個例。

「已是夜半，我就站在門口稟報吧。現在有一個怪異的流言。」

理兵衛說道。順便交代一下，理兵衛後來將笹山姓改姓篠山，由於此夜告密之功，獲提拔為幕臣。

「島左近他，」

理兵衛這麼一說，負責傳達的家臣倏然緊張起來。

「可是佐和山的左近？」

「他和水口城主長束大藏少輔大人預謀，明晨將在水口城下刺殺內府，好像都策劃好了。」

言訖，笹山理兵衛就回去了。

負責傳達的家臣喊醒了正信老人，傳達消息。正信跑過走廊，進了家康寢間，緊急稟報。

「——左近他，」

家康嘟囔著，舉足踢開了被子。

「馬上出發！你伴我走！」

··

家康當機立斷下令，開始穿衣服，邊穿衣服邊跳到走廊裡了。

「主上，主上！等隨從到齊了就走，稍等，稍等，稍等！」

正信說著，狼狽地跟在家康身後。家康自幼就養成了這種敏捷的行動。

「主上，稍等，稍等！」

正信還在喊著。這樣做自有道理。怎奈已是夜半，隨從、部將、家臣都睡下了，誰也不曉得家康要突然出發。

家康來到了門口。

「出發啦！出發啦！」

正信跑在走廊裡，挨個房間催促。

「小點聲！小點聲！別弄出動靜，別讓旅館的人察覺了！」

正信壓低聲音，腳步輕捷地叫醒人，好不容易有了眾人起床的跡象。

這時的門口，家康肥胖的身體正要坐進轎裡。隨轎侍衛只聚來了四人。

扛長槍的侍從和扛行篋的雜役自不待言，就連最重要的轎伕也沒到來。

「還不趕快抬轎走！」

儘管如此，家康還是叱喝。

隨轎侍衛感到應當是自己來抬了，遂前後分開，一齊用肩頭抵住了轎杆。

他們不是騎馬護衛，平時是步行隨扈，但身分並非「徒士」。他們還自旗本之中，任家康的貼身護衛，個個都是倔強的武士。

門口黑呼呼的。

抬前杆的人身材高大，那腰身背影令人覺得由他抬轎十分可靠。

「你是何人？」

家康從轎裡伸出頭來問道。

「渡邊半藏。」

回答得生硬直率。原來是「槍之半藏」。雖然沒有戴盔披甲，但在這急如星火之際，竟然已經準備好裝備，利於行走的半截草鞋緊緊繫在腳上。家康佩服，說道：

「半藏，你這身準備彷彿早已嚴陣以待，為何知道我會突然出發？」

「這話說得好冷漠啊。」

半藏態度冷淡地回答。

「臣自幼隨侍主上，主上的心意跡象豈能沒有察覺？」

「喝」地一聲，半藏憋氣，一舉抬起轎子。他此時年祿三千石。

前後抬轎的人以槍為支轎棍，呼吸一致，抬起了家康的轎子，奔跑在夜幕下的大道。

到水口十五公里。

身披夜色奔跑，打算趁夜色跑過水口城下。

家康的轎子從石部出發，過了旅館盡頭才追上來兩名持槍侍衛，跑在轎子前頭，再加上追趕而來的扛長刀者，護衛增加到二十人許，沒有一人騎馬。距離轎子二丁左右，僅有近習田上權三郎策馬追來。

田上身後半丁處，五六十歲的城和泉守一騎跟上來了。

轎旁的護衛有富永主膳、岡部小右衛門、松野茂左衛門、柴田四郎兵衛、小倉嘉平治（後稱惣兵衛）、岩本仁右衛門、山下亦助、鈴木與兵衛、河野金大夫、河野孫左衛門等。

終於，轎伕們趕上來了。抬前杆的渡邊半藏說：

「來了啊，快換一下！」

邊跑邊換人。

其間，近臣和護衛等紛紛追趕上來，湊到了二百人許。

從石部驛站跑出了三公里，大道邊有一個名叫「柑子袋」的村落。

家康的護衛將領中，率領最大部隊的本多平八郎忠勝，就宿營此村。

忠勝五十三虛歲，領地在上總大多喜，食祿十萬石，是德川家第一號勇將，名揚天下。

家康座轎還沒抵達柑子袋，渡邊半藏就單騎手舉火把，橫曳火光儼如流星，奔向本多忠勝的宿營地，叫醒忠勝通告急事。

「竟有這等事？」

穿著武士草鞋睡覺的忠勝，立即披掛，下令全軍起床。他急匆匆地戴上那頂有鹿角形前飾的著名頭盔。

老練的忠勝沉著冷靜，令麾下諸將各行其職，下達必要指示。

俄頃，家康座轎到了。

「我平八郎願任前鋒！」

忠勝向轎內打招呼，讓家康放心。嘈雜之中聚集大軍。

忠勝指揮的與力、家丁約有千人。按照忠勝的命令，千人腰間掛著火繩跑來了。千根火繩隨著千人的舉動搖晃著，在狹路上排成兩列，向東趕去。若有人遠望這無數火繩構成的煙火規模，必會頓時戰慄：

——真是火槍如林喲！

不消說，這是忠勝玩弄的計策。

靠近水口，有個名叫三雲的村落。中世活躍於近江的佐佐木源氏一族的三雲氏豪宅，就坐落於此。道路南側是山嶺，橫田川切削著山麓，流向琵琶湖。

河上沒架橋。

城主長束正家特意不架橋，他將此河當作水口城保衛戰的前線。忠勝來到河邊。

在馬上高舉火把。

（敵人就在對岸。）

必須要有這種心理準備。若是久經沙場，任誰都會如此判斷，這是理所當然的戰略眼光，忠勝亦然。

他一邊等著家康座轎靠近，一邊將火把舉到黑暗的高空，搖動描出一個大圓圈兒，旨在命令部隊如白鶴展翅般橫向擺開。

與力級的諸將（服部半藏、加藤次郎九郎、水野太郎作、酒井與九郎、阿部掃部、成瀨小吉等）南北各半，分佈開來，在河堤上排成一條線。

忠勝一看陣勢擺定，搖動火把，一聲令下：

「衝過去！」

千人橫列大軍一齊進入河灘，渡河，登上對岸。

忠勝收束隊伍，編成縱列，排在路上。然後從馬上扔掉火把，徹底打開指揮扇，命令道：

「邊跑邊吶喊！通過水口城下之前，不許停止！」

忠勝雙腳踢著馬腹，

「嘿！嘿！喔！」

大喊著飛奔向前。

整支部隊齊步走，前隊先高叫，後隊應之大喊。

夜裡行軍，部隊的步伐聲和吶喊聲在甲賀群山中迴盪，令人覺得儼然是難以想像的大軍正在行進。

卻說住在水口城下旅館日野屋裡的島左近。

——早晨，家康就會來到城下。

如此堅信的左近，此刻懷抱長刀，背靠裡間一室牆壁瞇眼稍息。忽然遠處傳來了轟鳴的聲響。

左近跳了起來，接著跳下入口空地，叫醒家臣轉到後門，令一人拿來梯子，登上高大屋脊。

家臣登上屋脊俯視道路之際，家康座轎已經像風一樣跑過去了。

家臣下來，備述其狀。左近扔了扇子笑了起來。

「通過的恐怕就是內府的轎子。這支部隊一定是本多忠勝指揮的。」

我輸了。左近很瀟洒地說道。因為打開始就認為只有十分之一的把握，左近也沒太懊悔。

「從前，在小牧會戰時，連故太閤也被內府虛幌一招。」

所謂「虛幌一招」，指的是看似笨重的家康竟有出奇制勝的機動性。小牧會戰時，秀吉的先頭部隊秀次軍，就中了家康這種圈套，吃了敗仗，連大將秀次都失去了坐騎，徒步落荒而逃。

（本來就是勉強的舉動啊。）

左近暗自後悔了。身為大名的一介家老，帶領少數部下，自任刺客，想鑽家康銅牆鐵壁般的部隊縫隙，取其首級。從某種角度看，簡直等同兒戲。

（不過，也令家康膽寒。嚇得他爬出被窩，連夜遁逃。縱然是遊戲，也沒白玩一場啊。）

水口城主長束正家得知家康驟然通過城下，戰戰兢兢。

這個膽小怕事的人，想對三成盡情理，又想諂媚家康。頭一天晚上到石部旅館發出邀請後，他言出行隨，備好了早餐。

家康雖然應邀，卻夜半從城下跑過去了。

（我遭到懷疑了。）

他這麼思忖。這念頭將他逼進了恐怖深淵。

家康及其部隊在一片吶喊聲中通過城下時，正家恰在城內大廚房裡，畢竟是以家康為首的三千人早餐呀。不言而喻，正家通宵不眠，親自指揮廚房。

這時候，他接到了消息。

而且得以確認家康已經過門不入的是，老將渡邊半藏獨自擔當使者，來到城裡。關於家康通過城下一事，半藏口頭上講了一些客套話。

「真、真的嗎？」

這個已故秀吉最信任的大名之一、豐臣家的執政官，狼狽得可憐。

「何、何故，內府早早過城不入？難道懷疑在下往備好的飯菜裡投了毒嗎？」

「非也。」

渡邊半藏沉著冷靜。

「如適才稟報，主上突有急事。勞神費力的厚誼，卻因一心只顧趕路，未得領略風味。」

「還是深夜通過的。」

「正是。軍事活動無分晝夜。」

半藏說道。

僅僅如此，長束正家不能釋懷。他向半藏哭泣似地央求：

「把我帶走吧。」

「帶到何處？」

半藏答得有些冷酷。半藏年祿三千石，正家是從五位下大藏少輔、年祿五萬石的大名。但在這種場合，位置顛倒了。

「帶到何處都行，明白沒？我思念內府，很想親耳親眼確認內府的內心真義。半藏，陪我去拜會內府吧！」

「那我就陪同吧。」

半藏被迫答應了。

正家立刻備馬。為免家康懷疑，他只帶一名馬伕、一名家臣，隨同半藏的隊伍趕路追家康。

（無論如何，必須直接拜會內府，消除誤解。）

正家騎在馬上，心裡怕得要死。

在三成看來，正家是職務上的同僚，又是好友。

前述的舉兵密謀，三成對他和盤托出了。膽小的正家也約定加盟三成的活動：

「雖然力不從心，屆時一定參與。」

然而，正家一心認定，打起仗來，十分之七是家康獲勝。因此，自己又須取悅家康。

走近土山前名叫頓宮的村落時，天已黎明了。眼前是一片濃綠山脈——鈴鹿山脈。慶長五年六月十九日的太陽，彷彿和峰巔之間只有一點點的距離。

正家繼續趕路。

住進土山的客舍時，追上了在路邊長休息的家康部隊。正家透過渡邊半藏，要求拜會家康。

家康走出轎子，坐在折凳上，解除夜行軍的疲乏。

「大藏少輔大人，到這邊來。」

家康輕鬆地招呼。

正家距離家康很遠就下馬，撥開將士人群，向前走去，跪在路邊。

「哎呀，真對不起。出現了迫不得已的情況，火急動身，給你添了大麻煩。」

家康搶先道歉，為感謝正家的辛勞，贈了他一把長刀。

這把長刀令正家放下心來。歸途緩緩策馬徐行，返回了水口城。

此日早晨，左近偷偷離開水口，走捷徑返回佐和山時，天已經快黑了。

左近即刻登城拜見三成。三成笑著只說了句話：

「現在滿意了吧？」

然後，除了左近，三成還喚來了舞兵庫、蒲生鄉舍等家老，雜談片刻。

「明天開始，必須做好固守城池和出戰的兩種準備，要做到召之即來、來之能戰！」

三成針對後世稱為「關原之戰」、即將發生的這場戰爭，秘密下達了第一道軍令。

此日，家康從土山越過鈴鹿嶺，進入關宿（伊勢），下令全軍在此宿營。

敦賀之人

越前敦賀是日本海的要津。敦賀灣東南海邊有座城池，石牆突進海中。

城主是大谷刑部少輔吉繼，年紀和三成同歲。

吉繼和三成是老朋友，都是近江人。早在秀吉作為織田家的大名、任近江長濱城主時，吉繼和三成就同時被秀吉招募為小姓。

吉繼通稱紀之介。

「能夠獲得紀之介這樣的朋友，是我半生自豪之一呀。」

三成很早以前就說過。

筆者說兩句。那個時代，武士的人際關係，要靠「主從」這種縱向聯繫，再配以父子、夫妻關係，才能成立。後世那種同學、朋友之類的關係，在當時極其淡薄，現實中縱然存在朋友關係，也未到近代的「友情」那般倫理概念的程度。同性間若存在深情，那大致是由同性戀意識結成的結義兄弟關係。

在這方面，三成與吉繼的關係，是極其現代式的，在當時或許屬於特例。因為西歐概念的「友情」是明治維新後的舶來倫理，德川時代的儒家思想中不存在這一概念，更何況戰國甚至鎌倉時代的武士倫理

中，可以說，根本不存在「友情」意識。
從在這一點看，三成與吉繼的友情也彌足珍貴。當時，兩人關係好得令人覺得奇特。
「吉繼對三成有恩吧？」
人們用「恩」這個傳統倫理概念來詮釋二人的關係。於是生出了如下的佳話。
秀吉健在時，某次，舉行品茶會。依序傳遞茶碗品茶。吉繼剛要喝，鼻水垂落，滴進了茶碗。
吉繼是個病人，他的皮膚發生變異，臉頰潰爛。列坐的大名都怕受傳染，吉繼傳來的茶碗都假裝喝一口，然後再依次往下傳遞。俄頃，茶碗傳到了三成膝前。三成將其高高舉起，一飲而盡。
世間傳說，吉繼目睹此舉後，說道：
「為了三成，命我可以不要！」
不過，三成和吉繼的友情不是靠這般小事件突然結成的，其友情之深厚還得益於二人的性格。儘管如此，不言而喻，友情單靠朋友交際難以深化。要深化友情，顯然，需要雙方都從事上述事例那樣的運作方式。三成是豐臣家的官僚，很早就發跡了。他每次升官都不忘向秀吉舉薦吉繼，以期得到提拔。在這一點，確實，吉繼從三成那裡，除了友情，還感受到恩情和義氣。
軍事能力方面，吉繼或許比三成優越。吉繼始終服侍秀吉左右，沒有馳突沙場的機會，故而一直沒能證明自己實力。但有一次，秀吉在夜晚茶話會上說道：
「我一直將紀之介帶在身邊使喚，有些對不起他。我現在的理想是，讓此人指揮百萬兵，我從高處觀戰。」
在座諸將似有同感，悉數頷首。
吉繼出身於官僚家庭。他與加藤清正、福島正則不同，沒有實戰經驗；他想靠學問與智謀來養成武將的資質。吉繼平時為人穩重，最主要的特點是膽大敢為。秀吉欣賞他這個優點，才想「讓此人指揮百萬兵」吧。

吉繼也接到了征伐上杉的動員令，正要率軍奔向東國。

「我下東國，任務只有一個：為家康和景勝居中調停，當場實現和平。」

吉繼很早就向老臣透露過。不消說，吉繼並未聽說過三成的密謀，完全沒察覺到景勝這次舉兵是三成作戰的一環。

吉繼的領地在敦賀，年祿五萬石。最近他還兼任豐臣家十萬石直轄領地的代官，他可動員的實力當在十萬石以上。

六月三十日，吉繼離別越前敦賀，率領千餘人大軍下東國。

吉繼不騎馬。

他的皮膚不耐馬鞍摩擦，只能搭乘便轎。這時他已經掉髮，雙目完全失明。他白布裹面，輕裝乘轎，徐徐前行。從敦賀走北國街道緩慢行軍。北國街道在美濃關原與中山道相銜接。

七月二日，吉繼走上中山道。當日夜宿關原東邊垂井的客舍。

吉繼一進旅館，就派家臣金崎椿齋前往佐和山：

「去給治部少輔送信！」

當然，去做什麼眾人皆知。是去迎接三成的兒子隼人正。

此為三成一計。三成為了保住舉兵的密謀，特意將參加征伐上杉家的決定通知家康，並補充道：

——敝人乃閉門思過之身，不便從軍，故由敝人之代理、犬子隼人正配上家老，令他前往。隼人正年少，委託老友大谷刑部少輔關照之。

三成已向吉繼拜託此事，忠義規矩的吉繼，為履行諾言，派金崎椿齋去佐和山送信：

「現已抵達美濃垂井的客舍，在此等待，請儘快將隼人正大人派來。」

美濃垂井到近江佐和山，路途不遠，僅三十五、六公里左右。

翌晨，金崎椿齋一進佐和山，就心生疑問：

（哎？）

城內武士全部身著便裝，並無出征下東國的跡象。

（奇怪。）

椿齋心裡納悶，拜謁了三成。三成親切笑著說：

「喲，是椿齋啊，久違了。」言行顯得有些異樣。

「椿齋前來迎接隼人正大人。」

「啊，為此事呀？」

三成啪噠啪噠拍著膝蓋。這個動作，與平時總是沉著剛毅、一臉嚴肅的傲慢者有些不相稱。

「椿齋，我有點想法。」

「是關於隼人正大人出征的事嗎？」

「正是。為此，我必須面晤你家主公刑部少輔。真是令刑部少輔勞步了，能否請他來一趟佐和山？」

「不知有何高見？」

「椿齋，抱歉，這是秘密，現在不能說。總之，勞你傳達：『關於豐臣家的一件大事，想和刑部少輔商量一下。』可否？」

椿齋不得要領，辭別佐和山城，策馬馳過鳥居本、番場、醒井、關原，返回了垂井客舍，向吉繼覆命。

（懇切密談？）

吉繼是個聰敏人，光這句話，他就悟出了三成在想什麼。他驚愕得全身血液彷彿都沉澱了。

（那傻子是想討伐家康嗎？他覺得能殺得了家康嗎！）

吉繼多麼希望自己的推測是錯誤的。在吉繼看來，三成絕非家康的敵手。

「立即備轎，去佐和山！」

吉繼下定決心，無論如何也要阻止三成的輕舉妄動。便轎馬上從垂井客舍出發，揚起輕塵掠過美濃和近江的邊界，抵達佐和山已是日落時分了。

大手門前，篝火熊熊燃燒。此城的著名家老島左近、舞兵庫，身穿禮服前來迎客，鄭重將吉繼請到館驛。

三成在館驛門口恭候吉繼。三成拉著吉繼的手，登上了玄關台階。

「歡迎光臨。」

三成低聲說道。

「佐吉的事，我不得不來。」吉繼回答。

三成拉著吉繼的手，走在走廊裡。

「已到夜裡了，明天再談，若何？」

他觀察著吉繼的病況說道，吉繼搖頭。

「我是這副模樣的盲人，現在黑夜白天都一樣。」

若有話要說，現在馬上就進房間開始吧。吉繼說道。

三成為吉繼擺上晚膳，吉繼的重臣則在鄰室用餐，城內對其士卒開放，提供酒食。

吃完飯，三成手持蠟燭，將二十年老友迎進茶室，斥退左右。

「何事？」

吉繼掰開點心，塞入口中，仰起了臉。兩隻不能視物的眼睛朝向三成。三成坐在茶道主人的位置上，簡潔回答：

「舉兵。」

至於討伐對象，不言自明。言訖，三成沉默片刻，觀看吉繼的反應。

「應當作罷！」

吉繼低聲表態。「停止吧！純屬在世間發動無用的戰亂。」

「不過……」

「我明白。你是說內府舉止粗暴傲慢吧？但目前他還沒要廢除從二位（秀賴）、取而代之。縱然佐吉一人呼號『為正義而討伐』，目前內府的粗暴傲慢尚未達到那程度，天下多數大名也不會倒向義軍一側的。」

吉繼又補充道：

「加之，內府的勢力過於強大，可說已是天下之主了。如今反抗內府者，只有出奇的蠢貨和出奇的醉漢。此舉註定得失敗。」

三成一言不發。

吉繼進一步傾盡語言，說服三成。言訖，又換了新話題——安定豐臣家天下的策略。

「目前，惟有讓內府和上杉中納言和解。我率兵下東國，為的就是居間調停。佐吉，咱倆一起去調停雙方吧。」

「我做不到。」

「何故？如今幼君在大坂。切望幼君之世無戰亂，才是回報故太閤隆恩之道呀。」

「想法各異。」

三成開始逐一反駁吉繼那種消極的和平主義。家康有覬覦天下的狼子野心，此事吉繼也該知道吧？三成說道：

「現在若不殺死家康，他會日益強大，最終奪取從二位秀賴公的天下。儘管此事明若觀火，天下大名卻面對現實掩目塞耳，只求明哲保身。哎呀，紀之介你可不是這樣的呀。」

「是的，我不是這樣的。」

吉繼並沒介意，低聲笑著。不消說，吉繼對三成的形勢觀察也有共鳴。儘管有共鳴，卻不可能跳到舉兵討伐的地步。

「不合適。佐吉，下東國吧！和我聯手，使內府和中納言的關係穩定下來。」

「不行，我做不到。」

三成再度重複了同樣的話。對此，吉繼感到疑惑不解。

「難道佐吉你……」

吉繼不禁話聲大了起來，傾身向前。此話的言外之意是：「難道是你三成唆使上杉景勝，和景勝訂立密約，下決心發動這場戰爭？」

「難道……」

吉繼的「難道」隱含的感情是：策劃這般大事，和上杉景勝商談之前，理當與我商量。吉繼相信，是如此交情將兩人聯結在一起的。

三成是個聰慧人，察覺到吉繼話裡有話，他低頭道：

「抱歉！」

然後抬起了頭。

「關於起兵，我和景勝已達成協定。我應當先和你商量，但怕你阻止。總之，箭已離弦了。事到如今，我若停止舉兵，必定導致景勝在會津孤軍奮戰，我佐吉的武道也就崩潰了。」

「……」

吉繼閉唇屏息，緘默不語。燈光映照，吉繼臉上的白布微微晃著。雖不曉得表情如何，但僅從那異樣的緘默中也可以察覺他受到了沉重打擊。

「紀之介，和我一同起兵吧。」

三成勸道。但是，吉繼那白布包裹的臉，沒回以任何反應。繼續沉默著。燭光漸昏暗下來時，吉繼忽然嘟囔出一句話：

「自取滅亡！」

這話像是對三成說，又像對自己說的。

吉繼站了起來，當夜沒住在城裡。他帶領隨從，越過國境，返回了垂井的客舍。

吉繼雖然回到垂井，卻不想開拔，軍隊一連十幾天駐紮原地不動。

其間幾次向佐和山派去使者，諫諍三成放棄舉兵的念頭。

「會失敗的，必敗。」

他懇切地說。然而三成不聽諫諍。終於，第三次派去的使者平塚孫九郎為廣一無所獲返回垂井的客舍時，吉繼發出長歎。

「佐吉，」

他低聲說道：

「是把我當朋友，才向我和盤托出了這秘密大事。

且此舉若是為了豐臣家，現今論成敗已無甚價值。我必須和三成共死。」

吉繼身邊是平塚孫九郎，他曾是秀吉的直屬家臣，為騎馬親衛隊。秀吉甚愛其勇猛精神，為了加強吉繼軍團，將他作為輔助大名配給吉繼，官名因幡守，年祿一萬二千石。

對這個平塚，吉繼用官名「因州」稱呼。

「因州，所謂武士，是挺有意思的人。你的壽命好像註定到今年為止了。」

「是我所望。」

平塚孫九郎的老臉綻開了笑容。然後彷彿閒話家常似地說道：

「我最後能參加這樣的大戰，實出意料之外啊。而且是討伐江戶老虎的正義之戰，可以落得十分痛快壯麗的陣亡哩。」

此夜，一陣驟雨掠過垂井客舍，雷聲轟鳴，大地都快震裂了。俄頃，雨過天晴。

安國寺惠瓊

翌晨，決定站到三成一邊的大谷刑部少輔吉繼，從美濃垂井的宿營地開拔，奔向三成的居城佐和山。

途中，吉繼在轎上多次低吟道：

「本日天晴，生死不二。」

吉繼從東邊奔向佐和山。同一天，另個人物行進在琵琶湖畔街道上，由西邊奔向佐和山城。

此人坐著華麗的轎子。

轎旁跟著二十名裝扮堂堂的武士。此外，連同扛槍扛行篋的隨從，共有四十人許，形成隊伍。

「那是誰家的大人？」

路上的旅人側目而視。隊伍整齊前進，舉止進退有據。

旅人中有見聞廣博的，見了行篋和轎上印著菊紋，交頭接耳竊竊私語：

「原來是皇族啊？」

實際上並非如此。而是為了掩人耳目，借用了仁和寺宮的轎子和行篋。坐轎者是一位大名。

然而，並非普通的大名。

是名僧侶。

日本開國以來，以僧侶身分擔任大名者，僅此一

人。這在當時也被視為珍奇之例。

他就是安國寺惠瓊。

「稍歇片刻，如何？」

轎旁負責統轄的長坂長七郎向轎內問話。離別京都後，除了在草津停宿一晚，幾乎再就沒休息了，一直趕路。

「此處是何地？」

惠瓊小聲問道。轎子左側風景是遼闊的水田，與湖水相連；前面是低矮的松山。

「該是安土吧？」

惠瓊自問自答，他心中有印象。二十年前，惠瓊作為毛利氏的使者來過這裡。當時前方的松山上聳立著壯觀的安土城，那是信長鼎盛的時代。

（已成為二十年前的往昔了嗎？）

禪僧惠瓊倏然陷入了懷舊的心情。今年他六十三歲了，在信長和秀吉興盛、秀吉死去等戰亂頻仍的世間，惠瓊可謂度過了風雅的半生。

「是否小憩？」

長坂再度請示。

「不停歇，抬轎繼續前進！」

惠瓊回答。

（治部少輔望眼欲穿了吧？必須倍道兼行。）

惠瓊想到，對自己而言，這次商談計策或恐是人生最後一件大事。他尤其渴盼儘早進入佐和山城與三成交談。惠瓊受這種心情驅動著。

（我曾經扭轉了本國的歷史發展。這次將是再次改變。）

想到這裡，惠瓊老朽五體內的血液倏然熱了起來。

歷史上，安國室惠瓊曾以這樣一件事聞名遐邇。發生在三十年前的往昔。

當時，信長進駐京都，擁戴天皇與將軍，已顯示出對天下發號施令的威勢。

那時，惠瓊住在安藝國的安國寺，擔任毛利家的使者僧，出使四方。他那卓越的外交手腕天下皆知。

京都也有惠瓊的寺院。東福寺是臨濟禪宗的「大本山」（編註：佛教特定宗派內的寺院位階之一，地位由高而低依序為總本山、大本山、別格本山、本山，不同宗派的劃分或有出入），惠瓊的寺院是東福寺的塔頭（編註：寺中的子院）退耕庵。自然，惠瓊熟諳京都的形勢。

毛利家擁有的領土包括山陰、山陽十一國版圖。毛利最關心的大事就是織田信長的勢力由尾張興起，控制京都，其發展趨勢異乎尋常。

織田和毛利之間遲早會發生衝突，恐會成為你死我活的浴血大戰。

信長是怎樣的人？

他有何野心？他想如何對付毛利？織田家的內情如何？

將來會怎樣？

凡此種種，毛利希望得到盡可能詳細的情報、分析與觀察。

毛利僅選用了僧侶惠瓊，讓他來發揮這作用。惠瓊是個能不負期待的人，堪當此任，當時他剛三十歲。

惠瓊駐在京都，向領國寫出了充滿預言的形勢報告：

「信長時代還可以持續三五年。」

「此外，信長大概明年將躋身朝廷重臣之列，身分更加高貴。」

惠瓊進一步寫道：

「但人們認為，如此這般之後，他會從高處仰面跌落下來。」

此話意即：因為意外事變，信長恐會從高處跌落。這預言出現在信長橫死於本能寺事件的十年前，惠瓊卓越地言中了。

此外，年輕的惠瓊在報告書中還預言：

「藤吉郎是下一個時代的領袖。」

當時，秀吉在織田家的確是受到特殊待遇的「出頭人」（編註：在大名身邊參與政務者），但名聲尚未廣為人知，連「羽柴筑前守」的名稱都還沒使用，當時稱「木下藤吉郎」。翌年，秀吉才被信長委任為筑前守，榮升到近江長濱城主的身分。在藤吉郎時代，惠瓊就預言：信長的下一個時代屬於秀吉，其洞察力幾近於神仙了。

順便一說，信長征討毛利之際，秀吉任派遣司令官。

他圍攻毛利的備中高松城時，信長在京都本能寺被殺死了。

見過火急信使後，秀吉很快與毛利講和，揮軍東上，在山城平原打倒明智光秀，掌握了信長的遺產繼承權。秀吉與毛利講和後，「本能寺之變」的消息立刻傳到了毛利耳中。

——中計了！

許多人吵嚷說道。許多人主張「火速追擊秀吉，宰了他，就可建立起毛利家的天下！」

然而，惠瓊和毛利本家的監護人小早川隆景力排眾議，堅持遵守講和條約，交出陣地，返回廣島。

「今後是秀吉的天下，賣個人情也不錯呀。」

惠瓊和隆景的觀測表現在這次精彩絕倫的撤兵決定上。可以說惠瓊發揮的作用令秀吉取得了天下。

惠瓊望著安土城廢墟，感懷「我曾改變了歷史」，指的就是此事。

秀吉取得天下後，對於早就看重自己、並且一直抱有異常好意的惠瓊，不敢怠慢。

加之惠瓊有外交才能，秀吉政權需要這種才能。秀吉從毛利家獲得了惠瓊，任命他為親信大名。

秀吉將伊予和氣郡（今松山市附近）賜給惠瓊作領地，逐漸加封，將惠瓊提拔為年祿六萬石的身分。惠瓊既是僧侶又是大名，同時在安藝和京都擁有寺院，兼任毛利家的顧問，更重要的是擔當秀吉的外交參謀。具備如此複雜社會特質的人，古今絕無僅有吧。

惠瓊忙碌，為秀吉征討九州和出兵朝鮮奔走，無悔無憾地發揮了外交與調整諸事的才能。

禪僧惠瓊之所以有這般不拘細謹的奔走派頭，僅因他是秀吉帳下的一介大名，這是說不通的。還因為他心中常懷如此自負：

（是我建立了豐臣政權。）

為進一步鞏固這個政權，惠瓊宛如苦心孤詣不斷完善作品的雕塑家，其心境有別於忠義和恩誼等觀念，一定是較其更強烈的感情在發揮作用。

如今，秀吉辭世了。

家康企圖篡奪天下。聰敏的觀測家惠瓊當然會看出來：

——下一個時代是家康的。

然而，他並沒有這樣認定，反倒站到了阻止家康的一方。在惠瓊看來，無論誰企圖破壞他的作品——豐臣政權，都不可饒恕。

（還有一人不會饒恕篡權者。）

他就是佐和山的三成。

惠瓊和秀吉最寵愛的豐臣家執政官三成，二人是老朋友。惠瓊深知三成那絕不妥協的性格。

（三成肯定會奮起反抗，因此就需要我惠瓊。三成發動大事之前，會火速與我商談吧。）

惠瓊這樣預測。他忍耐著這季節的暑氣，不返回領國伊予，而在大坂宅邸一心焦候三成的密使。

密使終於來了。是三成的家臣八十島道與。八十島化裝成京都的佛具商人，削髮潛入大坂。

惠瓊的大坂宅邸位於農人橋至谷町之間，市民稱這一帶為「安國寺坂」。

惠瓊面晤了八十島，問道：

「治部少輔是否已下定決心？」

八十島未做任何回答，叩拜說道：

「主公命令在下，懇請大人蒞臨佐和山，賜覆之後，在下方可歸國。」

惠瓊頷首，只回覆一句「我去」，就將八十島打發走了。

次日，惠瓊從大坂動身，進入京都，住了一夜，在近江草津又住了一夜。然後沿琵琶湖趕路北上。

七月十二日，日落之後，安國寺惠瓊進入了湖畔的佐和山城。

幾乎不出前後，大谷吉繼從美濃垂井進入了佐和山城。

兩位賓客在城內用過晚膳後，被領進另一房間，開始密談。

「都累了吧？」

三成掛慮此事。吉繼是病人，惠瓊是老人。長程顛簸，當然是旅途勞頓了。

「多餘的擔憂。」

吉繼說道。累確實是累了，但心中顧不上這些了。

「治部少輔，說說你的計策！」

吉繼說道。

三成談了將日本分割成家康和秀吉兩方的策略，列舉了理應加盟己方的大名。三成還說，對於態度曖昧的大名，則扣押他們在大坂的人質（留在大坂宅邸的家眷），強迫他們加盟己方。

「如此這般，半數以上大名會站在從二位秀賴公一側。跟隨家康遠征的大名，因為家眷扣押在大坂，恐怕也會失去鬥志。於是，家康孤立。東有上杉，西有我們，東西兩軍競相夾擊，再強大的家康也只能走投無路了。」

「哼。」

吉繼沒有提出異議。臉被白布包紮著，不曉得他是何種表情。

「對適才治部少輔的想法，安國寺大人有何高見？」

「作為計畫可以。」

惠瓊僅答了這句。剩下的就只能靠加盟大名的團結與時運來決定成敗了。

「安國寺大人。事成與否，和毛利家的加盟與奮戰相關。對此，尊意如何？」

三成詢問惠瓊。

確實如此。豐臣家的大大名，僅次於年祿二百五十五萬餘石家康的就是一百二十萬餘石的毛利家。毛利任西軍頭領，率全軍奮戰，才有勝利的希望。

毛利本家當時的主公是元就的孫子輝元，時年四十八歲。輝元並無宏才大略，但為人非常溫厚。他得力的輔佐官是兩位叔叔——吉川元春和小早川隆景，皆已作古。

現在，左右毛利家外交的人是輝元的輔佐官吉川廣家（吉川元春之子）和顧問安國寺惠瓊。

「難啊。」

吉繼從旁說道。難在吉川廣家。

廣家雖是旁支，也食祿十四萬餘石，秀吉恩准他姓羽柴，官名侍從。世間稱他「羽柴新庄侍從」。

在政治和軍事方面，不消說，吉川廣家手腕熟極而流，是輝元名副其實的代理人。他的性格強硬，有跡象顯示，甚至連不品評人之好壞的秀吉，對廣家的強烈特性都明顯不快。

自然，秀吉的情緒影響到廣家，廣家不太喜歡秀吉，甚至憎惡秀吉。

但他不敢大罵秀吉。於是，理所當然將那種憎惡轉移到秀吉的側近三成和惠瓊身上。

「沒有比他倆更討厭的人了。」

廣家背後說的這壞話，傳到了三成的耳中。

至於惠瓊，他和廣家發生過幾次衝突，二人關係可謂形同水火。朝鮮戰爭期間，廣家指揮毛利家軍隊，搶先闖入敵陣奇襲，大獲成功，為戰況帶來了良好影響。但是軍監惠瓊認為：

「搶闖敵陣，違背軍令，難以定為戰功。」

因此，惠瓊沒有為廣家向三成報功。自然，三成也沒有上報坐鎮名護屋大本營的秀吉。

這件事使廣家對三成和惠瓊產生了決定性的憎惡。

如今此人擔任毛利輝元的最高輔佐官，他果真能順應三成和惠瓊的舉兵大事，調遣毛利家的軍隊嗎？

「能。」

惠瓊說道。惠瓊有自信可以直接說服毛利輝元參加西軍。

「無論新庄侍從說什麼，貧僧都能搬動中納言（輝元）。只是無論中納言是如何無垢之人，無償是搬不動人家的。貧僧也難以開口。大戰獲勝之後，令輝元坐上從二位首席大老的交椅，如何？」

換言之，輝元將坐在現今家康的位置上。

（啊？如此一來，豈非將德川換成毛利？）

三成面露畏縮心虛的神色。三成認為，戰後為確立秀賴政權，不再允取有家康那樣過於強大的大名。

這時，吉繼的影子在燈光中晃動。

三成沉默的內因，吉繼瞭如指掌。

「治部少輔。」

吉繼的語氣激烈。

「言聽計從吧！我說說你。總體而言，像你這樣的傲慢人，世間絕無僅有。平時對於大名同輩的寒暄、禮儀等都傲慢以對，因此招致諸將憎恨。一旦像今天這樣要彙集大名，訂盟做大事之際，倘若公開了你的名字，就連本欲盡忠豐臣家的大名也會跑到家康那邊去。這種場合，要想獲勝，只有讓安藝中納言任領袖，戰後也立為豐臣家的柱石。你永遠在他下面出謀劃策為宜。除此之外，別無獲勝之路。」

「明白。」

三成當即回答。關於三成的性格，島左近也做這樣評價。左近說過，事情成敗在於三成的性格。左近以嘮叨叔父的神情勸說三成：「事到如今，性格已無法矯正了，但至少不可傷害討厭德川的大名的感情。舉兵之際，讓安藝中納言、備前中納言（宇喜多秀家）任首領，主公應當服侍他們。」

「惠瓊大人，悉聽尊意。」

三成將對毛利家的工作完全委託惠瓊。

戰表

三成的能力無與倫比。

一旦決定舉兵，三成會以電光石火般的快捷速度依次處理事務。

可謂罕見的精明官吏。

加之，三成的計畫規模總是全國性的，他腦子裡總存著一張色彩鮮明的日本列島全圖。這一特點在其他武將身上是不存在的。

與三成關係惡劣的「野戰派武將」頭目加藤清正，即便站在三成的立場上，舉兵規模大概也只能侷限在地方吧。就連清正也只是這般水準。能夠針對日本全土進行通盤策劃，發號施令，調遣大名，具備此等能力者，三成以外，只有家康，再無他人。

關於這點，三成無疑是得益於青年時代擔任過秀吉秘書官的經歷，掌管天下行政、財務和人事業務，以六十餘州規模來看待事物，頭腦已有如此訓練。

當夜，三成與大谷吉繼、安國寺惠瓊二人一起做出舉兵決定後，他請二人到其他房間就寢，自己卻沒睡覺。

夜已深沉。

前面書院燈火輝煌，三成召集具有武士資格以上

的人開會。

「討伐奸賊家康！」

三成公開宣佈。

三成的臉頰像噴上了鮮血一樣潮紅，從左近的座位上都能望見。

「宰了他，以圖豐臣家安泰。此一戰，成敗在天！」

三成的聲音開始顫抖了。

「我的一命存亡，現在不是問題；列位的性命，可全都保管在我這裡呀。」

這可謂是訓詞。三成簡潔只說了這些，留下了十一位家老，令其餘人都退去了。

燭臺挪近於一群人的周圍，燭光更加增輝了。

「該與諸位議論的，迄今皆已淨盡，再無事可討論了。剩下的惟有諸位神速執行我的命令。所以，」

三成向舞兵庫下達了關於舉兵的第一道命令：

「發動越後起義！」

僅此一言，舞兵庫就理解得明明白白。最近幾個月裡已經反覆討論過了。

越後三十三萬石，現在是德川派堀家的領地。直到幾年前，越後是上杉家歷代的領國，有不少自謙信時代以降的遺臣。發動那些土生土長的豪族鬧事，可令德川方面的堀家疲於奔命。越後能夠起義的當地豪族，有宇佐美勝行、宇佐美定賢、萬貫寺源藏、齋藤利實、柿崎景則、丸田清益、安田定治、加治資綱、矢尾阪光政、朝日采女、竹俣壹岐、七寸五分監物、長尾景延、庄瀨新藏、神保刑部、遠藤讚岐等。上杉家的直江山城守和三成都派去了密使，交換了誓言書。

「得令！」

舞兵庫回答。聯絡的方法已經討論完畢。舞兵庫從三成面前退下，來到簷廊上。

庭院靠近簷廊的地方，有五人打扮成羽黑山的山野僧，靜靜佇候。

「出發！」

舞兵庫下令，僅此一言。密信和其他事宜早就安排穩妥，五人的運作已到了待命庭院、只等「出發」令下的階段了。

他們離去，深夜從城下出發，夜以繼日，奔往越後和會津。

舞兵庫返回前面書院時，三成正不斷下達命令。規定了家老分擔的舉兵事務。三成每發佈一道命令，下面立即開始運作。

前往安藝廣島毛利家、宇喜多秀家的大坂宅邸、岐阜織田秀信家的使者，以及擔負最重要任務的前往大坂城的使者等，都相繼付諸行動了。

有人則率領武裝部隊從城下開拔。這支實戰部隊由三成的胞兄正澄指揮，在近江愛知川設下關卡，阻止將跟隨家康東下的西國諸將，勸阻說服他們折回大坂城。

「主公如何行動？」

左近問道。按理說，三成必須即刻奔往大坂，指揮全局。

「我在佐和山再待幾天，有事與刑部少輔相商。再者，現在出城引人注目。」

三成換了話題。

「故此，左近，卿代替我今夜前往大坂，監督激勵其他奉行。卿在大坂阻止為跟隨家康而進入大坂的諸將，對身在領國的諸將，以秀賴公的名義發出召見書，命令豐臣家的旗本各就各位，嚴守大坂的每一道關口。」

「得令！」

左近回答。

「那，戰表呢？」

這是頂重要的事。所謂戰表，就是向家康發出的宣戰書。

「這件事，」

三成從身旁書信箱中拿出沉甸甸的一封厚信。

「這是草稿。我前天夜裡通宵達日寫成的。這封宣戰書你帶到大坂，加緊運作，讓諸位聯名簽字，然後立刻發給已下關東的家康！」

「聯名簽字者，都有何人？」

「首先是全體奉行。」

三成的奉行一職遭罷免，在職的有長束正家、增田長盛和前田玄以。

「再加上兩位大老。」

大老之中，家康與上杉景勝將在會津交戰，自然屬於例外。餘下即安藝中納言、備前中納言。

「明白！」

左近從三成面前退下，沿城內道路向下走去，返回搦手門旁的湖畔宅邸。途中回頭一望，書院裡的燈光還沒熄滅。

（看來今夜打算通宵達日了。）

左近如此暗想。當年三成幾乎是獨自規劃了出兵朝鮮的動員計畫，令參戰大名各盡其職，並相繼將他們派往朝鮮。他是有這樣業務經驗的人。可以說是備戰方面的高手。

左近回到宅邸。

立即命令預備湯泡飯。其間，左近下達了一道又一道命令。

帶往大坂的家丁有二百人，加之，因為攜帶武器彈藥和軍糧，又帶領搬運行李的民伕一百人。

「天亮就出發！」

左近說完最後一句話，開始吃湯泡飯。

並將妻子花野叫到膳几旁，說道：

「我去大坂。」接著又問：「妳身體如何？」

最近幾年妻子身體欠佳，斷斷續續纏綿病榻。根據岳父法眼診斷，是患上嚴重的腳氣病。

「你的臉色，」妻子微笑說道：「和以往大不一樣。也太溫柔啦。」

妻子眼睛裡浮出了警惕的神色。左近對妻子特別溫柔時，肯定要發生大戰。妻子長年伴隨左近，深知夫君這一特點。

「正是。」

左近苦笑說道：

「我彷彿覺得，這次必須對妳更加溫柔些喲。」

「是不是要發生什麼大事了？」

「不發生才不可思議吧？太閤登仙，家康仍活在人間。不發生動亂才怪呢。馬上就要發生大山崩裂河水滾沸的騷動啦。」

「看你高興的。」

妻子故意露出驚詫的神情。她的唇色異常淺淡。

「妳多服些人參吧。」

左近顰眉。在奈良的時候，妻子簡直像傳說中的美人，但最近一兩年卻變得憔悴不堪。

「服用人參吧。」

左近住在大坂時，經常去堺港為妻子購買藥用人參。但妻子討厭人參煎汁的味道，不太願意服用。

左近經由伏見，進入大坂。

⋯⋯⋯⋯⋯⋯⋯⋯⋯⋯⋯⋯⋯⋯⋯⋯⋯⋯⋯⋯⋯

他逕自進了奉行增田長盛的宅邸。長盛一臉緊張，迎接左近。

「昨天深夜，治部少輔派來了急使。」

長盛說道。三成按照自己風格行事，在左近抵達前就已將概略的形勢報告及其他事項通知了長盛。

「聽說就要起兵了？」

（是嗎？）

左近暗想，對長盛的語氣感到訝異。奉行增田右衛門尉長盛可是三成的同志啊。

左近抬頭，正視著長盛的黝黑臉龐。

長盛有管理財政之長，故太閤將他從年祿二百石的身分拔擢為大名，進而當上奉行，與三成同樣，成為已故秀吉的得力下屬。三成退任後，長盛和同僚長束正家同時擔任秀賴的輔佐官，理當極其憂慮豐臣家的未來。

（長盛是官僚出身的大名，本以為眼下他能有點決心，遇事不慌，但是……）

長盛奇妙地坐立難安，對不過是三成家老的左近表示出過分的熱情。

「喝酒啊？」

長盛本來生於近江，卻說著公卿風格的話，這也可以視為一種輕薄吧。

「如何，喝酒不？」

「美酒待日後再領略吧。首先，請允許我傳達主公的口信。」

左近傳達了三成致長盛的話語，講了本次舉兵的詳細計畫。

「遵命。」

長盛突然以思慮深沉的表情說道。他的下顎臃腫，嘴唇肥厚，張著大嘴，一張標準的武士臉盤。長盛點頭，左近心裡終於踏實了。

「治部少輔是我的盟友加知己。而且這次舉兵是為了幼君萬萬歲的正義之戰，我必不辭粉身碎骨，遵照治部少輔的命令行事。左近，放心吧！」

「不待貴言，在下已放心了。」

其間，長束正家來了。只要他們二位奉行聚齊，豐臣家的事就可以運行自如了。

左近將三成起草的宣戰書獻至兩位奉行膝前。從內容看，是致家康的彈劾書。

「喲，一篇長文呀。」

長盛打開宣戰書，長束正家從旁伸脖探看，開始一字一句認真閱讀：

「〈內府諸條錯誤〉」

這是標題。堪稱為豐臣家最高法律的秀吉遺言，家康一一破壞。所謂「諸條」是標題點明的意旨。戰書共列出十三條，分點書寫，逐一舉出了具體事實。

除了獻上致家康的宣戰書外，還附有一份致大名的檄文，內容如下：

「吾等依據以上理由，向家康宣戰。列位若欲汲取以上意旨，不忘太閤隆恩，盡忠秀賴公，就在此刻。」
「內容如何？」
左近問道。接下來左近緩緩說明，對這草案若無異議，就請當即聯名簽字，然後將宣戰書發給家康，檄文發給大名。
「這樣呀。」
二名奉行面面相覷。
對於這篇文章，無法提出異論。內容是嚴厲的罪行揭發，列舉事實皆為世間耳聞目睹，並無曲筆誇大揑造之處。文章合乎三成的性格，非常冷靜，根本沒使用感情化的修辭。
二人已無提出異議的餘地了。
「就這樣吧，可以。」
長盛表態，正家也點頭。但臉色都不太好。將這封宣戰書發給家康後，兩名奉行就被迫成為擁有日本最強大軍事實力的家康之敵了。
「那就請二位聯名簽字吧。」
左近說道。
長盛頷首，喚來書記官謄寫，在文尾署名，描上花押。正家亦然。
該夜，左近讓自家兵力宿營大坂城內，自己獨宿增田宅邸。翌晨開始，大坂城下依據奉行的命令，頒佈了戒嚴令。為防止列位大名的家眷逃出大名宅邸，必須採取軍事行動警戒。左近住在增田宅邸裡，代替三成輔佐擔任戒嚴司令官的兩位奉行。
長盛是個莫名其妙的人。
他過度熱情地招待左近之同時，夜裡躲進自己房間，又給家康寫了一封密信。
內容大致是：
多種流言說三成要舉起反旗；
大谷吉繼稱病滯留美濃垂井，這是事實。
其他待清楚態勢後，隨時稟報。
原文簡短書云：
「簡約稟報一筆。此次，大刑（大谷刑部少輔）於美濃垂井患病兩日：石治少（石田治部少輔）出陣之事，此地流言紛紜。其他消息容隨時稟報。惶恐謹言。」

從禮節上講，不宜直接寫給家康，便將家康的幕僚永井右近大夫選為收信人。

長盛令擅於疾行的忍者帶上密信，當夜奔往關東。儘管如此，長盛並不覺得是出賣了三成。

（萬一三成失敗……）

是這種恐怖令他寫了密信。在長盛看來，若西軍戰敗，勝者家康因「長盛從大坂送來了三成舉兵的諜報」，會減輕自己的罪過。長盛認為，自己的行為只是一種困惑，並非背叛。

送出了密信，長盛好不容易才從宣戰書的恐懼中解放出來，心情變得異常明朗。

此人很有意思。翌晨活像換了個人似的，十分活躍，一大早就領左近登城，進政務室，指揮豐臣家的旗本。長盛作為幹練的戒嚴司令官，開始行動。這個幹練的官吏覺得自己對哪一方都沒有明顯的罪過意識。因為只要注意保存自身之道，現實就是現實。

戒嚴令執行得很徹底，出征大名的留守家眷都當成人質扣押起來。

長盛、正家和豐臣家旗本等掌握的軍隊，全副武裝把守著大名宅邸區的街巷，佈下滴水不漏的崗哨陣。尤其對德川派的細川宅邸和加藤宅邸等，奉行增田長盛幾乎將之包圍了。

逃脫

大坂城下的大名宅邸，大致都集中在城的周圍。

特別是玉造、備前島、天滿、木津、谷町、堺筋，大名宅邸頗多。

在大坂設宅邸，讓家眷住進去，這是秀吉控制大名的方法之一。可以說大名的家眷就等於人質。扣留家眷在大坂，就不可能在領國發動叛亂。

「三成舉兵」的消息，震撼了這些大名宅邸。

因為多數大名正跟隨家康上戰場，宅邸只有家眷和極少兵力。

三成仍坐鎮佐和山，他不斷給大坂城政務室裡的增田長盛、長束正家下達指示。

「我立刻去大坂。」

三成告訴增田和長束二人。說道：

「必須嚴密包圍東征大名的宅邸！」

又命令道：

「緊緊包圍還是不能放心，索性把諸將家眷移至城裡，如何？」

「頗有道理。」

增田和長束雖然這麼認為，二人卻沒有堅決執行的魄力。導致無中生有的流言飛快散播。

事實上，大名宅邸已經預料到會有這種發展。特別是德川派的大名，他們出發前對大坂宅邸的留守人員叮囑道：

——一旦到了那時，要千方百計讓家眷逃回領國！

然而，增田和長束兩名奉行沒有無能到讓人質輕輕鬆鬆就逃跑了。

據說，傍晚六時，城內所有警備大門關閉，阻斷來往通行，守口、四天王寺等各條街道都部署了警戒部隊。還擔心從海上逃走，安治川、木津川等河口設置了船舶檢查哨，嚴密監視人員出入，連螞蟻爬出去的縫隙都無。夜間各處燃起篝火，警戒不懈。

「能否扣住人質，將決定這場大戰的勝負。」

三成再三強調，並以此激勵正在執行戒嚴令的增田和長束。

大名宅邸一方，焦急得坐立難安。

特別是與三成不睦的大名宅邸，推測自己會先遭受槍彈攻擊，挖空心思琢磨如何逃脫。

加藤清正宅邸尤其如此。

清正沒有加入東征行列。

經家康勸說，清正留在領國肥後熊本。他離別大坂之際，委任老臣大木土佐為留守官，並叮囑道：

「我深知你人機靈，有悟性，三成舉兵時，你無論如何也要讓我的家眷逃出來！」

大木土佐是清正受封為肥後領主後，在當地招募的老武士，是北九州望族蒲池氏的分支。大木土佐在加藤家食祿六千石。

「遵命！」

大木土佐胸有成竹地回答。在事態尚未危急之前，他就一直在考慮此事。

（這是決定加藤家安危的關鍵。）

老臣大木土佐，不愧思維機敏，有如此認識。清正夫人身份亦不尋常，她是德川家譜代大名水野忠重的女兒，家康的養女。經家康介紹，去年完婚。清正夫人萬一被三成扣為人質，對家康無法交代，加藤家的地位必受到相當惡劣的影響。

終於，三成舉兵了。

消息傳到宅邸，大木土佐想出一策，派人火速喚來了「船奉行」（編註：水軍頭領）。

船奉行名曰梶原助兵衛。

是播州人，在加藤家任船舶長官。當時他正待在大坂安治川河口的船塢。

「助兵衛來了嗎？」

大木土佐將他喚入宅邸一室，密談了一小時許，充分商定妥當後，打發他回到安治川河口。

該日開始，梶原助兵衛佯病不出。

這不是一般的裝病。

他兩三天沒合眼，沒吃半口飯，只服用梔果熬的藥汁。中醫稱梔果為山梔子，屬退熱劑。助兵衛此舉，甚至連他的家臣和其他部下都矇騙過去了。

患病中，助兵衛叫來了水軍頭目，命令道：

「船老大和水手們若是整天百無聊賴，無事可做，那就糟了。今後每天讓他們划船比賽！」

加藤家引以為驕傲的就是水軍，安治川河口有加藤家三十艘蜈蚣船。所謂蜈蚣船，即船側有兩排槳，形似蜈蚣。

雷厲風行，安治川河口興起了划船比賽。每日出船六七艘，天天比賽。

這項活動太有趣了，連豐臣家船舶檢查哨的武士也跑去看熱鬧。以至最後為了消遣作樂，興起了賽船賭博活動。

卻說指揮官梶原助兵衛，他患病在身，當然不能光臥床，不治療。他言稱去大坂的加藤宅邸看醫生，每日前往加藤宅邸。

病人需要坐轎。

通過關卡時，助兵衛拉開轎門一一解釋：

「感冒總也不好，才這麼一副模樣。」

值班哨兵見助兵衛好像冷得厲害，頭上戴著大棉帽，膝蓋和肩頭捂著棉被，臉頰瘦得都脫了相。

助兵衛每天就這方法，拉開轎門，一一客套。

時日一久，值班哨兵也習慣了，助兵衛的轎子通過時不再嚴加盤查了。

這是可乘之機。大木土佐的作品伏線運作得盡如人意。

第五天，助兵衛的病人轎子抬進加藤宅邸之際，

「助兵衛，時機到了。」

大木土佐叮囑。

「請放心。關卡的情況，船隻的準備，基本上都沒問題了。」

「是嗎？那好，今天就逃出去！」

於是，木土佐進內室拜見了清正夫人，稟報了斷然逃脫的意旨。

清正夫人頷首。

夫人既非美女，亦非相當聰敏之人。在這緊要關頭，她最大的幸運是身材小巧。丈夫加藤清正騎在駿馬「帝釋栗毛」上，雙足可蹭地面。這麼一個身材魁梧的男人，夫人卻小巧失衡得不可思議。

大木土佐請求清正夫人只穿一件白色單衣，輕裝打扮。

「照你說的辦。」

比清正年輕十五六歲的這位芳齡夫人點了點頭。

「還有。」

大木土佐提出了第二個要求。

「途中無論發生任何狀況，都不要做聲。」

「要我一聲不響嗎？」

「是的。」

大木土佐又補充道：

「另外，萬一敗露，臣土佐將為夫人擔當赴陰曹地府的嚮導，還望夫人有心理準備。」

「明白。」

萬事俱備。俄頃，梶原助兵衛的病人轎子抬到了宅邸玄關台階上。

「委屈夫人了。」

大木土佐將清正夫人塞進轎子，讓她折腰趴下，覆蓋著白絹棉被，梶原助兵衛再坐到其上。

「挺難受吧？」

梶原問道。夫人一聲不吭。能不難受嗎？

「走！」

大木土佐向轎伕發出信號。轎子抬起，出了內門，鑽過大門，沿街路向西行進。

大木土佐徒步跟隨在後。他做好事有萬一之際必遭砍死的心理準備，腰間佩著上戰場時必備的大刀「胴田貫」。

抵達豐臣家的關卡已是午後四時。陽光還十分明亮。

關卡的院內寬敞，南側有一座可容三百人許的值班宅邸。院內的山毛櫸木黑漆門圍有竹編防柵。

「我是主計頭加藤清正家臣梶原助兵衛。」

梶原拉開轎門，自報家名。五六個值班哨兵走上前來，漫不經心看了一看。

「走吧！」

那語調裡含有對本職公務的倦怠。梶原關上了轎門。

他大汗淋漓，幾乎溼透了棉被。

轎子前行。

未久，抵達加藤家的船塢。早已部署好的蜈蚣船隊順暢靠近了岸邊。

「快點！」

大木土佐喊著。轎子抬上了船。

蜈蚣船隊朝大海一齊划了出去。遠眺蜈蚣船的船檢查哨值班士兵推測：

——還在賽船吧？

都沒太留心。

蜈蚣船進入海域後，船舶檢查哨發覺個疑點。

「大木土佐也在其中？」有人說：「那轎子旁的人，好像是大木土佐啊。」大木土佐出現在此，倒很怪異。

大木土佐是六千石的身分，加藤家的侍大將，卻一身步兵打扮，沒帶半個隨從。此外，他也是加藤家的大坂留守官，是護衛夫人的最高重臣。

「明白了，有人逃跑！」

眾人叫嚷起來。檢查哨火速划出三十艘船，船首沖擊著浪頭，猛勁追趕。

但是，前後已相距十丁有餘了。

加之，加藤家是高速蜈蚣船，水手這幾天在賽船運動中已習慣了快速划船。

儘管如此，檢查哨的船仍在執著追趕。追趕之間，太陽落了，海上一片黑暗。

其間，前方海上出現一艘張著巨帆的大船，船上燃著熊熊篝火，順利接駁了蜈蚣船上的人，慢慢掉轉船首，消失在黑暗裡。

黑田宅邸位於天滿。

主人甲斐守長政率領黑田軍的主力，隨家康出征去了。隱居的黑田如水住在豐前中津的居城。

黑田宅邸只有留守官。

留守官的人選與加藤家的情況相同，選出了家中最睿智的兩人：栗山備後、母里太兵衛。

栗山的兒子大膳，日後在「黑田騷動」中表現活躍，以致此姓在世間赫赫有名。母里太兵衛槍術高超名滿日本，世間甚至編了黑田小調歌頌其武藝。黑田如水奠基創業以來，兩人輔佐黑田家一如雙翼。表面看來，二人擔任宅邸留守官的閒職逗留大坂，其實是要讓他們做兩件大事：探聽大坂政情；設法讓人質逃出去。

他倆想出的計謀與加藤家有點相似，也是裝病。母里太兵衛扮演病人。

每天坐著粗陋大轎出門看病。

黑田家門前有奉行設置的檢查哨，安排了許多值班衛兵。太兵衛對哨兵謊稱：

「我去街上看醫生。」

他每天出入檢查哨，哨兵終於鬆懈下來。太兵衛用這招將黑田如水的老妻和黑田長政的少妻順利帶出宅邸，暫時寄居在街上茶商納屋小左衛門家中。難點在於，之後如何將兩名女子送出去？

首先，嘗試將人裝進米袋。

可是，老婦人沒耐性，在袋子裡又哭又嚎：「憋得喘不上氣，要是必須遭這樣大罪，乾脆殺了我吧！」如此叫嚷，不得不放棄了苦心嘗試。

後來又將人裝進茶櫃。幸虧納屋家是茶商，將裝人的茶櫃混在許多茶櫃中，裝上貨車，運到傳法（地名）的河邊，再上小型茶船。

划到河口附近時，天色已黑。於是，將有人的茶櫃轉運到暗中安排停泊此處的水船（編註：載運飲用水的船）。

水船很大，適於航行到豐前。船底分兩層，最底層裝飲用水。

水放掉後，藏進了兩名貴婦，揚帆起航。

未久，水船接近了船舶檢查哨，開來了十艘檢查船，下令暫停受檢。

黑田家的運氣好，哨兵組長菅右衛門八是豐臣家的旗本，和如水、長政關係近密，自然與黑田家的家老母里太兵衛也相熟。

母里太兵衛十分機靈，他大聲說道：「哎呀真湊巧，這不是右衛門八嗎？」說著，就跳上了前來值勤的菅右衛門八的檢查船。

「我要回國。大坂的老夫人和少夫人，由栗山備後單獨照顧就足夠了。所以，我坐這艘船回豐前。」

太兵衛滿臉燦爛地笑著。

右衛門八卻沒笑。

「公務在身，檢查那艘船！」

他對三十名部下下令。讓他們登船之際，母里太兵衛哈哈大笑。

「我說右衛門八呀，你那愛端架子的毛病還沒改啊？那艘水船是黑田家的御用船，不知有什麼秘密藏在船底，儘管讓你的手下搜好了。尤其是你這個頭頭，最好親自認真檢查。」

說完，太兵衛摟著右衛門八的肩膀，一同登上水船。右衛門八下到船底。這時，太兵衛突然板起了面孔，說道：

「我和你多年來交情不淺，因為武士效勞對象的微妙，這次分裂成了敵我關係，必須交戰。這場大戰還不知誰勝誰負。如果我方勝了，一定讓你發跡。人云『武士要同病相憐』，今天，你就別看船底了！」

右衛門八思量片刻，然後一言不發登上甲板，對哨兵們說道：

「僅是一艘普通水船。」

他苦笑著踩著舷邊繩梯下船，跳進了檢查船。

太兵衛立即命令水手起錨，拽帆纜，颼颼揚帆駛向了大海。

加藤、黑田兩家的人質逃脫成功了。

不消說，這些成功屬於個例。有七家屋脊毗鄰的

玉造大名宅邸區裡，有一家發生了慘禍。

這是發生在細川宅邸的事。

細川伽羅奢

在當時的大名之中，細川越中守忠興最富有藝術才能。譬如，擅於設計頭盔。

「請務必為敝人設計一頂頭盔，可否？」當年，殿上的大名央求忠興。

「可。」

忠興輕鬆答應下來，開始構思與該人面容、體格相稱的頭盔，自己設計圖案，再讓長期雇用的盔匠打造。

委託者翹盼的頭盔終於由細川家送來了。

非常出色。頭盔頂部由洋鐵片打造成櫧實形，塗上黑漆，盔簷以金線勾勒出波浪條紋，再飾以巨大水牛角。對此，委託者極為滿意，但仔細一看，發現並非水牛角。

是桐木雕製的。

（這個容易折斷。）

那人用指尖咯噔敲了一下，覺得很不結實。

後來那人在殿上對忠興抱怨。易怒的忠興臉色驟變，說道：

「在戰場上容易折斷？奮戰到盔飾都斷了，豈非武士的本願！你這樣還算是武士嗎？」

忠興慢慢說時還好，一激動，說的話就不像樣了。忠興使用桐木，故意不要太過堅硬，主要是顧慮到騎馬在林中作戰，易被樹枝卡住，不利於靈活施展。若遇那種狀況，倒是容易折斷才好。頭盔並非擺設，而是實用品，這是忠興的著眼點。這個意圖原本可以和氣明白講來，但忠興不具備這樣寬廣的心懷。

以這段軼事為例，是因為忠興經常流露三個特徵。首先，他是實戰型的武將；其次，諳風雅之道；然後，他是個天生的大名，控制不住感情，赤裸裸表達心意。

忠興就是這樣的人。但是與這三項特徵相比，他政治嗅覺敏銳，又長於殿上的處世哲學。

忠興最初是前田利家派。利家死後，他仰賴家康，視為獨一無二的領袖。如今在家康派的大名中，他是可與黑田長政並列的謀略家，為擁立家康盡力。此時忠興三十七歲。

已經可說是人生成熟的年紀了。但忠興依舊有一個連自己難以控制的毛病——嫉妒心烈。

若說忠興異常癡愛洗禮名曰「伽羅奢」的元配玉子，但他的嫉妒心也太過異常了。

玉子是明智光秀的三女。

當時世人論及玉子才貌，「無與倫比」。雖比忠興大一歲，時年三十八，風韻絲毫未衰，以至於她的教友甚至議論說：玉子恐怕是瑪利亞再世吧。

忠興不是教徒。應該說他憎惡這異教。但是任性如他，也沒能禁止夫人洗禮，一定是由於他深愛至必須容忍夫人宗教信仰的程度。

忠興甚至不願讓家臣見到夫人。其愛意之異常濃冽，由此可見一斑。

忠興宅邸裡建了一個盡善盡美的區域，讓夫人住進去，眾多侍女隨其使喚，盡力滿足所願，極盡奢華。但因此切斷了夫人與外界交往，就連家老也不准進入。

當然，忠興不許夫人外出。哪怕夫人姿容稍微展現街上男人面前，他都厭惡。
忠興外出時總是喚來留守家老，叮囑道：
「勿讓夫人外出。夫人若要求外出，必須死諫。」
曾有如此軼聞。
某年秋季的清晨，夫人來到屋簷下洗手缽處清洗。庭院裡園藝師正在修剪植栽。
「今天早晨挺冷啊。」
夫人向園藝師開了腔。園藝師驚駭，從樹上滑落，跪拜回話：
「今天早晨是很冷。」
對園藝師來說，不幸的是，忠興在居室裡目擊了這個場面，一時精神錯亂，提刀跑了出來。
「無禮的傢伙！」
一刀砍下了園藝師的頭顱。鮮血飛濺，都迸濺到夫人身旁的洗手缽裡了。
然而夫人臉無異色，繼續洗手，直到完畢。
她接過侍女遞上的布巾，低頭慢慢擦乾雙手。

夫人內心必然不快。她故意臉不變色，無視眼前發生的異常事件，定是以這種態度向忠興抗議。
砍了頭顱後的忠興，
（糟糕！）
他清醒過來，但還亢奮著。忠興對夫人過於冷靜的態度宣洩自己的怒氣。
「阿玉，妳覺得無所謂嗎？」
「啊？」
夫人眨了眨眼睛。
「何事呀？」
「我這樣處理，妳覺得很平常嗎？」
忠興提著血刀，指著園藝師的屍體。
夫人站在簷廊上。
「那不是我應知道的事。大人不是已經處理完了嗎？」
「看妳那種神情，」
忠興在庭院裡大喊起來：

「那麼平靜，妳真是心如蛇蠍呀！」

夫人微微一笑。

「惡鬼的老婆有著蛇蠍心腸，不正恰好麼？」

此事隨即在細川家上下傳開，傳言再添枝加葉，園藝師變成了修繕屋脊的工匠。

忠興夫婦用餐時，正修繕對面屋脊的工匠，雙眼離不開夫人的姿色，滾落下來。

（啊，被夫人迷住了？）

忠興跑出來砍下工匠腦袋，為了消除心中火氣，將腦袋置於膳几上，擺到夫人面前。

（怕了吧？）

越中守忠興向夫人展示出施虐狂的心態。他盯著夫人，但夫人面不改色，繼續動筷，彷彿沒看到那腦袋。

這時，進行了前述的對話。這是關於忠興的另一則軼事。

還有這麼一則。

······

朝鮮戰爭時期。

大名征戰海外，秀吉頻頻覬覦他們的妻子。有時倏然來到大名宅邸，有時命令大名的妻子私下會見：

「來玩一玩！」

當然，傳達私下會見命令的使者，也來到了國色無雙的細川伽羅奢家。

夫人深知忠興將異常嫉妒，遇到這種場合，她做好了赴死的準備，裡著白衣，盛裝登殿。她來到私下會見的房間，十指撐著榻榻米，正要伏拜之際，和服腰帶滑落一柄白鞘短刀，滾到榻榻米上。

無疑，這是夫人的計謀。但她當場做出狼狽之相，一再道歉自己的疏忽失禮。

不消說，秀吉明白夫人的真意，讓她平安退去了。

秀吉覬覦諸將女眷的消息，傳到了朝鮮戰場上的列位大名耳中。

忠興立即派出急使，寄贈一首和歌予夫人。因為醋意大發。對歌人忠興來說，這首稱不上佳作。

「切莫隨風擺，」歌云，「我家矮垣女郎花，任憑男山風吹來。」

夫人也擅和歌。這種場合慮及忠興的心情，她省略無用的修辭，回贈一首：

「絕不隨風擺，我家籬垣女郎花，任憑男山風吹來。」

忠興身在朝鮮戰場，監視不到夫人。照其個性，想必是憂慮得坐立難安吧。可以說，這種憂慮轉化為對秀吉的憎惡。至少，性情激越的忠興不可能對秀吉心生尊敬。

秀吉死後，忠興對豐臣政權不留戀，無感傷，乃屬理所當然。忠興心中的秀吉形象，不同於三成，可說是截然相反。

秀吉死後，忠興淪為家康的走狗，忙碌奔走於大名之間，頻頻暗中運作大名。這次他率五千大軍隨家康出征，奔向會津。

三成還在佐和山上。他接二連三向大坂派遣使者，操縱增田長盛等奉行。

當然，諸位大名中，他首先將目標鎖定在細川家的伽羅奢夫人身上。

（若將那位夫人做為人質……）

三成熟知忠興的性情，若將其扣為人質，忠興必感戰慄，投向西軍。

「尤其不能讓越中夫人逃脫！」

三成向大坂下令。

卻說細川宅邸，得知了三成舉兵的消息。

（夫人的命運，可想而知。）

特別是服侍夫人的家老小笠原少齋老人，這樣思忖。

忠興奔赴關東之時，預想到這種情況，曾對小笠原少齋詳細囑咐了應急計劃。

清正和長政在大坂留下了睿智的老臣，交代道：

「不擇手段，務必讓夫人平安逃出大坂！」忠興卻沒有留下這樣的話。

「讓夫人自盡！」

他竟這樣下令。對忠興而言，伽羅奢被別人牽著遁逃，那場面簡直不堪想像。再說，如果逃跑失敗，被軟禁大坂城內，將會如何？光是想像忠興就要瘋了。

這種情況下，若想繼續獨佔伽羅奢，除了令其自殺，別無他法。

然而伽羅奢是天主教徒，天主教嚴禁自殺。

「夫人若拒絕自殺，就由你動手！」

忠興這樣叮囑骨瘦如柴的老人。

少齋對主公的命令十分苦惱，但此時惟有服從。

少齋僅能寄望事態好轉。他一直祈願石田治部少輔三成別起兵，別發生騷亂。

然而，事情終於發生了。

（總之，請示一下夫人的意見吧。）

少齋心裡七上八下，來到分隔內外的杉木門前，當然，他沒有進去。

「阿霜，阿霜！」

少齋喊了五聲。霜女是伽羅奢偏愛的女官。這裡順便說幾句。霜女是近江人，是住在比良的比良內藏助之妹。及長嫁給近江國的和爾城主入江兵衛尉。丈夫兵衛尉跟隨伽羅奢的父親明智光秀，加入明智軍，前往本能寺襲擊信長，後來在山崎會戰中陣亡。

霜女淪為寡婦，伽羅奢將她收留到細川家中。霜女負責聯絡內外。

「哎，來了。」

霜女遠遠應著，接著傳來跑在走廊裡的聲音，倏忽出現於小笠原少齋面前。

二人間隔著半開的杉木門。門上畫著牡丹圖。

「阿霜，聽說了吧？」

「少齋大人，何事呀？」

「佐和山的治部少輔舉兵，眾奉行贊同，擁戴秀賴公。因此有了小道消息。」

少齋說出了交出人質一事。「這種場合如何應對是好？能勞您代為請示夫人嗎？」

「好的。」

霜女跑過了走廊。雖然身為女性，但經過亂世，丈夫在「明智光秀之亂」中戰死，因此霜女遇事決不慌張。

她向伽羅奢稟報。

「是嗎？」

伽羅奢思考片刻，沒有冥思苦索，便回答：

「讓少齋和石見分辨定奪吧！」

石見即留守家老河喜多石見。

兩名家老商定了方案。奉行若命令交出人質，就回答：「沒有人了。大公子和二公子都出征去了關東，三公子在江戶。已交不出可當人質的人了。」奉行若進一步命令：

——那麼，交出夫人！

那就回答：「幽齋大人（忠興之父）在丹後宮津城，我家火速將幽齋大人請到大坂，得其指令，再作回覆。」兩個老人覺得，這樣慢吞吞磨蹭之間，事態也許會發生變化。

「阿霜，就這樣商定的。」

少齋言訖，霜女就跑進內室，稟報伽羅奢。

「這樣就好。」

伽羅奢只回答這麼一句。

其後，隔了一日，奉行正式派來使者，少齋和石見應對，複述了以上所言。

「就照辦吧。」

使者只好這樣說。翌日，來了個非正式的使者，是和細川家關係親密的老尼。

「至少搬到鄰居家住。」

她勸道。鄰居家就是西軍主幹宇喜多秀家的宅邸。伽羅奢生下了細川家的長子忠隆。忠隆之妻和宇喜多秀家之妻是姊妹。老尼姑勸說：「至少，讓夫人移身宇喜多家。」

「我不去。」

伽羅奢表態。因為無論移身何處，忠興都會不高興。加之，鄰居是反家康派的主要大名之一。理所當然，他們若接受了伽羅奢，必定會移送進大坂城。

十六日。

奉行方面已經不靠協商了，而採「命令」的形式。

「這是為了盡忠秀賴公。將夫人交到城裡吧！如果違抗命令，只好率兵來將夫人強行帶走。好好斟酌一下！」

奉行的使者說道。

「我們只是細川家的家臣，」

小笠原少齋回答：

「您通知的事，實難從命。我們家臣身分，不宜將貴言稟報夫人。這可是個難題呀。」

「那麼，今夜就得武力解決了！」

說完，使者歸去。

…………………………………………

其後，少齋和石見商談了一番，來到杉木門前，喊道：

「霜女！霜女！」

霜女來了。少齋備述原委。霜女已有覺悟。

「二位請到內室。」

霜女作出了超常的決斷。在細川家，男臣進入內室是特例。這種情況下，除了直接稟報伽羅奢，別無良策。霜女這樣判斷。

兩位老人將小開的杉木門又拉開一點。進身，啞默悄聲，首次走過了內室的走廊。

烈焰

「今夜就武力解決？」

伽羅奢問道。

「正是，就在今夜。」

老臣小笠原少齋回答。也就是說，今夜奉行方面將出動軍隊，包圍細川宅邸，依據「秀賴公的命令」，強行帶走伽羅奢。

「故此，夫人做何打算？」

小笠原少齋與河喜多石見都跪拜低伏著。他倆不敢抬頭正視伽羅奢。毫無疑問，這位美似天仙的夫人，命運已經決定了。

「殺了她！」

主公下達這道命令後去了關東。下令的忠興心裡痛苦得快要發瘋了吧。儘管如此，

（多麼殘酷啊！）

針對忠興這種處置，二位老人不由得心生感觸。其他大名家，都正巧妙設法讓家眷逃脫，忠興卻不然，而是下令「殺死！」

（這就是愛嗎？）

少齋老人不由得這樣想。愛本有強烈要求獨佔的成份，但是當這獨佔欲帶著病態時，竟要奪取對方

的生命。忠興殺伽羅奢，是想「永久佔有」。忠興責令二位老臣來「完成」這項作業。他還下令：

「完成之後，你倆也切腹！」

這一點，二位老臣已有了心理準備。殺了主公的愛妻，誰還能恬不知恥地活在世上?!

「是問我做何決定嗎？」

伽羅奢臉上露出了複雜的微笑。

她心裡一清二楚。

這位機靈聰敏的女性，充分察覺二位老臣從丈夫那裡接到了何種命令。

（主公不可能讓我活在這亂世上。）

「你說吧！」

伽羅奢催促道。

「主公叮囑你倆什麼了？我想聽聽主公的決定。」

「那好。」

少齋老人如實轉述了忠興的意旨。

伽羅奢臉不變色，靜靜聽著。

「明白了。」

最後，她說了這麼一句。

「我死。聖教云，夫婦如神，頂天立地，並非二人，已成一人。」

伽羅奢玉潤的脖子上掛著一串銀製念珠。

面對死亡，伽羅奢的心境如此平靜，未必因為是天主教徒。

這位女子關於生死的精神體驗，深刻得近似不幸。

二十歲，也就是懷著次子興秋時，父親明智光秀攻打本能寺，殺了織田信長；再戰秀吉，慘敗，命殞京都府小栗栖。

交戰之際，夫家細川從屬秀吉，公公幽齋和丈夫忠興都為討伐伽羅奢的父親而馳突沙場。

光秀滅亡，淪為叛逆；秀吉滅了伽羅奢的父親，江山是他的了。

伽羅奢的不幸，源自這場本能寺之變。細川家判斷：將來是秀吉的天下，便立即表明了反光秀的意志，作為憑證，於是休掉光秀的女兒伽羅奢。

伽羅奢身懷六甲，被丈夫休了，卻無娘家可歸。

當時，細川家是丹後田邊城主，因此，忠興將伽羅奢遺棄在領地內山中，向秀吉稟報：

「臣與之離緣，拋棄了她。」

伽羅奢被棄置在由園部向西北還要深入八公里的大山中。

那座山名為三戶野，有一野僧寺，伽羅奢被幽閉在此。

僅有一個侍女，是細川家的親戚清原大外記賴賢的女兒，人稱「小侍從」。小侍從與伽羅奢同年，二人與其說是主從關係，毋寧說幾乎情同朋友。

幽棲的二年裡，伽羅奢追求精神安定於參禪，徹悟死亡之際，最易進入禪境。

伽羅奢沒有頓悟，但略微接近那種心境。她開始輕蔑生。輕蔑生，這在禪中不過是野狐禪。雖然如此，伽羅奢還是養成了常人不備的心境。

當時她還不是天主教徒，當然也沒有洗禮名伽羅奢。

然而她已熟悉了天主教的許多理念。

清原小侍從是天主教徒。

洗禮名曰瑪麗亞。小侍從家從父親清原大外記那一代起就是教徒，但不是為追時髦而突然信教。

少女時代，小侍從生活在京都。那時她每天去聽著名的維勒拉（Gaspar Vilela）神父傳教，並且付諸行動。當時有一個弓術名人曰小笠原安德烈亞，其妻阿伽莎組織了「棄兒養育會」。小侍從入會後，每天早晨還沒下露水，她就走出家門尋找棄兒，發現了就撿起送到孤兒院。

幽閉三戶野期間，小侍從頻繁向伽羅奢宣教，勸她入教。

「我不太明白。」

不消說，伽羅奢付之一笑而已。

伽羅奢自幼修習明智家的家學教育，即儒教和佛學。小侍從卻無此教養。通常情況下，較乏教育者要勸誘已受較多教育者入教，幾乎是不可能的。

「小侍從，這一點值得懷疑。」

對一個虔信天主教的同年侍女講的事，伽羅奢大概是這樣逐一反駁。

幽閉二年後，伽羅奢獲得秀吉赦免，返回細川家。秀吉慮及豐臣政權的未來，肯定是向年輕的細川忠興賣人情，「我赦免你的愛妻」。

忠興再次熱愛失而復得的伽羅奢。

他將伽羅奢關在大坂的玉造宅邸深處，前已述及，讓她「極盡奢侈」。但忠興知道，伽羅奢最感興趣的是思想性的話題。

當時，佛教已陳舊了。

那個時代，大名中有三十多人都改信了天主教。

自然，忠興的話題多是談論上帝和《聖經》。

忠興從好友攝津高槻城主高山右近那裡，取得了他需要的話題。高山右近是熱心的教徒，他在領地內下了一道嚴厲的命令：「不想信奉天主教者，就退出我的領地！」高山右近還熱心地向其他大名傳教。小西行長等人受其傳教影響，舉家受洗。

當然，高山右近也向好友忠興傳教。

忠興擁有極其豐富的知識，因而不易接受新的世界觀，而且本就不具備信徒的特質。雖然最終沒能入教，但他已充分理解了天主教的性質。

其他改宗的大名對於《聖經》的知識都還不甚清楚，但忠興平時已經會說：

「佛教之類的偶像崇拜，頗不可取。」

忠興一回宅邸，就對伽羅奢講起從高山右近那裡聽來的新鮮世界觀。

伽羅奢生了興趣。越有興趣，就越向忠興提出各種各樣的問題。

忠興有的答不上來，就說道：

「好，下次見到右近時，問一下。」

他將此事當成日課。

忠興為了讓伽羅奢消愁解悶，一心取悅，他現學現賣天主教的故事。諷刺的是，伽羅奢聽那些故事而產生的心情，遠遠超出了興趣的範圍。

「我想去教會。」

伽羅奢說出這樣的話，令忠興極其驚詫。突然，忠興開始憎惡、怒罵這宗教，但為時已晚。他只有採取嚴禁伽羅奢外出的手段。

小侍從活躍起來了。

她聯繫京都、大坂的神父，將書籍和教義轉達給伽羅奢。伽羅奢終於想親自去教會。

「能不能想個方法逃出宅邸？」

她讓小侍從琢磨這件事。

恰好此時忠興跟隨秀吉征伐九州，不在家中，時機正好。

小侍從把後門的鑰匙弄到手，讓伽羅奢穿上年輕武士之妻的窄袖便服，偷偷逃離宅邸，去了大坂的教會。在那裡，伽羅奢聽了傳教士文森蕭的說教，心生感動。

最令她感動的是詩篇第四十五篇的一節：

「任何大名和貴族，也不可依賴他人。因為人是最終死去歸土之身，他沒有任何助人之力。人不久都會死去，那時，惟有依賴天主的人，才有幸運。」

（佛法和儒教，都沒有這般打動人心的表達。）

伽羅奢感動了。

其後，她進一步深化信仰，終於決定受洗。但是伽羅奢不可外出，不能去教會受洗。

她和小侍從冥思苦索，最後想出了一個無與倫比的冒險方法，即做一個寢棺似的箱子，人鑽進去。夜深人靜時，從宅邸窗戶吊放下去，輕輕置於路上，打開箱蓋，再跳到路上。

小侍從帶著這個秘密方案去了教會，與賽斯佩迪斯神父協商，他反對道：

「這冒險舉動若被發現了，天主教將遭鎮壓。」

小侍從進一步懇求。最後，神父授予小侍從施洗的資格。

小侍從返回宅邸，設置祈禱所，讓女主人受洗，賜予從賽斯佩迪斯神父那裡領受的「伽羅奢」之洗禮名。

同時，二十名侍女也受洗了，從此，她們稱女主人為「伽羅奢夫人」。

從九州凱旋的忠興，知道此事，盛怒，將夫人一個侍女的鼻子和兩隻耳朵割下，攆出家門；又將另一個侍女在夫人面前剝得精光，鞭笞後逐出宅邸。

但是，忠興沒有對伽羅奢和小侍從下手。因為小侍從是亡母娘家的姑娘。

時光流逝。

秀吉患病，未久死了。

（此人終於死了。）

伽羅奢大概有這種感覺吧。對她而言，秀吉是父親光秀的仇敵，晚年又是天主教的鎮壓者。如今秀吉死了，不消說，伽羅奢會有一種感謝上帝的心情。

在伽羅奢看來，秀吉身為男人，晚年是個極端的色鬼，僅此一點，就是個令人嫌惡的存在。

秀吉晚年，伏見城竣工時，他招待大名夫人參觀城內。伽羅奢稱病不去，打發小侍從代替前往。

小侍從也是美人，和伽羅奢無分軒輊。甚至因為長得過於相似，當時家裡也相信謠言：「小侍從其實是胞妹吧。」

「果然是名不虛傳的美人呀！」

秀吉誇讚，賜她綾子禮服，大笑道：

「想讓妳擁有兩個男人，另一個該是我秀吉。」

一生貫徹童貞的小侍從，聽不懂秀吉那種露骨的諧謔。因為太下流了。

回到宅邸，小侍從怒火滿懷，向伽羅奢憤慨敘述此事。伽羅奢越發瞧不起秀吉，更加憎恨他。

已有如上背景。

在這背景中，伽羅奢坐聽二位老臣講話。

「我死吧。」

不消說，伽羅奢欣喜地、以教徒特有的平靜之心說出了這句話。這是因為，首先，性格異常的忠興決不會允許她活下去；其次，為反抗鎮壓宗教的豐臣家而死，等於殉教；第三，自己的死，能給下一個時代的領袖家康帶來利益。伽羅奢對家康無愛無憎，但家康是一個罕見的對天主教不加論斷之人。或許他和秀吉不同，會是很好的天主教保護者吧。

伽羅奢這麼思索著。

「天主教嚴禁自殺。少齋，你設法殺了我吧！」

言訖，她走進奉置十字架的房間，點上了燭，向天主獻上長長的祈禱，懇求赦免自己一生的罪過。

然後，伽羅奢將侍女們喚進禮拜室，與之告別。侍女們又哭又喊，乞求允許殉死。

「妳們可都是信徒啊，理應熟知天主不允許殉死。」

伽羅奢嚴厲說道，伽羅奢斥退了侍女，就連小侍從也不例外。

接著，她將寄居細川家的自己的叔母和長子忠隆之妻託付給隔壁的宇喜多家，兩個女兒託付給小侍從，讓她們到大坂教會奧爾岡奇諾神父那裡避難。

晚間八時，赴死事宜已經準備好了。

伽羅奢搖鈴，將小笠原少齋喚進禮拜室。少齋害怕忠興的嫉妒，站在簷廊裡不想進室內。他身後橫著一柄長刀。

赴死之際，伽羅奢忘了忠興的禁忌，她以為少齋能夠入室。伽羅奢把長長的頭髮綰了起來，以便於砍頭。

少齋滿懷困惑，

悲傷地說。

「這樣不行。」

「啊。」

這時，伽羅奢露出了略顯滑稽的微笑。她想起了忠興的性格。

伽羅奢歪頭思索，一副動腦琢磨的神情。俄頃，伽羅奢寬鬆前胸，半露乳房。

少齋頷首，但又說道：

「位置有點偏。我入室內多有顧忌，所以，請再往我這邊挪一挪。」

「這樣如何？」

伽羅奢膝行向門檻附近湊了過來。

「那麼，對不起了。」

少齋將長刀舉到頭上，安靜又銳捷地刺進了伽羅奢的乳房。伽羅奢的生命，瞬息停止了。

少齋衝進室內，用絹被蓋住遺體，周圍堆起預備好的火藥，卸下了板窗和杉木門，堆在遺體旁邊，慢慢點火。

禮拜室轟然噴發烈火之際，少齋已不在了。

少齋登到正門頂上，大喊道：

「眾奉行，聽著！」

他簡潔陳述事實之後，跳進大門內側，跑進居室，與河喜多石見一同切腹而亡。

須臾，火舌翻騰包圍了宅邸。烈焰將大坂街裡照得通紅，武士和市民都在觀望這場戲劇性的火災，想用這場大火占卜未來時運吉凶。

「這場大火會帶來什麼呢？」

圍觀者戰戰兢兢地議論著。他們指的是，對於豐臣家和自己，這場大火究竟是吉，抑或是凶？

統帥

三成從船上望見了大坂玉造細川宅邸燃燒的大火。

「那大火，是怎麼回事？」

三成掀起幔帳，仰望夜空，回頭問家臣們。誰都答不上來。

這也理所當然。三成和所率兵力今夜下淀川，剛要進大坂，不曉得事實真相。

「不曉得。」

不知誰回答了。

「駛近備前島！」

河中有洲，即備前島。石牆包圍小島，白壁環繞宅邸，這是三成的舊邸。

三成下了船。

他從備前島過橋。過了橋就是大坂城的京橋門。

夜裡，三成讓士兵舉起許多火把登城。靜靜走在城內。

「去何處？」

陪同的側近用彷彿忍耐不住的聲音問道。暗夜裡，即便登城，也是白搭。

「去政務室！」

三成命令道。那裡是豐臣家的政廳，曾是三成任

奉行時的根據地。天下政令悉數由此發出。面對三成起草、太閤蓋上朱印的政令，大名們戰戰兢兢。

「都半夜三更了。」

「哦，從今而後，我沒有晝夜之分。就從今夜開始，我打算睡在政務室裡。」

城內樹木蒼鬱。三成越過水池，穿過樹林，來到了本丸一隅。

這時，半途遇上豐臣家的旗本，從他們口中詳知了烤焦夜空的大火真相。

進殿，來到政務室一看，本應在此的奉行增田長盛和長束正家，卻不見了蹤影。

（二人都退堂了？在這個重要的夜裡，真不像話！）

三成怒從心頭起。

（庸吏！）

三成這樣認定。細川家火燒自宅，夫人和老臣死於火中，此事不應只看作是祝融騷亂。按三成的看法，沒有較此更重大的政治事件了。

（儘管如此，）

兩個奉行卻退堂了。

「去把他倆請回來！」

三成命令自己的家臣。

這時，島左近進來了。他比三成提前一步進入大坂，並常駐大坂城。

「依舊那麼嚴厲呀。」

左近笑了。三成的這種嚴厲，這種無情，不知樹立了多少敵人。

「人是有感情的。以道理和正義為依據，激烈譴責他人，只會樹敵，有百害而無一利呀。」

「但是，細川宅邸現正燃燒，對此若不採取緊急措施，會衍生成無與倫比的大麻煩。左近，你當使者，去將那兩人請來！」

三成吩咐道。三成已不在奉行的職位上，行政上的一切手段必須通過現任奉行增田和長束來具體落實。

左近離去，約兩個小時後，增田和長束來了。

三成開始協商。

總之，三成的意見是，「若繼續採取強制的人質政策，會出現第二個、第三個細川夫人。這樣一來，只會激勵東征諸將的決心與鬥志，此外無好效果。立即取消吧。」

「真是意外。」

增田長盛是個老練的官吏，臉上露出了略帶諷刺的善意微笑。

「將住在大坂的大名家眷當人質，原本就不是我們的主意。那不都是大人坐鎮佐和山發號施令的結果嗎？如今變了臉色，要取消這一決定，又是為何？」

「我自己悟明白了，這是愚蠢。」

三成揚眉，總地說來，是一副激昂派頭。三成想表達的是，及早悟及自己的愚蠢，這也是智者之道。

（這可不好啊。）

待在鄰室的島左近覺得，兩位奉行要是不在，自己真想責備一番嫩小子三成那種要聰明的派頭。三成的那種語言表達方式，就連昔日同僚增田和長束聽起來心中也不會舒坦的。

「發現不合適，立即改正。故此拜託二位，今夜開始，解除對大名宅邸的戒備。」

「大人說解除，我們就執行。」

關於此事，增田和長束沒有定見。

「那就照此執行。」

兩名奉行回去了。

（事情處理得真差勁。）

人走後，左近這樣自忖。扣押東征大名的家眷為人質，這方案非常合乎才華橫溢的三成的風格，島左近認為是妙招。但妙招總會帶有片面性和缺點，反過來甚至可以說，正因為含有缺點這一毒素，才不是庸招。而此案的缺陷因細川夫人自焚事件浮上檯面。

對此感到震驚的，正是方案制定者三成自己。如此震驚或許是智者的證明，智者總是像幼馬一樣，有顆易生驚詫的敏感之心。

（然而，僅是身為智者，是不能駕馭這般風雲時代的。）

前代的信長和秀吉都不僅是智者。他們若站在今天三成的立場上，也一定會同樣採取人質政策。一策既出，其間縱然偶或發生類似細川夫人的事件，也必須置之不理，將政策貫徹到底。至少不應該出現「因震驚而終止」的結果。

（單論智謀，治部少輔大人或許技高一籌，區別就在這裡。恐怕最終差就只差在器量。）

這就叫剛愎自用吧？若以刃具比喻，三成是剃鬚刀，絕非柴刀或利斧。柴刀和利斧可以砍倒大樹，修建高大建築；剃鬚刀再鋒利，也只能刮鬍鬚。

左近害怕一件事，即三成的戒嚴中止令會導致豐臣執政機關的威信下降。中止令使敵我雙方大名都看透了大坂方面的輕浮。

翌晨，左近扮成普通武士，去看玉造的火災現場。三千坪許的廢墟周邊，密密麻麻圍了四五百個群眾。左近扒開人牆，擠了進去。

建築徹底燒燬了，沖天而立的只剩下黑呼呼燒焦的樹木。

廢墟上，有幾個人動作緩慢地幹著活兒。指揮者是一個身穿黑長袍的洋人。

「那個洋和尚是誰呀？」

左近問身旁百姓家的姑娘。姑娘好像也是信徒，胸前掛著十字架。如此說來，這道人牆大多數都是信徒，看他們的神色，是為了防備有人破壞廢墟，才圍起了這道人牆吧。

「奧爾岡奇諾神父。」

姑娘小聲告訴了左近。講究派頭的左近，刀柄護手上也鑲嵌著十字架，姑娘大概認為左近也是信徒。

「他們在做什麼？」

「尋找伽羅奢夫人遺骨。」

「令人肅然起敬。」

左近深受感動了。伽羅奢的自殺是反抗豐臣家的行為。為反抗者收屍可謂是危險行動，得要有相當覺悟啊。

（好一個勇敢的洋和尚。）

左近這樣暗思。他又思考日本和尚在幹什麼。細川家世代的菩提寺是大坂郊外的崇禪寺，當然，昨夜的騷鬧崇禪寺分明知道，卻不趕到現場收拾遺骨。

「洋和尚真了不起！」

左近大聲誇讚彳亍於廢墟上的碧眼紅毛大漢。

此處為冗筆。這位奧爾岡奇諾神父將伽羅奢夫人、兩位殉死家老和幾名家丁的遺骨收拾起來，裝入罐中，運到崇禪寺，託付給佛僧。

關原之戰過後，細川忠興一返回大坂，立刻為夫人舉行了盛大葬禮。

忠興尊重故人的信仰，拜託奧爾岡奇諾神父，請他舉辦天主教葬禮。

其後，忠興作為佈施，饋贈洋和尚黃金二百枚。但是，洋和尚將之悉數分給大坂街上的貧民。

「無物欲。」

忠興由衷敬佩。

「洋和尚與日本和尚的區別，就在於有無物欲上。日本和尚不想救濟貧民，反倒是為了令人貧困，才讓人信仰佛教。」

忠興這樣說道。此為契機，他默認了天主教在自己領地內的傳教活動。

「你這混蛋！」

後來，法華宗信徒加藤清正當面怒斥忠興容忍洋教的態度。

「自己不信天主教，卻保護信徒，竟有如此大名，令人驚詫。你這種信念曖昧的人，今後沒資格談論大事！」

忠興怒不可遏，欲拔刀。清正也要迎戰。在座的大名居中調解，才得以平息無事。
這種事情其後又發生過，此處按下不表。
左近離開現場，走在街上。
諸大名宅邸撤去了豐臣家的戒嚴兵卒，恢復了往日的平靜。
（人質的擔憂消失了。這一消失，東征諸將必定心無芥蒂，跟隨家康。尤其那個遺骨之主。）
左近思考著忠興夫人伽羅奢的作用。
（伽羅奢之死，對家康來說，其意義恐怕比獲得百萬雄師還重大。）
左近返回城裡。
一進城就感受到了非常歡鬧的氣氛。在登向本丸的途中城樓，他攔住了一個兒小姓問道：
「究竟發生了何事？」
不知是誰家的兒小姓，他歡快得一蹦一跳回答：
「毛利中納言大人的大軍，已經抵達木津川河口。聽說河口上一片船隻，河面海面全看不見了。這樣一來，幼君的境遇就安泰了。」
兒小姓滿臉笑容，眼裡卻溢出了淚花。
「是嗎？毛利大人駕到，你就這麼高興啊。」
「毛利中納言舉一百二十萬石兵力加盟我方，西國大名也會爭先恐後加入吧。幼君的境遇就不會發生萬一了。」
十歲左右的兒小姓，說話卻像大人似地，他躬身道聲「失禮」，就揮舞著袖子跑走了。
左近走入政務室的鄰室，聽說三成前往木津川河口迎接毛利大軍去了。
卻說三成。
他帶領身邊隨從數騎，馳向海邊，奔跑一小時許，來到木津川河口，發現了毛利大軍主力部隊，輝元在松林裡支起幔帳休息。
再往前看，可望見河口海面數百艘毛利軍船旗旌飄揚，依次等候登陸。
（不愧毛利大軍！）

三成翻身下馬，強壓著狂喜心情。走過沙灘，進入松林。

「治部少輔光臨。」

毛利家的重臣來到松林入口，迎接三成進入帳內。正面地上鋪著盾牌，毛利輝元一身戎裝，坐在那裡。三成的座位上也鋪著盾牌。

三成致辭，簡潔祝賀海上航行一帆風順。

「哎呀，治部少輔也很辛苦呀。」

半老的輝元誠懇安慰少壯的三成。

到底是毛利本家的主公，雖無才氣，總有些帝王之相。

三成膝頭湊前，備述家康的暴虐。他說：「若不趁機討伐，天下最後都成為這奸人的了。這場正義之戰能否獲勝，完全取決於天意和毛利中納言了。」

輝元露出善意的微笑。

「正因如此，我才前來馳援秀賴公。」

所謂「馳援」，這種場合即指動員起來的大軍。輝元帶來了約三萬人以上。

「關於詳情，想必已從安國寺惠瓊大人口中得知了。這次交戰，懇望輝元大人坐到秀賴公代理官之位上。此事能否答應？」

「輝元不才。」

輝元此言，意即早已應諾了。

「甚謝！」

三成從盾牌上起身，移坐到草地上，叩拜身為秀賴公代理官的輝元。

其間，三成的家臣們，以及增田長盛、長束正家、安國寺惠瓊等都來了。

眾人如嚮導般先行，從木津川河口來到下博勞村，通過阿波座，進入船場。再由木町橋進三丸，進大手門。

再到西丸。

西丸曾是家康居住過的巨郭，今日開始，毛利輝元作為西軍統帥，西丸皆為他所用。

此日，輝元拜謁了秀賴。讓自己五歲的兒子藤七郎秀就近侍奉秀賴。

翌日，木津川河口又出現了軍船。船舶檢查哨來了報告：

「土佐侍從長曾我部盛親大人蒞臨！」

土佐實力有二十餘萬石，他帶領六千大軍到來了。四、五天後，到來諸將日益增多，到七月底，西軍人數達九萬三千人。

主要是九州、山陽、近畿的大名。他們駐紮在大坂城內外，住不下的則借用北野村、難波村一帶的寺院和大地主的莊園為臨時營房。街裡擠滿了人馬，河上停滿了貨船，一派喧騰景象。

密使

毛利大軍抵達大坂，主將輝元任西軍統帥，坐鎮大坂城西丸。沒有比這事實更能提高西軍的威信了。

「西軍必勝！」

大坂城的旗本們如此堅信。毛利和長曾我部兩軍到來，西軍在人數上超過了東軍。跟隨家康東征的大名，非德川家的動員人數為五萬五千餘人，西軍是九萬三千人。

「現在可以放心了。」

船場一帶的百姓都這樣預測，相信西軍不會失敗。可以說，這都是來自毛利本家的信用。

然而，三成的家老島左近推測，現實未必容許樂觀。

（自古以來，毛利家家風保守，缺乏進取精神，過於考慮自家安全。）

毛利家有這種傾向。毛利家世可遠溯及鎌倉時代，振興了當今毛利家的是毛利元就。元就三十年前作古，不在人世了。

元就是從安藝的吉田村小領主發展起來的，由此到他七十五歲去世的時間裡，玩盡權謀數術，終於成為整個中國地方（編註：包括今岡山、廣島、山口、島根、鳥取

五縣）的霸主。

元就反思自己一路苛烈艱辛的生涯：

（庸才不能攻城奪國，惟有像我這樣的天才，才做得到。子孫若同樣行事，必然失敗，最終亡家。）

他這麼認定。元就患病臨終之際，將孩子喚至枕畔，讓他們立誓採取合議制守住家產。

元就的兒子小早川隆景、吉川元春都是賢才，盡心盡力輔弼年紀輕輕就當上主公的侄子毛利輝元，在信長和秀吉相續的動亂期間保住家道，沒有式微。但這兩位賢才今已不在了。

現在掌管毛利家的，內有吉川元春之子吉川廣家，外有伊予六萬石的僧侶大名安國寺惠瓊。

二人相處不睦。

加之，吉川廣家早就接近反石田派的諸將，連政治黨派都不相同。廣家當然會這樣猜度：

「那個和尚與三成串通一氣，將毛利家拖下水，企圖最終令毛利家走進滅亡。」

廣家對毛利家的重臣也灌輸這個念頭。

廣家是個心胸狹窄之人，但也算是足智多謀。他有軍事才能，外交感覺敏銳，秀吉死後，他立刻接近家康方面的黑田長政，表明自己心意：「萬一發生情況，敝人努力做到舉毛利家支援德川大人。」廣家並為此動用了一切手段。

（毛利家要在下個時代存活，這是唯一無二的策略。）

他如此堅信。

安國寺惠瓊也在充分考慮了毛利本家的保全之策後，與三成結盟。

（三成必勝。）

他這樣推斷。三成若獲勝，毛利家任西軍統帥，理所當然可以取代家康，成為豐臣家最大的大名，隨著形勢發展，毛利家或許還能成為天下之主。在這一點，安國寺惠瓊的想法可謂積極策略，自家祖毛利元就的遺言向外邁出了一步。

家主輝元採納了惠瓊的觀點。他催促大軍，從廣島派出大型船隊，奔赴大坂。

（不愧是安國寺。）

三成盡情歡喜。安國寺若不把毛利從廣島拉出來，三成的舉兵計畫肯定是很難實現的。

惠瓊成功了。不管怎麼說，毛利家仰賴惠瓊卓越的形勢分析眼光，穿越了信長與秀吉交替的艱難時代。惠瓊的才幹開創出輝煌的業績，據此考慮，

——安國寺惠瓊的話可信。

輝元和重臣們如此認為。特別是這一次，輝元坐上了曾為家康所有「首席大老」之位。正像信長為明智光秀殺害後，秀吉英勇活躍，驅動大軍，滅了光秀，繼承了織田家的版圖；這一次，輝元處於相同條件，只要輝元懷有那種意向，建立毛利政權絕非虛夢。安國寺惠瓊為毛利家如此佈局。

然而，坐鎮西丸的輝元，似乎並未察覺自己正處在史上罕見的幸運際遇中。

輝元生於名門，十九歲繼承家業，其後二十餘年一直擔任毛利家的主公。其間，一切事務都由家中諸位智囊運作。惟有善良這一點，是輝元做人的可取之處。

「秀賴公很可憐。我必須馳援幼君。」

入住西丸後，輝元依然僅說此話，發誓從靈魂深處盡忠秀賴，就像心中壓根兒不存有野心和陰謀等惡毒東西。

輝元進大坂城的當天就拜謁了秀賴。當時，不知是誰教給稚童這樣的話：

「是毛利中納言吧？我就拜託愛卿了！」

秀賴口齒不太靈活說道。輝元身穿印有家紋的禮服，叩拜著一直沒抬頭，情不自禁眼淚啪噠啪噠落到榻榻米上。輝元不是一個會演戲的人，那肯定是真實感情。殿上的司茶僧們相互議論：

「那可是一百二十萬石的眼淚。」

有的司茶僧甚至在走廊上流下了同情的淚水。

這個人品善良的輝元，也有煩惱。

就是負責外交的安國寺惠瓊與負責作戰的吉川廣家，二人對立。輝元已任西軍統帥，但負責指揮毛利大軍的吉川廣家卻不配合。

廣家從其居城出雲富田城徑直來到大坂，勸說輝元：

「奔向德川大人一邊吧。」

廣家並用了「務必」一詞。輝元已經採用了安國寺惠瓊的方案，廣家沒能說動他。

「這次奔向秀賴，是為了正義。」

「不，」廣家本想滔滔不絕辯駁，但這個在朝鮮戰爭砍下敵人三千首級的實戰家，論辯口才幾乎等於零，無奈，祇得從輝元面前退下。然後，他會見毛利本家核心重臣，陳述了跟隨德川之利。不曉得中央形勢的重臣們焉能有何定見，彷徨於兩種說法之間，非常困惑。

廣家與惠瓊也進行了激烈爭論。

爭論之際，激昂的惠瓊忘記了自己老邁年高，竟不由得大喊：

「難道侍從大人（廣家）不曉得義為何物嗎！」

本來惠瓊的特點表現在現實分析方面，從未站在觀念論的立場上。但與採取現實態度的廣家論爭時，除了用觀念交鋒，別無其他手段了。

「德川必勝！」

廣家從軍事和政治方面做出這樣的說明。惠瓊激烈搖頭。

「勝敗取決於毛利家輔佐那一方。然後，能夠決定勝敗的兩方目前在此預想結果，豈非滑稽？侍從大人？」

「當然，毛利家輔佐西軍，人數上也許佔了優勢，但交戰不靠人數多寡，而靠主將。比德川大人卓越的大將，西軍有嗎？」

「……家康大人嗎？」惠瓊答道：「我不認為家康大人有那樣厲害。我瞭解信長公，也瞭解少壯氣盛時代的秀吉。在這二位看來，家康是個很單薄的人物，世間卻把他吹捧得偉大呀偉大的。」

「就是這麼個世道呀，可怕。」

廣家的聲音比惠瓊低。但此人性格強烈，曾在伏見的殿上與淺野長政吵架，幾乎要廝打起來。所以此刻膝蓋上的拳頭已經開始顫抖了。

「與和尚再議論家康大人也沒啥意思。關鍵是世間。是世間如何看待家康大人。世間把家康大人視為與信長公、秀吉公並列的英雄，會向哪方傾斜，現在一清二楚。眾人要擁立家康大人，而家康大人順應天下大勢。順大勢者可以幹出超過實力一倍甚至三倍的大事來。家康大人必勝，勝利之後，天下巨變。」

「秀賴公怎麼辦？」

「不知道。我現在考慮的，就只有如何保存自祖父元就以來的毛利家業。」

吵架到此，不歡而散。

不歡而散對吉川廣家不利，因為主將輝元根據惠瓊的觀點，決定了方針。

（算個啥，我有我的絕招！）

廣家這樣尋思著。他要發動叛亂。歸根結柢，率領毛利軍上戰場的，還是廣家。在戰場上，是發動叛亂還是保持中立，全由戰場上的廣家來決定。

（要這麼做，必須派出密使。）

廣家和惠瓊激烈爭論之夜，他向關東派去了兩名家臣。

不是直接拜見家康，而是見黑田長政。秀吉去世前後開始，長政很快就成了家康的爪牙，負責分裂瓦解豐臣家同僚大名的工作。廣家想通過長政向家康傳達自己的意思。

其要旨如下：

「我本家的輝元並非真心當奉行方面（西軍）的統帥，其實真心在德川大人一方。故此，到了關鍵時刻，決不當貴軍獲勝的阻礙。」

廣家選派的密使，是吉川家的譜代家臣服部治兵衛、藤岡市藏二人。

慎重起見，還拜託了黑田家的大坂宅邸留守官，求他派出一名家臣同往。同行家臣名曰西山吉藏。

三人扮做平民，取道伊賀越，進入伊勢。

伊勢的山田，住著毛利家的浪人桂次郎兵衛。他們找到這個浪人，將內情和盤托出，求得他計謀相助。

從這裡往前，有西軍設下的七道關卡，尋常手段難以通過。

「化裝成伊勢的御師。」

桂次郎兵衛建議。所謂「伊勢的御師」，即伊勢神宮的下級神官，為參拜者介紹旅館或浪遊諸國販賣神宮皇曆。所以旅行各地並不奇怪。

於是求助桂次郎兵衛的好友、御師橋村右近大夫，借來了服裝和隨身物品，密信則縫進綁腿的帶子，一行出發了。

但是廣家的家臣說話帶安藝口音。考慮到這點，到關卡時的言語交涉由黑田家的家臣西山吉藏承擔下來。西山生於上方，在大坂宅邸待了好長時間，一口伊勢話幾乎能以假亂真。

這番苦心奏效了。

三名密使通過七道關卡，來到了尾張。其後一路順暢跑過東海道，進入關東，來到隨家康出征的黑田長政的軍營。

「來得好！」

黑田長政將三名密使的到來視為東軍勝利的吉兆。他火速拜謁家康，「主上，請大大歡欣吧！」隨之稟報了意旨。

畢竟是西軍統帥毛利自己提出了串通一事，這就等於戰爭勝利了。

然而家康面不改色。若在這時露出了天真的笑臉，自己的內心就被看破了。

他立起一側膝頭，身體前傾，無表情地「哼，哼」，點了三次頭，說道：

「吉川廣家這事，由甲州大人（黑田長政）一手處理就行了。」

總之，家康不直接與廣家交易，全由長政定奪。一來是尊重最高諜報官長政的業務；二是顯示自己的大度：

——就這點事，並不太值得高興呀。

這樣做，當時在家康是必要的。

長政退下，回到自己軍營，打發服部與西山二人回大坂覆命，僅將藤岡市藏作為事關背叛的聯絡將領，留在陣中。

三成在大坂忙碌著。

這個當代一流的才幹高人，卻沒察覺舉旗伊始，己方盟主毛利家內部已有崩潰之象。

而來到大坂的其他大名，與自信十足的三成不同。

（哪一方能勝利呢？）

他們繃緊神經地注視這點，觀察一切事物現象的發展態勢。若發現東軍有勝利跡象，必須立即設法派出通敵密使。他們都觀望著毛利。

（毛利能耐到何種程度呢？）

為了摸清實力，他們傾全力搜集關於毛利的所有情報。儘管沒能獲知上述密使之事，但大家都分別瞭解到：相當於毛利家總參謀長的吉川廣家，對西軍的態度冷淡。

「這可不能粗心大意呀。」

從這話暗地在各家大名之間流傳伊始，就有大名向關東派出了密使。

還有的大名一開始就勾結家康，或者心藏勾結的主意參加了西軍。譬如：

小早川秀秋

蜂須賀家政

脇坂安治

等即是。

上述大名當中，土佐的長曾我部盛親和薩摩的島津惟新入道的態度，極其微妙。

島津惟新入道

毛利家講完。

接下來談一談島津家。

關原大戰前後，島津家採取了最不可思議的行動，緣由之一，大概是不瞭解大坂的情報。

其他還因為地處遠國以及方言等緣故。

「聽不懂薩州島津家的武士在說什麼。」

這是定論。

三成的家老左近，拜會過島津家的大坂留守官，彼此都聽不懂對方的話語，只得利用謠曲辭彙進行交流。當時，各領國的人對話時，謠曲和狂言用語常當做標準語溝通。

語言障礙不利於島津家搜集大坂情報，妨礙和其他大名的交流。

「大坂那幫人說了些啥，一點也聽不懂。」

島津家的人這樣說道。秀吉健在時，島津家與其他大名不太來往。

和三成卻很親密。

秀吉征討島津之際，三成任代理官，駐在薩摩處理戰後事宜，與島津家的關係非常近密。

「治部少輔是太閤的智囊，和他拉好關係，對島津

家是最重要的事。」

因此島津家一味向三成靠近。三成這個傲慢人，對島津家示以罕見的偏愛，仔細教導如何建立現代財政體系。

中央人士新換了一種尊敬之念看待薩州島津家。島津家位於日本列島西南端，卻從未被嘲笑為鄉野土氣大名，自有其理由。

其一，相較於許多大名戰國時代才發跡，島津家是由源賴朝任命、自鎌倉時代傳下來的名門。

其二，島津家的軍團勢壓群雄，向來以日本最強而自豪。戰國時代的最強軍團有越後的上杉家和甲斐的武田家。島津家若進兵本州中部，前兩家興許就大為失色了。

不幸的是，島津家盤踞南九州。戰國末期，島津家擁有北上平定整個九州的威勢，最終卻只停留在爭奪當地區域的優劣勝敗上。

「島津家是日本第一」的評價，出自朝鮮戰爭時期。連明軍和朝鮮軍都懼怕島津軍，從其音稱「石曼子」，視若鬼神。「石曼子」的奮戰在泗川之戰表現得最突出。島津部隊在泗川修築野戰城堡，防備敵軍。此間，明軍董一元將軍率兵殺來。

明朝大軍二十萬，泗川的島津部隊不足萬人，雙方展開激戰，最終大破明軍，殺死三萬八千零七十七人。如此以少勝多的勁旅，戰史上絕無僅有。

「島津家最強大。」

這評價在大名間流傳開來，凱旋後，人們也以敬畏的眼神看待島津家。

大概是出於這種認識，秀吉死後，家康開始露骨地接近島津家。此前，在家康心中的政治版圖裡，對九州的認識很淺薄，雙方幾乎不相往來。家康發跡於東海地方，繼而為秀吉封於關東，對雲煙萬里的西部薩摩，家康認識極少。

（必須把島津拉攏過來。）

秀吉剛死不久，家康就訪問了島津家的伏見宅邸，建立了社交關係，但島津家對此態度超然。

其間，島津家的伏見宅邸發生了血案。島津惟新入道義弘之子忠恒（後稱家久）殺死了總是任氣使性的家老伊集院忠棟（日向都城城主）。忠棟被殺，其子忠直憤慨於主公的舉動，遂閉城固守抵抗。最終一族遭到滅門。發生這場騷動時，豐臣家執政官石田三成採取的態度是：

「這場內訌中，伊集院忠棟是正確的。島津忠恒處置得殘暴傲慢。」

這當然有三成與伊集院忠棟交好的因素。儘管如此，這也是三成的壞毛病。身任豐臣家的執政官，便對島津家的內訌插嘴，偏袒其主公的敵人，顯然在政治上是於己不利的態度。

島津家當然對三成感到不快。

家康即刻趁機偏袒忠恒，關照得無微不至。

此為轉機。

（今後惟有德川內大臣可以憑賴。）

島津家變成了這般心情。伊集院騷亂平定後，島津惟新入道義弘帶領二百親兵去了上方，登上大坂西丸，拜會家康致謝。

這是四月二十七日的事。

家康滿心歡喜，說道：

「貴府安定下來，這比什麼都好。無論怎麼說，島津家都是天下強國，島津家安泰，就等於天下安泰。」

接著，面對在泗川擊潰二十倍敵軍的這位勇將，家康說道：

「我想聆聽一下將軍的英雄故事。」

島津惟新入道義弘此年六十六虛歲，半生征戰從未失敗。他善於攏絡軍心，作為將領，這種氣度可謂當代罕見。加之義弘教養深厚，有一種哲人風格。

遺憾的是義弘不是上方人。

不像其他大名那樣諳熟政治內幕，生性又不長於玩弄權術。

故而，準確地中了家康那簡單的籠絡計謀。

（太閤去世後，應該依賴此人，以謀求島津家的自立、存在與繁榮。）

義弘這樣暗思。

家康還給惟新入道帶來了重大情報。

「最近要征討會津的上杉景勝。」

家康的意思是，數日後這消息就會傳遍世間，但自己公然親口說出，最先聽到的只有島津惟新入道。

「到那時，伏見城會變成一座孤城。我命一子任代理官，進駐伏見城，閣下能否擔任守將，輔佐犬子？若有島津家豪傑襄助，比進駐千萬大軍還讓我放心。」

家康看透了，讓薩摩人高興的手段惟有誇讚其豪傑氣概，甚至連惟新入道這樣的將才也感激家康的褒揚之言。其後他向人在領國的胞兄義久派去急使，其要旨是：

「快向大坂派來大量軍隊！」

信函字裡行間，跳蕩著從家康那裡獲得的感激。

「我島津家承擔伏見城的戍守任務。伏見城的城門很多，我帶到上方的士兵人數根本達不到防衛能力。望火速派兵，多多益善。軍糧和彈藥也一併拜託。」

然而，島津家因為當年秀吉征伐島津，後又出兵朝鮮，接著就是最近的伊集院騷亂，財政拮据，無論如何也無餘力派大軍東上。

加之，島津義久對中央形勢並不敏感。

「家康討伐會津那種事，歸根結柢屬於私鬥。何必勉強派兵去。」

義久採取的是這種靜觀態度。他做夢也沒發覺，家康討伐會津這場「私鬥」，竟是他奪取天下宏大構想之一環。義久如此鈍感，誤導了島津家的方向，導致駐在上方的惟新入道這支部隊陷入儼如孤軍的尷尬境地。

此處為冗筆。後及德川時代，從政治和軍事方面研究關原大戰者，最積極的就屬薩摩藩，一直研究了三百年。汲取了關原大戰前夜情報活動不足導致失敗的教訓，薩摩藩是幕末時期各藩國中最敏於從事情報活動者，並將消息一一稟報回領國（主要負責人是住在京都的西鄉隆盛）。領國雖位於西南一隅，卻控制了天下政情的主導權，最終完成了回天之業。這一切，可謂是汲取了當年痛苦教訓的成果。

此處按下不表。

卻說島津惟新入道。

家康啟程東征後，惟新入道遣使者新納旅庵去伏見城傳達說：

「我家與內府之間有協議，請讓島津軍進駐伏見城。」

這時，惟新入道的立場非常滑稽。四月二十七日，家康曾明確表態：

「想請大人擔當伏見城的守將。」

但辭別大坂時他又採取了另一種部署。家康確實說過「留下犬子一名任代理官」，卻言而無信，守將也非惟新入道了。

家康帳下老將鳥居彥右衛門元忠成為守將，副將級的內藤家長和松平家忠也都是德川家的武士。

（我被欺騙了？）

惟新入道心裡犯嘀咕。但想到家康當時一片好意的溫情臉色，他對家康不懷疑也不憎恨了。

「請務必讓我軍進城！務必！」

惟新入道責令新納旅庵這樣央求守將鳥居彥右衛門。旅庵在城門前叫喊。

卻進不了城。

「命令島津家守城之事，我們完全沒聽主上（家康）說過，不能放你們進城。」

鳥居彥右衛門再三拒絕。

新納旅庵還繼續懇求。

於是，不知是否鳥居彥右衛門的意思，城牆上聚集的火槍手們大喊：

「這般執拗，非比尋常！由此看出島津家是敵人間諜！」

他們向護城河邊的旅庵隊伍開槍恫嚇。

（已經無可奈何了。）

旅庵死了心，掉轉馬頭下斜坡，返回大坂。

新納旅庵在上方長期擔當島津家的外交官，與鳥居彥右衛門也很親密。但總而言之，旅庵的行動綁手綁腳。順便說一句，幕府末期西鄉隆盛的位置，相當於關原大戰前夜的新納旅庵。

旅庵並非無能之輩，但也不是滿身才氣之人。島津家在如此政治形勢下左右搖擺，可說也受其影響。

總之，島津家集結大坂的軍隊共二百人。

領國還沒有派兵前來的確切消息。

島津家家風獨特，迥異於其他大名家。

在遙遠的領國，

「大坂發生大亂。我方勢單力孤，處於進退兩難的境地。但是島津家卻不正式發兵。」

這種流言彷彿迅雷，迴響在城下和山野裡。

島津家除了極少武士居於城下，其他幾乎都散居鄉間各地，平素耕田種地糧食自給。與普通農夫相異之處，在於為了一聲令下即能集合，田埂上總戳著一杆槍，掛著旅費和武士草鞋。

「上方爆發了戰爭。」

傳達這消息的叫嚷聲飛速流傳到每一座村莊。

「戰爭來了！」

武士們從田埂上拔起長槍，揹著甲冑，或騎馬或徒步動了起來。

（主公若不動員，我們自費去！）

這是他們的根性。為此，眾武士跑著衝出國境。

其中有個事例，島津家有一眾所周知的人物名曰中馬大藏。他不僅豪爽英勇，幽默性格也家喻戶曉。

大藏聽到消息後，扔下鋤頭，跑上田埂拔出了長槍。

他不回家，不和家人道別，徑直沿著村道跑了起來。但大藏沒帶甲冑。這位戰國武士捨不得浪費時間回家拿取。

恰好前頭有個扛著甲冑箱奔跑的友人。大藏撲上去，扭住胳膊摟倒他，奪下箱子。

「對不起，對不起你了！我的放在家裡，你去拿我那套用吧！」

大藏頭也不回向前跑去。

如此風格的薩摩人沿九州路北上，沿山陽道東奔，三人一堆，五人一夥，七人一群，一直朝東跑去。

留在大坂的島津軍，由於不斷有人奔來，終於增加到千餘人。

其間，惟新入道坐鎮大坂宅邸不動，採取中立態度。三成頻繁派來使者，規勸參加「義舉」。三成的主張是：

「這一舉動並非出自私怨。除掉奸佞殘暴傲慢的家康，是為了秀賴公的前途，是為了豐臣家萬代相續。島津家無違背秀賴公之意，多次提交了誓言書。倘思念太閤隆恩，並與誓言書無異心，就請竭力盡忠吧！」

（太閤隆恩？）

惟新入道對此有點抵抗。島津家和三成、清正不同，不是太閤提拔的大名。島津家早在四百年前就被源賴朝封為薩摩、大隅、日向三州的守護大名。後來乘著戰國風雲，幾乎要征服整個九州了。正要完成大業之際，秀吉率天下之兵征討島津家。終於，島津家乞降，受賜薩摩、大隅、日向三州舊領，這個條件勉強還可接受。

至於遭到秀吉討伐一事，無疑，島津家對太閤心懷怨恨。不摧毀島津家，卻賜予三州，此即太閤的恩義。

（不過，這個恩義已用泗川大捷報答了。）

惟新入道只能這樣認定。

加之，他在大坂窺探西軍內幕，獲知關鍵的毛利家分裂成兩派，所以多大程度上準備真心作戰？疑問頗多。

至於謀主石田三成，最近他對伊集院事件採取嚴峻態度，令惟新入道感到很沒意思。而且，對於和三成一同扮演主角的增田長盛、長束正家、安國寺惠瓊、宇喜多秀家、小西行長，惟新入道概無親近之感。

（都是些不事武道之人，他們打過什麼像樣的仗？）

惟新入道蔑視他們。

還有，西軍形式上的統帥毛利輝元是個庸人。不是能在決定天下成敗的大戰中擔任總指揮的人物。

至於謀主三成如何？他的作戰能力是未知數。就算是軍事天才，他那俸祿區區十九萬五千石的微不足道身分也鎮不住諸將。

西軍無主帥。

這是西軍最大的缺欠。在這位身經百戰的老人看來，西軍絕無獲勝的希望。

然而，事態已發展到了不允許中立的時刻了。日本國的大小大名，將悉數分屬東西陣營。

（迫不得已。）

惟新入道違心地、不知不覺被吹到了西軍一方。只能說純屬天運安排。

「參加三成一方。」

惟新入道將從伏見歸來的新納旅庵派往三成處。然而他的心裡還是沒有想通。

水口關卡

當時，除了中國地方的毛利和薩摩的島津外，還有一家實力堅強的大名，繼承著戰國時代的激情。

他就是土佐的長曾我部。

長曾我部也讀作「Chyosugame」。開初叫曾（宗）我部，但在土佐國的香我美郡（今香美郡）有同姓的豪族，為了與之區隔，加了「長」字。加上「長」字的這一家是因為其據地在長岡郡之故。

卻說長曾我部的城池建在長岡郡岡豐的丘陵上，很長一段時間不過是當地的一家豪族。但在信長、秀吉同時代，誕生了一位謀略戰術高人——長曾我部元親。他以變幻無窮的策略平定土佐，接著興兵北上，終於奪取了整個四國島。

這時，秀吉在日本的中心地區興盛起來，他命令元親：

「將四國的伊予、讚岐、阿波三國交出來，僅賜你土佐一國。」

元親拒受此命。於是秀吉發出了大規模的四國征討軍，引十二萬三千大軍攻之。元親終於屈服了。

秀吉接受投降，為了懷柔元親，秀吉說道：

「土佐一國送給你。」

元親原以為領國必被沒收，自己須切腹。如此意外結果，令元親因秀吉的寬大而欣喜，為致謝意，他來到了上方。

（自己傻呼呼的。）

元親大概會產生這樣的心情吧。多年苦心經營的平定四國理想，在即將實現的瞬間崩潰了。半生辛苦為了什麼？想到這裡，元親切身感到自己命運的荒謬。

然而，秀吉優待進京的元親，好似接待來自異國的貴賓。

元親心生感激。更令他瞠目結舌的是，秀吉說「作為禮品」饋贈之物，全是在土佐鄉野從未見過的華麗珍品。元親帶來的家臣們在客舍裡觀賞著，

「這是何物呀？」

瞪圓雙眼驚詫道。原來是泥金塗繪的漆器馬鞍。當時的土佐武士哪裡知道世間還有這樣工藝品。

他們寒酸的服裝也成了京城大坂的議論話題。盔甲都是手工製作，十分粗糙；和服腰帶僅用繩子綑紮。

「簡直像鼴鼠似的。」

人們暗地這樣議論著。然而，越是邊境之地，軍隊越悍勇。豐臣家的大名中，長曾我部元親暗藏著可與島津、毛利並稱三強的武力，安度晚年。

元親病歿的地點是伏見宅邸。

慶長四年（一五九九）五月，當時秀吉已臥病在床。

——太閤死後，天下將會如何？

這時人們各有猜測。安全之道當是依靠天下第一富強的首席大老德川家康，以保全自家。

「將來必須依賴德川大人！」

按常理，策略家元親理當有這樣的遺言，然而他沒有說出來。

什麼指示也沒留下。

元親是敏於時勢之人。此時為何持這般態度？元親是戰國群雄的倖存者，他若非生在偏鄉土佐，而

是降生於臨東海道交通便利之地，那麼，這位男子漢的存在將會導致天下發生如何巨變，不得而知。如此氣度的元親卻沒給子孫留下構想與指示便辭世了，真是不可思議。

元親終年六十一歲。

秀吉奪取天下之後，元親驟然衰老了。

（我的一生是徒勞。）

恐怕是這種意識將他逼進了隱遁者的心境。加之，秀吉討伐九州時，元親寄託厚望的嗣子信親，在戶次川（今大分縣）旁被島津大軍包圍，最終戰死了。信親身高六尺一寸，是個身材魁梧的青年，性格開朗，智勇雙全。元親異常喜歡這個兒子。信親的死肯定加深了他的厭世觀。

（無所謂了。）

元親儘管沒這樣想，但他已喪失了力求看透時勢流變結局的毅力。

漫長的病榻生活後，死神降臨了。

元親比秀吉早去世三個月。

由其子右衛門太郎盛親繼任，承續了土佐的二十四萬石俸祿。

盛親時年二十五歲。

——時局如何變化、長曾我部家應靠向何方？

這時的盛親還不到考慮此事的年齡。他畢竟是生來的大名之子，性情悠然自適。

長曾我部家在這個時局變化的重要時期，不得不擁戴不諳政治軍事的年輕主公盛親，是種不幸吧？應當說是不幸的。

說到不幸，長曾我部家與薩摩的島津家相同，都是遠國。加之，元親個性不喜社交，土佐的主公與家臣又都說著一口特殊的方言，與中央政界可謂毫無接觸。以致與家康不太親近，和三成也不太密切。

在這一點，長曾我部家與島津家一樣，在大坂社交界保持著孤立姿態。

而且，盛親繼任伊始，雜亂事件頗多。首先要歸國安葬亡父，還須辦理繁瑣的繼任事務。加之領國還發生了某家臣的家族騷動，盛親忙得焦頭爛額。

如此這般，盛親實在已無餘力來關心中央政界的動向了。

其間，豐臣家恩養的大名黑田長政、細川忠興、加藤清正、福島正則、池田輝政、加藤嘉明、淺野幸長等人，精力充沛地活動著，結成了「反三成、親家康黨」，繪成了未來決定天下成敗的敵我地圖概貌。

長曾我部盛親率六千大軍從土佐浦戶出發、進入大坂灣時，戰亂的一切準備已經全部就緒了。

（跟隨哪一方呢？）

到了這個節骨眼上，盛親開始冥思苦索了。

人說三成一方有大義名分，是擁護秀賴的正義之戰。

——利在家康一方。

許多重臣認為。因為家康擁有廣大領國和個人知名度。若論可與信長、秀吉並列的作戰和外交高手，非家康莫屬。

「彙集到奉行一方的人數眾多，但毛利中納言並非將才，治部少輔沒有人氣。加之，西軍恃為主力的毛利家分裂成親德川的吉川廣家派和親石田的安國寺惠瓊派，不能充分發揮實力。總之，義在西軍，利在東軍。」

重臣們這樣說道。

「有道理。」

盛親不由得困惑起來。「擁護幼君」這一名分之美，相當程度上吸引了年輕的盛親，於是他率領極盡其力可動員的大軍來到大坂。雖然如此，他覺得投靠組織渙散的西軍有其危險性。

「如何是好？」

盛親困惑了。

在這期間，對於長曾我部盛親，三成已經徹底放心了。

（土佐可依靠。）

三成腦中這樣認定。他依靠的旁系大名有毛利、島津、長曾我部三家。其中他對朝氣蓬勃的長曾我部盛親寄予厚望。

（若豐臣家有令，他必水火不辭。）

三成這樣看待盛親。三成的判斷總是如此，過大評價豐臣家命令的效能。三成堅信，除了家康及其黨徒，其他大名都會拚死服侍秀賴公。三成不是從戰國的離合聚散中存活下來的人。從秀吉的秘書官成長為大名，官僚出身，他確信其他人也會像他自己那樣跟隨秀吉。

事實上，秀吉健在時，所有大名都像貓一樣順從，懼虎似地害怕秀吉的代理官三成。三成認為世間一切可以全由豐臣家的權威定奪。這種思維癖習，現今依舊沒有從他的頭腦裡退出來。

三成親自前往長曾我部盛親的軍營致謝，又將盛親接到城裡，拜謁秀賴，在酒宴上饋贈禮品等，盛情接待。

然而，盛親卻抹不掉如何是好的困惑心情。

後來，像毛利和島津的決斷一樣，這位年輕的邊境大名，也決定向坐鎮關東的家康派去密使。

盛親從家臣中選出了兩名密使。

十市新右衛門

町三郎左衛門

「哎，你倆就這樣說：長曾我部家早在前代元親的昌盛之際，就與三河的德川大人締結了盟約，即由東海和四國兩側夾擊太閤殿下。回念及此，深感與內府緣分不淺。目前盛親恰好在大坂，因偶然趨勢歸屬奉行一方，絕非盛親本意。事到如此，長曾我部家應如何運作為宜？請賜高見。」

十市與町離開了大坂。

然而，近江水口城下，三成一方的長束正家在大路設下關卡，嚴密監視此類密使。

該日，關卡指揮官名曰吉田大藏，此人諳熟各國情況。他一見到十市與町這兩人，就命哨兵：

「截住那兩個人！」

二人化裝成平民百姓，卻怎樣也掩飾不住武士的神情。加之土佐人有一股獨特氣息，吉田大藏感到非常可疑。

將二人拉到了關卡旁的屋簷下。

「去何處？去做甚？原本是哪國哪地方人氏？」

如此不斷逼問，二人不敢開口。一慌神終於口吐方言。

「是土佐人嗎？」

吉田大藏大喝一聲。但沒有將之拘留。他派一隊士兵將兩人送到大津一帶，攆回大坂方向。

二人徒勞無功折回來了。

盛親未加責備。

「說來這就像擲骰子一樣，點數表示必須跟隨西軍。既然如此，就不必東張西望猶豫不決了，只有迅猛地揚我武名了。」

盛親好不容易下定決心，不再暗中從事政治活動了。

此處為冗筆。事態發展帶有諷刺意味。

盛親的家臣闖關失敗了；大坂的山內對馬守一豐夫妻卻順利完成了這件難事。

山內一豐是遠州掛川六萬石的小大名，跟隨家康去了關東。

妻子留在大坂宅邸。

一豐有事要和妻子聯繫，便從關東軍營差密使前往大坂。

選派的密使是名曰市川山城的老臣。

此人是若狹（今福井縣西部）人，會說大坂話，他決定化裝成神官。

來到了令人頭疼的關卡時，意外地立即露了餡。

市川山城駐在大坂時，哨兵中有人見過，記住了他。

「毫無疑問，此人是山內家的市川山城！拿下！」

關卡鬧得沸反盈天。不言而喻，市川山城拚命搖頭否認。
「那麼，你唸一下祝詞讓我們聽聽！」
哨兵命令道。
市川山城一身神官打扮，卻不曉得祝詞，但他熟悉老家若狹流傳的山野僧的鳴弦文，內容有別，節拍相似。市川山城誦讀鳴弦文，眾人漸漸平靜下來。
然而又來了一件難事。長束家有若狹人，名曰大庭彌兵衛，從前在若狹武田家與市川山城是同僚。哨兵們想起了此人。
「是的，有彌兵衛，讓他來辨認一下，事情就簡單了。快去把他叫來！」
經這麼一說，雖是市川山城，卻也不得不有所覺悟了。
庭彌兵衛來了。
他的神色有些吃驚，旋即目不轉睛地凝視市川山城的臉，俄頃他錯開眼神，
「相似。」
他說道。
「不過，相貌酷似也是有的啊。如果此人是市川山城，他的右腋窩有火槍傷痕，檢查一下。」
（啊！）
市川山城低下了頭。
這是老友的好意。市川山城全身可是毫髮無傷。
哨兵跑上前來，讓市川山城脫光上半身。不言而喻，怎可能有傷痕。
「沒有。」
「看來此人不是市川山城。說起來，我記得山城的眼眉比這位神官要粗一些。」
於是放行了。市川山城順利通過關卡，成功潛入大坂。
同一個水口關卡，亂世命運因意外而結果迥異。
當時沒通過關卡的長曾我部家，後來滅亡了；通過關卡的山內家，由掛川六萬石受到令人驚異的拔

擢，成了長曾我部家舊領地土佐的國主。

此處為冗筆。山內家直到明治維新，一直是土佐二十四萬石的國主。長曾我部家的遺臣淪為鄉士，被藩國貶為身分比步卒略高的「下士」。這種屈辱與背運的境遇延續至子孫後代，直到幕末時期，發動了反抗藩國與幕府的「討幕運動」。可以說關原大戰在土佐延續了三百年。

且住。卻說長曾我部盛親駐軍大坂，自己住在城內居室，每天參加軍事會議。

當時與盛親一同進駐大坂的諸大名中，有個意外之人，通稱「金吾中納言」。

其領地在筑前、筑後，年祿五十二萬餘石，名曰小早川秀秋的青年。

金吾

「金吾中納言大人光臨。」

得到這個消息，三成思忖道。

（是那個人啊。）

他露骨地皺起了眉頭。本來三成應該親往木津川河口碼頭迎接，他卻派同僚增田長盛前去應酬。

三成對人的好惡十分強烈，縱然在如此大事面前，這個缺點也無法改變。

「主公親往木津川迎接，如何？」

家老舞兵庫看不下去了，諍諫道。三成略做思考，回答道：

「嗳，沒事的。」

不僅如此，三成又說道：

「那年輕人，到京橋御門迎接就可以了。」

「年輕人」小早川秀秋是故太閤的正室從一位北政所的娘家侄子。

北政所養父家姓淺野，娘家姓杉原。

秀吉自己沒有孩子，血親很少，故而優待北政所的所有骨肉親人，令大名將他們當作豐臣一族尊而重之。

杉原家也改為秀吉少壯時代曾有的木下姓。

木下家的主公是少北政所一歲的木下家定。家定是中納言，領地在播州姫路，食祿二萬五千石。這裡可謂是北政所事實上的娘家。

娘家的孩子很多，有五個。木下家的第五個兒子就是後來的小早川秀秋。

秀秋幼名辰之助，其生母想必是不凡美人，辰之助長了個上窄下寬的可愛臉龐，這樣的孩子小臉挺好看的。

「辰之助好可愛喲，我就要他了。」

秀吉說道。北政所也有這個意思。秀秋還沒斷奶就被北政所收養了。

北政所沒生過孩子，卻很喜歡孩子，寵而慣之。待到秀秋長成少年時，她卻失望了。

（這不是個傻子嗎？）

雖非輕度智障，卻也近似。思慮膚淺，性格急躁，一不痛快就好像狐仙附體，鬧人發脾氣，侍女都拿他沒辦法。這個少年的頭腦拒絕接受學問與和歌。自然，北政所對他的愛漸趨淡薄了。

但秀吉愛秀秋，愛得專注。鞏固豐臣家權力基礎的族人很少，只好愛秀秋，並將他安排在樞要位置上。

第一次朝鮮戰爭時，秀秋臨去名護屋前，在出發地大坂向養母北政所鬧著要軍裝武器等。北政所說：

「你也太奢侈了。」

她拒絕了秀秋的要求。這樣做，首先對意志薄弱的少年具有教育意義。

秀吉在肥前名護屋聽秀秋講了此事，哄道：「好了好了，我狠狠批評你娘。」秀吉當即給大坂的北政所寫了斥責信：

「為何不愛秀秋？妳不愛秀秋，還有誰愛他呢？今後妳可以將他當成我。這麼一想，他要的東西，希望妳都能為他張羅。」

秀吉有這樣的盲點。他從年輕時候開始，採用人才時顯示出卓越的識別慧眼，不過一旦喜愛自己的骨肉親人，那態度便近似溺愛了。

自然，大名們將這個青年推崇為護身符，稱他「金吾大人」，都怕惹他不高興。

秀秋雖是幼弱之身卻官運亨通，初任參議，兼左衛門督（中國名稱「金吾」），接著任權中納言，升至從三位。

任中納言的翌年，即文祿二年（一五九三），秀吉有了親生兒子秀賴。

因此，當今養子秀秋離開豐臣家，去給一個條件合適的大大名當養子，比較穩妥。為替這養子物色人家，黑田如水和生駒親正開始奔走。

他們發現毛利家的主公輝元無子，如水就與毛利一族的小早川隆景進行了密談。

隆景詫愕。

毛利家是名門，如果招入秀吉這個家世不清的姻親兒子，會攪渾了毛利家的血統，這是隆景難以忍受的事。加之，隆景覺得秀秋膚淺暴躁，輕度智障，將來若當上毛利本家的主公，絕不會有好結果。

不過，隆景可是有當代一流才幹者之稱。

「這是求之不得的美事呀。主公的養子若下臨，毛利家會更安泰。沒有比這更可喜的事了。」

隆景如此回答，將黑田如水等人打發回去了。隆景切盼他們儘快告辭歸去，然後跑到秀吉的御伽眾兼侍醫的施藥院全宗那裡說道：

「大人是主上的紅人，能否求您儘快向主上傳個口信？」

說著，隆景道出了要事。但他隻字未提黑田如水所言，秀秋做毛利家養子的事。隆景說：

「我想接受金吾，作為自己的養子。」

隆景有親生兒子。為了毛利本家，他打算犧牲。

隆景一本正經地說：

「我是毛利家的分支，卻幸蒙主上隆恩，拜領了廣大封地。」

順便說一句。隆景是毛利元就的三子，相當於毛利家主公輝元的三叔。秀吉敬愛隆景，將他的官位晉升到與本家同格的中納言級別。

「我已經老了。」

「非也，不老。」

施藥院全宗回答。隆景則「非也非也」，且說且擺手。「身心都明顯衰老了，只想早一天隱居。所以，今後的小早川家——想讓給金吾大人。」

隆景這種慷慨氣度連施藥院全宗都十分詫異。將自己苦心建立的家國出讓給別人的兒子，這是何等膽魄！

「我只想回報主上隆恩。將本來從主上拜領之物奉還，我認為理所當然。尊意如何？」

「哎呀，所言極是。」

諳熟殿上資訊的施藥院全宗，深知秀吉為安排秀秋正頭疼呢。

「主上定會欣喜開顏的。」

「上了年紀，性格就急躁。能否請大人立即登城，為我聆聽主上尊意？」

在隆景看來，搶在黑田如水和生駒親正二人還沒向秀吉報告前，儘快將這方案傳入秀吉耳中，讓他決定下來。「遵命！」施藥院回答。

在施藥院看來，這不是壞事。認領養子的大事一旦談妥，小早川必會拿出巨額禮金。

施藥院即刻登城，來到秀吉居室稟報此事。幸而黑田和生駒二人尚未前來稟報。

「隆景那麼說的嗎？」

秀吉問道。他高興得簡直要拍膝了。秀吉說：「小早川家自鎌倉時代就是名門，秀秋這等人能繼承其家，是非常光榮的事。」這次養子關係，暗中充分滿足了秀吉對名門的憧憬。

「立刻進行！」

秀吉命令施藥院。

翌年，即文祿三年（一五九四），秀秋進了小早川家。隆景放心了。毛利家認領的養子是相當於隆景么弟的穗田元清之子宮松丸，至此，事情穩當下來。

秀吉對秀秋的愛一如既往。第二次出兵朝鮮時，秀秋作為秀吉的代理，任大軍統帥。

秀秋在朝鮮戰場上做的蠢事很多，惱亂了小早川家家臣。在軍法上，秀秋不恪守小早川家的規矩。他焉有統帥十六萬三千大軍的才幹？時而任性耍威風，像個士兵一樣闖入敵陣，令戰場諸將束手無策。

當時，三成在伏見城。陣中七名軍監整理出關於秀秋的報告，送到了三成的政務室。三成整理後稟報秀吉。

秀吉大怒，下令：

「立即將黃毛小子叫回來！」

這個時期，秀吉大多沉溺於榮華享樂，但他不容許軍隊中的荒唐事。這一點與少壯時代沒有兩樣。只是對秀秋的溺愛依然如故。

秀吉立即調回秀秋，一頓訓斥後，收回他筑前筑後五十餘萬石的廣大領地，調至越前北庄，俸祿減到區區十幾萬石。

秀秋的舊領收為豐臣家的直轄領地。此時，執政官三成南下九州，處理善後事宜。

此間，秀吉說：「金吾的舊領都送給你吧。」三成婉謝：「身在遠國，京城辦公不便。」

三成的顧慮之一是，秀秋若一味瞎猜，會向世間揚言：「是三成這廝進了讒言！」因此拒收秀秋的舊領地。三成害怕這一後果，便回答秀吉：

「佐和山的領地已經足夠了。」

「三成讒言說」散播世間，自有其理。彙報秀秋陣中荒唐的七名軍監中，福原直堯、垣見一直、熊谷直盛是三成提拔的人，是他的執政黨成員。因此，世間當然理解為三成向秀吉進了讒言。

「否則，主上焉能對原本那般溺愛的金吾中納言如此嚴厲處置呢。」

世間這樣判斷。於是，有關三成的輿論越來越糟。

這只能說三成所處的位置不利。不消說，三成是同情小早川家的。減封導致小早川家出現眾多浪人。三成將他們介紹到其他大名家，自己收留的人數最多。如此美談卻沒在世間眾口流傳。這大概是由於身為官僚的三成缺乏人德。

在這方面，家康熟知何物能深得人心。

秀吉死後，家康利用豐臣家大老這一職權，去年二月，將秀秋的舊領地筑前、筑後五十二萬二千五百石還給秀秋。

理由是：

「按照太閤殿下遺言辦事。」

其實秀吉壓根兒就沒留下這樣遺言。

秀秋雖然愚蠢，但對家康這意外的好意還是滿心歡喜的。

「為了內府，水火不辭。」

秀秋強化了這種心情。此前，秀秋和家康沒有深交。家康突然表示的過大好意究竟意味著什麼呢？自然，這個青年是不具備洞察力的。

秀秋經海路一進入大坂，就登城拜謁秀賴問安，然後會見了奉行們。

（治部少輔這廝！）

這個青年心中如此思量，視線不投向三成，只與三成的同僚增田長盛、長束正家搭腔。三成嚴肅地說：

「如何，此番按照秀賴公的命令，懲處內府。金吾中納言大人與秀賴公同族，為了豐臣家，希望能打先鋒，努力奮戰。」

口氣嚴峻，這是三成的癖習，對待秀秋尤其如此。他的語氣變得好似愛講大道理的管家在開導主家的浪蕩公子。

秀秋以苦澀的表情點點頭。他不看三成，不回話，緘口不語活像一塊石頭。

看著秀秋的樣子，三成沒太介意。豐臣家一手培養出來的官僚三成堅信，豐臣家的權威可以調動天下大名，更何況秀秋是豐臣一族。三成判定，蠢貨有蠢貨的用法，秀秋定會殊死奮戰。

秀秋是一無所能的青年，但他帶來的軍隊數量和實力，與西軍統帥毛利家旗鼓相當，有一萬五六千人。

（此人可靠。）

三成不由得這樣自忖。

秀秋剛抵達大坂宅邸，當日夜裡，相當於毛利家總參謀長的吉川廣家登門拜訪，頻繁勸說：

「大人養母北政所，現今住在京都三本木，一心祈禱太閤殿下冥福。大人既然來到上方，前去看望北政所，這才叫盡孝奉養吧。」

吉川廣家早和德川方面串通一氣了。他想勸誘秀秋「跟隨德川方面！」但又沒摸透已是毛利一族的這養子的本意，若露骨表態，有內幕敗露之虞。

「去看望北政所。」

廣家認為此建議應可達到目的。北政所一心一意信賴家康，對「淀殿黨」成員的三成從未有過瞬間好感。

秀秋聽從了廣家的建議。

翌晨，一大早乘船上溯淀川，由伏見騎馬進京都，來到鴨川旁北政所的悠閒居所。

北政所一身比丘尼打扮。

她皮膚白淨，體態豐盈，和以往沒有變化。秀吉死後，她的視力驟然下降，眼睛出現了白色濁點。

「聽人說艾灸有效。」

北政所小聲說道。

秀吉健在時，北政所就時而雙目朦朧，很傷腦筋。那時，秀吉的關懷無與倫比。

「去有馬洗溫泉治療吧。」

秀吉從名護屋軍營遙下命令，或者另發一信，寄來治療眼病的藥方，寫道：

「說到底，是下半身受涼了。腳發涼，氣就上行到頭頂，影響眼睛。上次勸妳洗溫泉治療，仔細想來，還是艾灸效果明顯。別嫌煩，艾灸治療吧。」

北政所言聽計從，堅持艾灸治療，但不太有效。秀吉死後，終於惰性發作了。

「大坂相當鬧哄吧？」

北政所問道，她問這問那。秀秋詫愕的是，北政所對大坂形勢彷彿親眼見過似地瞭若指掌。

「治部少輔不行。」

她明確表態。

「聽說他言稱秀賴公的命令，招集大名。秀賴公是那麼小的幼童，能下達那樣命令嗎？恐怕是三成野心作怪吧？」

按照北政所的判斷，三成企圖摧毀豐臣家，奪取天下。

北政所的這些觀測與情報，全來自她的黨徒黑田長政、加藤嘉明、加藤清正、福島正則等人。他們給北政所提供了過多資訊。

家康沒來對北政所說些什麼，不過，其家臣以及在京都的御用商人朋友茶屋四郎次郎倒是不斷來看望北政所，送來珍貴禮品等，安慰寡婦。這種溫情，自然是石田治部少輔無法比擬的。

「惟有德川大人，是豐臣家可依賴的貴人。」

她對秀秋說出了自己一直堅持的觀點。

「你若支持德川大人，基本上沒有錯。」

「但是已經……」

「是說已加盟大坂陣營吧？方法有的是。」

北政所沒有明勸秀秋背叛三成，但是她說：「既然掌握一萬五、六千大軍，採取獨自行動，易如反掌。」

當夜，秀秋為了觀察形勢，住在京都。

若狹少將

一個穿著奇裝異服的人走在路上。

他就是藤原惺窩。

他穿著衣袖寬鬆的古代中國服，加上當時又開始從事「學者」此一奇妙的自由職業，人們認為天下無人與之可比，故此幾乎人人都認識他。

「惺窩先生走過去了。」

難民們到處交頭接耳議論。

這裡是伏見的街市。丘陵上高聳著秀吉修建的壯麗城池。城牆上，德川軍的旗幟密密麻麻，迎風飄揚。

「何時開戰？」

惺窩捉住一個手推車滿載家產的逃難百姓問道。

「哎喲，何時呢？聽說今天早晨奉行大人親率十萬大軍，從大坂開拔了。還有小道消息說，枚方一帶大軍人山人海。伏見城（德川軍）今天早晨緊閉所有城門，就是證明。這是準備死守城池呀。」

「你是在逃命啊？」

惺窩拖著手杖走了起來。

「廢話。先生不也是嗎？」

「是的。能說會道的人也惜命。然而，逃至何處，

才能抵達沒有戰爭的土地？」

惺窩自言自語。他想經由藤森神社北側東去，便改變了路線。這一帶豐臣家小旗本的宅邸居多。秀賴去了大坂，這些宅邸幾乎也都空下了。

看不見人影。

空蕩蕩的宅邸，一棵棵樹上傳來了蟬鳴。太陽西傾，沒有一絲風，熱得令人都厭倦活下去了。

（已經習慣逃難了。）

惺窩少年時代過得風雅。

前已述及，他是公卿之子，父親是參議冷泉為純。一家從京都流寓播州三木郡細川村，定居下來。

少年時代，惺窩家的豪宅遭到附近三木城主別所長治攻打，父親為純、惺窩的胞兄為勝一同死於保衛戰。母親和乳母等都自殺了。

惺窩年齡幼小，卻是個壯懷激烈的少年。他穿越戰火跑到姬路。恰好織田家的司令官、羽柴筑前守秀吉駐紮此地。惺窩要求拜會。

「我是參議冷泉為純之子，請為我父兄報仇！」

他以傲慢的態度拜託。當時秀吉處於行軍途中。為平定播州，秀吉正在與當地豪族談判，希望通過外交手段儘量獲得更多的歸順者。

「不可能馬上報仇。」

秀吉回答。此言令幼小的惺窩深有感觸，他覺得不能依賴秀吉。

於是他逃出播州，入京都皈依佛門，專攻學問。中途還俗，留髮蓄鬚，穿上道袍，自稱「儒學家」。探究倫理和政治哲學的儒學家，後及德川時代，多得成群結隊，但此時可謂僅有惺窩一人。

惺窩在豐臣時代是赫赫名士。他與大名交往廣泛，盛情聘請他去講學的有德川家康、石田三成、木下勝俊、細川忠興、板倉勝重、赤松政村等大名。就連小早川秀秋也多次想聘請惺窩講學。由此可以推測，惺窩的名望不同凡響。

然而，也有例外。

此人就是秀吉。秀吉繼承了信長的趣味，愛好茶道、繪畫、建築等藝術，可謂藝術的保護者。秀吉是「安土桃山時代」這絢爛藝術時代的主宰者，但他對學問卻興味索然。

因此，求學心盛的大名們以接待師長之禮聘請惺窩講學，秀吉卻一次也沒聘請過。

「這般世道，儘早結束為好。」

惺窩暗中對朝鮮學者說出這樣的話，自有道理。

蟬鳴依然滿樹。

右側是藤森。

左側宅邸街區坍敗的院牆，遙遙延伸到前方藤堂高虎宅邸的森林中。

（哎喲！）

惺窩停住了腳步。

前方出現二十來個全副武裝的武士，簇擁一個騎馬的人前進，那人顯然是個大名。但不知何故，沒有披甲戴盔，只是一身便裝。

（討厭。）

惺窩暗思。出於幼少時代的陰暗回憶與自己的世界觀，惺窩厭惡披甲戴盔的形象。他想趕快躲開，卻又無適當的岔道。

隊伍漸漸走過來了。

這時，馬上的大名說道：

「這不是惺窩先生嗎？」

他連忙翻身下馬。

「啊，是若狹少將呀。」

惺窩停下腳步。

「真碰巧。」

名曰若狹少將的大名，趕忙將韁繩扔給了馬伕，朝惺窩走來。

人稱「若狹少將」者，是秀吉遺孀北政所的娘家侄子。

即金吾中納言小早川秀秋的胞兄。

（雖說是哥倆，做人的品味卻判若雲泥。）

世間這麼議論。

由於人品風采差別太大，甚至有些小道消息說，二人很可能不是出自同一娘胎。

秀吉有名側室松之丸殿，曾是若狹守護官、大名武田元明之妻。武田家滅亡後，她進了豐臣家的後宮。當時松之丸殿對秀吉說道：「其實，妾與前夫生有一子。」秀吉憫之，便將這孩子送給北政所的娘家木下家（杉原家），當親生兒子撫養。

若是這樣的話，若狹少將木下勝俊繼承的是若狹名門武田的血統。但這只是傳言。

歸根結柢，北政所生在下級武士之家，若狹少將作為她的侄子，貴族風貌過於鮮明，從而生出了臆說。

若狹少將還是一名詩人。

他擅作和歌，與細川幽齋並列，是當代屈指可數的才子。若狹少將似乎很早就有這樣的憧憬：與其過著充滿權謀術數的大名生活，不如逃進風雅的世界。

史實上，木下勝俊於關原大戰後，隱遁京都，削髮為僧，號「長嘯子」，到八十一歲歸西之前，一直享受著風月生活。

此時，後來的歌人「木下長嘯子」才剛過三十歲。

「何故來到此地？」

不消說，惺窩感到不可思議。

秀吉死後，木下勝俊以豐臣家伏見城的城主代理身分滯留伏見。作為眼前右側高聳伏見城的法定長官，理應住在城裡。

（難道不想死守城池了嗎？）

這是惺窩的疑問。

此間情況實在蹊蹺。若狹少將木下勝俊是城主代理。同時，家康的譜代大名、老臣鳥居彥右衛門任守將，率兵守備。比喻說來，可以這樣理解：木下勝俊為法定長官，彥右衛門任守備隊長。毫無疑問，家康東去之際，認為若狹少將是自己人，因為他是北政所的侄子。

若狹少將回望家臣們，說道：

「我要在這裡和惺窩先生交談。你們去餵馬喝水休息吧！」

說完，他湊近惺窩身旁，用袖子掃去路邊石塊的積塵，為惺窩準備出座位。

「能否請先生略聽管見？」

言訖，向惺窩躬身作禮。

惺窩坐到石頭上。若狹少將坐在對面另一塊石頭上，突然說道：

「我是從城裡逃來此處的。」

針對此事，若狹少將想聆聽惺窩的點評。

「武士作戰前棄城而走，不是好事。三成舉兵以來，我夜不成眠，受盡懊惱。最終決定選擇這條膽怯之路。現世和後世對此舉的評說，想必會沸沸揚揚吧。先生有何高見？」

「唷。」

惺窩一言不發，一直沉默著。

歌人若狹少將耐不住惺窩的緘默，自己講了起來。

聽來自有其理。

「若狹少將想叛變吧？」

鳥居派的官兵頻繁議論這個流言。過激者甚至主張決戰前先用若狹少將的首級祭祀軍神。

「因我是豐臣家的同族。」

遭到那樣的懷疑，也可以理解。這個過於聰明而富教養的人，有一大弱點，連敵方的立場也能夠理解。

「同時，我還相當於秀賴公的表兄弟。」

此話正確。秀賴是淀殿的親生兒子，對秀吉的正室北政所而言，是形式上的兒子。若狹少將既然是北政所的侄子，他與秀賴就是表兄弟關係，只是血緣並不相聯。

「人人都懷疑我，也有其理。但我決不會站到三成一邊。」

這是理所當然。目前三成奔走建立的「西軍」諸將，如島津、毛利、長曾我部等，不是旁系大名，就是與淀殿近密，換言之都屬於秀吉側室一方。

秀吉正室方面的大名加藤清正和福島正則，都隨了德川。要想脫離閨閥黨派，若狹少將就必須倒向德川一方。

「正因如此，我曾準備與鳥居彥右衛門並肩作戰。」

若狹少將說的「正因如此」，帶有非同一般的影響力。若西軍獲勝，豐臣家的主流將由「淀殿黨」佔據，與北政所有血緣關係的人，或恐連聊以喘氣的一塊地方也得不到。

「於是，我要戰鬥。」少將說道。

「然而，」

少將又說道。

「我所屬的德川一方倘若獲勝，秀賴公的結局將會如何？即便不被殺害，也無法繼續保住目前身分。說來，這是消滅豐臣家的大戰。」

若狹少將口若懸河。

「作為豐臣家的同族，我不能加入德川一方。」

對若狹少將來說，還有一件不容樂觀的事。那就是不知胞弟小早川秀秋出於何種本意，率大軍加入西軍。為攻打伏見城，他任大將，前來指揮。

「因此，伏見城裡，」少將說道，「開始強烈懷疑我。似乎認定我會與弟弟秀秋裡應外合，發動叛亂。若是這樣，人命危在旦夕。我下定決心，與其被當作叛徒處置，不如逃走。現在我剛逃出城，來到這裡。」

「少將做了一件無所畏懼的事啊！」

言訖，惺窩終於笑了。

「在東軍和西軍中，少將恐怕是最勇敢的大名。」

「此話怎講？」

無疑，這意外的話語令年輕的少將感到驚異。

「哎呀，這是我由衷欽佩之感。」

惺窩趕著眼前的蚊子，這樣說道。

「看來少將要捨棄大名官職了。即便不做這種打算，結果也不得不捨棄之。東軍和西軍任何一方獲勝，都不會委任不戰自逃的少將為大名。」

「哼。」

這位青年來到人世不久，就因秀吉的成功，坐上了貴族位置。他似乎沒有將後果預想得如此嚴重。少將的地位不像其他大名那樣是靠自己奮鬥得來，因此他的思謀顯得有些青嫩。

「正是。」

這位六萬二千石的大名，現在想返回自己的居城若狹小濱去。

（這個青年為自己未來的命運而驚駭。）

惺窩從少將的神色裡敏感讀出了這種感覺，但他故作不知：

「少將做任何事都有非凡的心理準備。」

繼而高聲誇獎：

「太閤施恩栽培的人也好，跑到內府一邊的人也罷，全日本所有大名，無不被加封的欲望驅動，正眼神驚怒多變地熱衷於保全自己地位。此刻，少將乾淨俐落地捨棄了城池與地位。這種高潔風度令我佩服。」

惺窩說道。

「還有，後世也許將少將視為戰亂中典型的膽小武士。連這種評說也不害怕，捨棄城池官位，這種瀟灑的覺悟是其他人學不來的。視少將為諸大名中最有勇氣之人，原因就在於此。」

「是啊。」

年輕的少將笑了起來。自己的立場與行動若用一個主題貫穿起來，可以這樣評定。

之所以如此，一是由於不勞而獲的地位令少將可以輕鬆捨棄；二是出於他的天性和人品不適合活在政治和軍事的煩雜之中。這樣一來，碰巧惺窩於路旁明示的未來形象，顯得非常甜美。因為這青年先天具備了嗜好吟詠隱遁和歌的潛質。

若狹少將輕鬆說道：

「我不回若狹了。從今開始，我想生活在類似京都鴨川那樣的河邊。」

「那可真不錯啊！」

惺窩本來就恨透了因大名們強烈慾望而衍生的戰亂，就算只見一人能從這好戰的阿修羅場逃脫，惺窩也覺得好。

「惺窩先生。」

若狹少將神情自然，但目光非常嚴肅地問道：

「這場戰爭，哪方能夠勝出？」

「家康能勝出。」

惺窩當即斷定。根據之一，西軍並不統一。自古以來，沒有紛亂勢力勝出的先例。

「而在少將面前，恕在下冒昧，」

惺窩又說道：

「在下感到，豐臣的天下再持續下去，就令人厭惡了。這是黎民百姓都有的真實感受。太閤在朝鮮發動無用的戰爭，導致民力疲敝。加之，太閤在各地修建巨城，耗盡民脂民膏。如此帝王必亡。」

「如此說來，先生翹盼家康之世到來吧？」

「卻也並非如此。」

惺窩流露出極其虛無的神情。

「但家康多少還想傾聽聖賢之道。若說稍有期待，就在這一點上。雖然如此，在下對家康不抱過多期待。家康就是那樣的人，他肯定是政權的顛覆者。——在下目前最盼望的，」

惺窩沉默片刻，接著說道：

「就是逃出日本。」

連若狹少將木下勝俊都知道，想去朝鮮或明朝，是惺窩的夙願。

惺窩說完最後一句，二人就各分東西了。此後，勝俊去了京都，在北政所宅邸北側結一茅庵，過起捨棄塵世的生活。

惺窩去了京都北郊大原的鄉村，借一農舍暫時棲身，等待戰亂結束。

北上大軍

家康一路慢慢吞吞，且放鷹打獵且下行東海道，七月二日，進入他的根據地江戶。

途中，家康說道：

「真是太熱了。」

他討厭坐轎，換成騎馬。他以為騎馬舒服，卻又說「騎馬不能打盹」，再次坐轎，好似在享受行旅之樂。至少，全然看不出奔赴奧州會津討伐上杉家的緊張心態。

「主上多麼快樂呀。」

家康的側近們竊竊私語。

家康生性是個感情起伏變化不大的人。

此處為冗筆。信長過了二十歲，

「信長是個很難伺候的人。」

近國（京都附近各國）有這樣的評價。信長三十歲前後，想招聘一位僧侶為文官。該僧謝絕，離別城下而去。理由是「上總介（信長）大人是個脾氣怪僻的人」。

秀吉則是頂級樂天派。他熟知自己的秉性，時常揚樂天之長，用於收攬人心。

家康的性格沒有信長和秀吉那樣鮮明。歸根結

柢，家康的性格是不鮮豔不扎眼的中間色。他生來感情很少變化，自己也努力做到這一點。偶爾不悅中斥了家臣，立即就後悔了，努力找回感情的平衡。

信長和秀吉終生帶有小兒的特點，高興了就說笑歡鬧；家康則生來就像個成人。臉上佈滿深厚的微笑時，大概就表示此人因快樂而心潮起伏了。這種狀態實不多見。

「主上心情挺愉快呀。」

家康的側近這樣私下議論，正說明這種事是很稀少的。

緣何如此愉快？側近的武士們大概很難理解。理由之一，家康注意自己在結盟大名心中的印象。在家康看來，有必要擺出這樣的架勢——征討上杉彷佛放鷹狩獵的體育運動一般。於是，映在大名心中的家康形象愈發高大，他們可將一身一家的命運安穩託付給家康的心情，必定會濃烈起來。目前對家康而言，最重要的就是讓豐臣家的大名看到自己的威福，以收攬其心。

理由之二，家康自忖：

（取得天下，指日可待。）

他確信自己離別大坂前往江戶期間，石田三成肯定舉兵。回頭再討伐三成，一舉可取天下。這般預測已非空想虛夢，而是建立在萬無一失的計算之上。

他焉能不欣喜呢。

一到江戶，家康就命令最信賴的軍事主管——榊原康政和本多忠勝調遣大名，各盡其職。

跟隨家康的大名總兵力達到五萬五千八百人。由於地理原因，有的軍隊尚未到達，有的則抵達已久。江戶當時人口除了武士，不過五、六萬人（德川時代中期以後，包括武士，大約百萬），住處成了難題。大名可住進寺院，士兵卻無臨時住所。因此砍伐了各處的雜樹林，建起無數臨時營房。

於是，工匠、民伕乃至女人等，從關東八州各地湧向江戶。

「到了江戶，金錢像下雨一般。」

這種說法擴散開去。城下的人越聚越多。房地產業驟然興旺，每天早晨一睜眼就會發現又一片雜樹林消失了。江戶城下以這種氣勢一步步急速都市化。

「如今的江戶趕上伏見了。」

本多正信老人對家康說道。京都之南的伏見，因為興築了已故秀吉的風流之城——伏見，大名緊跟著建起宅邸，以至變成了都市化的街市。

「說些啥呀，彌八郎的心胸太窄小。」

家康笑了。

「至少，應當說趕上大坂了。」

「有道理。」

聽戲言，正信仰面朝天，滿臉堆笑。

「主上很少如此大吹法螺啊。」

人在命運之前，就成了多麼幼弱可愛的動物啊。就連能看透時勢、宛如擁有千里眼的這兩個人，做夢也沒料到江戶後來的人口豈止可比大坂，甚至在世界上也是數一數二。此刻的家康，僅僅琢磨著如何處理征伐上杉、對付三成舉兵的兩件大事。雖然僅此而已，從家康的立場說，這也是「大化革新」以來日本史上規模最大的事業了。

家康把抵達江戶的大名召集到江戶城的二丸大廣間裡。

雖稱為城，但江戶並非上方風格的那種石砌豪華城池。石牆很少，只是將挖掘護城河的廢土堆積起來，上面栽植綠草，形成了東國風格的樸素樣式。

江戶城的規模並不宏大。家康還無力修築大規模城池，他入主關東才剛過十年。

此前的江戶不過是一個村落，土地是臨海溼地，為了築城，必須填海。

加之，家康此前統治的東海地方，若用肉來比喻，處處如肥肉般膏腴沃美。關東八州雖說是多達二百五十五萬餘石的廣大領地，但瘠田居多，農用水利事業比三河、尾張落後太多。地力為家康提供的利益不甚豐裕。故此，家康對秀吉格調的巨城情趣興味索然，只修建極其實用、目前能湊付著用的城池。

（城池可在打下江山之後修築。若像秀吉那樣，讓諸大名負擔土木工程費用，那麼，多大城池都造得出來。）

家康這樣認定。

豐臣家的從軍大名們，被召集到二丸的大廣間。稱為大廣間，寬敞是寬敞，但從建築層次來看非常土氣。大名們感覺像接受鄉間莊園主人召見似的。

此處為冗筆。秀吉的言行性格全都是商人作風。秀吉充分具備的是戰國中期以降、商業資本發達帶來的奢華作風與氣質。秀吉少年時代曾行商販賣針線，這經歷使成年後的他養成了商人的闊綽浮華情趣和嗜好投機性格。

和秀吉相比，家康出身的松平家是三河松平鄉的豪農。三河不存在秀吉的出生地、鄰國尾張那樣的商業資本，也不具備產生的條件，是一個純粹的農業區。家康的思維方式、情趣愛好等，統統帶著農業色彩，呈現農家大地主的樸素情調。

家康和秀吉的區別，甚至表現在各自居城的形象上。

（這是內大臣德川家康大人的居城嗎？）

豐臣家的大名們總覺得，自己彷彿住進了農村的樸陋旅館。

「哎呀，哎呀，三河人性喜質樸喲。」

本多正信在大名之間周旋，同時機敏地看透了眾人心中的印象，便這樣說道。

眾人接受了酒筵款待後，召開了軍事會議。

家康坐在上位，開口說道：

「諸位分別從遠國驅馳而來，順暢下行，想必一路辛苦殊甚，人馬暫且歇息。」

接下來，家康申述了進攻會津的基本方針。

「誰適合當先鋒，想必諸位各有見解吧？」

通常情況下，最勇猛的武將才能擔任先鋒。此為殊榮，申請者眾。家康身邊已有幾個豐臣家的大名請纓作先鋒。

然而，家康自然信口說道：

「先鋒讓本家的榊原康政擔當，近日出發。這是本家的吉祥慣例。」

家康在東海地方的勃興時代，進攻今川方面的遠州掛川城時，名曰「小平太」、還很年輕的榊原康政擔當先鋒大將，英勇奮戰，輕而易舉攻陷了城池。其後，榊原康政經常擔當德川軍的先鋒。他當先鋒，肯定順暢告捷。

家康說的「本家吉祥慣例」，指的就是這件事。

大名們沒有異議。

而後家康說道：

「我也上陣，中納言（秀忠）也出征。作為戰爭序幕，首先攻克白河長沼城。沿著這條行進路線，進入會津。這就是方針。」

講出了最重要的事後，家康又說道：

「但是，戰鬥開始之後，須服從我方命令，切勿擅自侵入或殺入敵軍陣地。待命期間，大營要駐紮在距離上杉家國境約十里（編註：約四十公里）的大田原附近。再叮囑一句，絕不可擅自出手！」

自古以來，武將皆有「搶頭功」的思想。然而這次家康的戰略若出現此種現象，會有全線崩潰之虞。部分人先動手，上杉兵必會衝殺過來，家康方必須派出援兵。這樣一來，戰鬥波及全線，會如陷入泥淖一般進退維谷。其間，三成倘在大坂舉兵，家康被釘在會津，動彈不得，被動接受來自西側的夾擊，這樣就中了三成的計謀。

在家康看來，大規模討伐會津上杉家，不過是佯動作戰，純屬戰略行為，並非戰鬥行動。真正目的是促使三成舉兵。

在這攸關大局的緊要關頭，如果出現突然發狂的大名，言稱「搶頭功乃兵家常事」，策馬衝入會津陣地，那麼家康迄今層層構築起來的宏大構想，瞬間就崩潰了。

「可否？此事我千叮嚀萬囑咐，若有人心懷叵測，那就非我方人士，現請離座！」

家康竟說出這等話來。

家康在江戶組織的北上大軍，陣容龐鉅，大致有七萬兵馬。

家康將其分為前軍和後軍。

前軍主帥是後來德川二代將軍秀忠；後軍主帥是家康本人。

江戶只有極少的留守部隊。客觀看來，江戶城絕無遭敵偷襲之憂。這點可說家康是在幸運的環境裡發動了軍事行動。

十三日，先鋒榊原康政從江戶開拔。接著，德川秀忠的前軍也出發了。

家康輕鬆自在。二十一日，他從江戶開拔。

當日宿營鳩谷。

二十二日宿營岩槻。

二十三日宿營古河。

翌日的二十四日，還剩不足二十公里的行軍路程，宿營下野的小山，即今栃木縣小山市。

「為何宿營小山？」

軍中出現了這樣的疑問。既然奔赴戰場，理當繼續前進，在距會津最近的地方紮營。

家康的側近中也有人心懷這種疑問。遂請教家康為何如此。

「小山有賴朝公的吉祥慣例。」

家康回答。源賴朝征伐佐竹時，駐軍此地。

「求個吉利。」

家康說道。源賴朝被任命為征夷大將軍，於鎌倉開創幕府。這個先例很好。家康自稱源氏，他心中已懷有開創江戶幕府的構想。

「在此安營，人懷憂慮。」

在小山宿營後，突然有人對家康這樣說道。

此話指的是水戶城主佐竹氏的向背問題。佐竹氏是會津的鄰國常陸的國主，年祿五十四萬五千八百石，擁有異常廣闊的領地。

「莫名其妙。」

家康說道。佐竹氏已派使者向家康傳來了跟隨的意旨。家康認為值得感謝，遂吩咐道：

「貴國是上杉的鄰國，不必專程來江戶，望直接越過國境，進攻會津。」

而且，關於行軍路線和開始行動的時間，都已經充分協商。但是後來出現了流言：

「佐竹氏的本意在三成一方，戰場上他會倒戈叛變吧？」

從軍大名之間，也一本正經地議論此事。這番疑惑有其道理。誰都知道，佐竹家年輕的主公右京大夫義宣與石田三成的關係，好得非同一般。

家康慎重對待此事，一到小山，就派名曰島田治兵衛的旗本擔任使者，快馬加鞭疾馳百公里前往水戶，打探佐竹家的內情。

治兵衛速歸覆命：「主人右京大夫不在，未得拜見。據眾老臣所言，對內府無二心。」

家康還是懷疑。於是再派豐臣家的大名、眾人皆知的茶人古田織部正擔任使者，前往探聽虛實。

覆命仍是「無二心。」

只是原樣傳達佐竹家所言，真偽依舊不明。

家康並不害怕佐竹家的動向。他怕的是流言導致已跟隨自己的豐臣家大名心生動搖。家康只是為了安定人心而想確認。

某人名曰花房助兵衛。

他原是宇喜多家的重臣。在宇喜多家的那場騷動中，助兵衛鬧得厲害。後經家康仲裁，助兵衛一時寄居水戶的佐竹家，現在跟隨家康。

助兵衛畢竟是聞名遐邇的豪傑，從前在秀吉發動的小田原征伐戰中，他曾經大罵秀吉。

「知道助兵衛吧？把他叫來！」

家康命令道。

地點在大名軍事會議會場。助兵衛慢吞吞來了，坐在末座。

家康問道。

「你熟悉佐竹家內情，到底其意若何？」

助兵衛是洞徹事理的人，針對此事作了詳細分析。按照他的說法，年輕的主公義宣確實和三成親密，興許有相互勾結的事實，但是佐竹家的實權握在隱居的義重手中。義重喜歡內府。絕無二心。所以，「基本上不會背叛內府。」

家康深深頷首。接著，他說出令助兵衛不敢置信的事。

「全明白了。也想通了。助兵衛，把你剛才說的話寫成誓言書！」

助兵衛不由得心頭火起。倘是約定的事，理當如此；但那有將推測內容寫成誓言書的荒唐事？

「我不寫！」

這個以頑固與過激言行著稱的人，憤然退去。

家康失望了。

其後，他對扈從大發牢騷：

「我本以為花房助兵衛能明白戰略。這是我的判斷錯誤。」

在家康看來，人心缺乏安定。誓言書好似騙孩子的把戲，但若是花房助兵衛之流的名人能對神發誓，寫出「佐竹家跟隨內府無疑」的誓言書，就可以消除大名們的擔憂，安定全軍人心。

家康處於這種憂慮。難道助兵衛不該洞察家康的處境，看穿家康說的涵義嗎？

家康說「助兵衛不通戰略」，就包含這一層意思。

事後，助兵衛聽到了這評語。作為幕臣的他，晚年一醉酒就常常懊悔說道：

「我把大名的地位丟了。當時我若寫上一筆，現在可就是大名了。」

攻打伏見

（三成太客氣了。）

島左近這樣思量。在西軍首腦組織中，三成沒擔當任何職務。

西軍統帥不是三成，而是毛利輝元。他因為輔弼幼主秀賴，駐在大坂城西丸，不離座位。

輝元政治方面的輔佐官，是五奉行之一的增田長盛。

軍事方面的輔佐官，是備前岡山城主宇喜多秀家。秀家任全軍總司令官。

三成什麼職務也沒擔任。

謙讓的理由之一，是他已辭退了奉行一職，為隱遁之身。

理由之二，擔任西軍要職，自己的身分俸祿太低，僅僅十九萬餘石，從權力來看不具備統領西軍大名的資格。

最後的理由是，東軍諸將極其討厭三成。這種情況下，憎惡就是戰鬥力。三成沒必要特意就任西軍要職，以激發敵方鬥志。

「我不過是一介浪人。」

言訖，三成對左近露出了苦笑。這意味著他處於

無職無權的自由人境遇。

然而，三成是西軍事實上的統帥，這一點，敵我雙方都承認。

軍事會議全由總司令官宇喜多秀家主持，三成總是在會議前一天與秀家充分商定，通過秀家來充分貫徹自己的意見。

西軍就是這種體制。

西軍制定的戰略是，先不斷摧毀近畿一帶的東軍，進軍濃尾平原。期間在此地迎擊可能西上的家康軍。為此，目前的要務就是攻克伏見城。

由家康部將鳥居彥右衛門守衛的伏見城，西軍最初為了可以不流血開城，派奉行增田長盛和長束正家前去說服。

「沒有用。」

鳥居彥右衛門只回了這句話。這名老人接到家康留他堅守伏見城的命令後，已決心戰死。增田長盛進而通過彥右衛門的家臣山田半平，勸說和平開城。彥右衛門回答：

「如果再派人來，我就砍下來使首級，祭奠軍神！」

談判中斷。七月十九日黃昏，伏見城攻防戰開始了。

十九日早晨，彥右衛門來到城外，巡視丘陵各處，下令燒光妨礙戍守的民房，正午以前回城裡，立即調遣兵將各就各位。日暮時分，西軍包圍了伏見城。

伏見城位於桃山的丘陵之上，七座小要塞巧妙勾連組合。本丸、西丸、三丸、治部少輔丸、名護屋丸、松丸、太鼓丸，七郭相互聯結，可攻可守。丘陵下的進攻點很少，伏見城可謂是理想中的易守難攻之城。

戰鬥始終是射擊戰。十九日到二十一日之間，雙方槍戰，死傷較少。

二十二日，西軍主力到來，總司令官是宇喜多秀家。他下面是副將小早川秀秋，再下面是島津惟新入道、毛利秀元、吉川廣家、鍋島勝茂、長曾我部盛親、小西行長、毛利秀包、毛利勝信、毛利勝永、安國寺惠瓊等。

西軍主力到來後，從二十三日開始，射擊戰晝夜不休。大小炮聲甚至連遙遠的京都都能聽見。

然而，僅止於射擊戰。守將鳥居彥右衛門四平八穩，時而在本丸裡下圍棋，時而巡視城內，和士兵談笑。這種狀態一直持續到二十九日。

「照這種打法，一百天也沒希望打下來。」

二十八日，左近對主公三成說道。

這二人目前不在伏見。

三成在大坂開完軍事會議，就回到居城佐和山，從事美濃進攻戰的準備工作。三成承擔的任務不是近畿掃蕩戰，而是從近江越過伊吹山麓，進攻美濃平原。

三成派出以家老高野越中為指揮官的少量兵力，參加了伏見攻堅戰。佐和山每天能收到高野越中發來的詳細戰況報告。

「十天以來，全是槍戰？」

三成不覺愕然。攻城部隊諸將依賴最安全的槍戰射擊，不想白刃登上城牆。史上沒有僅靠射擊就能攻克城池的先例。

「吊兒郎當的！」

三成終於發出了怒吼。然而左近另有看法。

（都在觀望形勢。）

左近只能這麼認定。攻城部隊的諸將一邊朝山上伏見城持續開槍，一邊觀看遠在關東掌握大軍的家康態度。他們心裡大概琢磨著：到了關鍵時刻便轉身投靠東軍。肯定沒人想一馬當先衝向伏見城。

「除了主公親臨伏見，監督激勵全軍，別無良策。」

「但是美濃必須平定啊。」

三成和左近制定的戰略中心在美濃。西軍掃蕩近畿期間，三成率自家六千大軍神速進攻美濃，攻陷大垣城，旨在開創全軍最前沿的基地。

「美濃是勝敗的分水嶺。」
「正是。」
左近頷首。
「美濃方面的準備工作由臣負責，主公明天趕往伏見吧。」
左近建議道。
三成也決心這樣做。一千幾百人把守的伏見城，耗費這麼多時日尚未攻克，會降低西軍威信，或許導致有人奔向東軍。
翌日的二十九日黃昏，三成率三十餘輕騎進入伏見。巡視各陣地後，召集諸將開會說道：
「守將鳥居彥右衛門是個六十開外的老人，城裡士兵不滿兩千。四萬大軍圍城，久攻不克，後世會如何品評列位的為武之道？」
會場鴉雀無聲。上座是宇喜多秀家。稍微靠下處是小早川秀秋，下座是三成。
「惟新入道大人，有何高見？」

三成故意大豎雙眉，看著這位年長的薩摩人。在朝鮮戰場上，這位老人以寡兵擊潰明朝大軍，大獲全勝，戰史上留下了無與倫比的榮光。
「確實，感到羞恥啊。」
老人默默站了起來。「去何處？」三成問道。
「上戰場。」
言訖，就離去了。眾將跟隨老人去了。當天夜裡，全線開始猛烈攻擊。
翌晨，島津惟新入道麾下的薩摩兵向架在松丸護城河上的極樂橋發起衝鋒，遭到來自城內各處的密集射擊，退了下來。緊接著，小早川秀秋的侍大將、以勇猛聞名的松野主馬，策馬衝到護城河邊，馬上拉弓，向城裡射進火箭，正中城樓簷下，燃起火勢，濃煙升騰到屋脊。為了救火，一名士兵燒死了，但火勢不太熾旺，沒產生效果。
甲賀人固守在城裡。
加入攻城一方的長束正家發現了這一情況。

前已多次說過，正家是近江水口城的城主，水口是甲賀鄉的中心地，當然，正家也有不少甲賀出身的家臣。

其中有一徒士名曰浮貝藤助。

「藤助，死守城池的甲賀人是你的同鄉，其中可有你的熟人？」

正家問道。

「有的是。」

「說出他們的名和姓！」

正家命令道。於是浮貝藤助說出了二十多個同鄉的名字。甲賀原本是由五十三家強大鄉士聯合發展起來的地區。目前雖然分裂成敵我，但同鄉意識依然強烈。

正家利用了這一點。八月一日，日落之後，正家命令浮貝藤助向城裡射進一封箭信，內文為：

「告誡城內甲賀人，汝等姓名都已知曉。已經逮捕了眾人家眷，準備悉數處以磔刑。若能內應，則不僅將之釋放，還論功重賞。」

並以正家名義署名。城裡的甲賀人山口宗助、堀十內等人撿到，大驚失色，趕緊秘密傳達給固守松丸和名護屋丸的同鄉，得同志四十餘人。

他們立刻決定背叛。當夜零時，他們在城內行動，於夜幕中興風作浪，先火燒松丸，再燒名護屋丸。為了放攻城軍隊進城，還拆毀了一百五十米城牆。

城內一片混亂。

踞城固守的人看到自各處攻來的並非敵方，而是友軍。沒有比「出現叛徒了！」的叫喊更能動搖守城官兵了。

「終於出現叛徒了？」

坐鎮本丸的守將鳥居彥右衛門說道。他沒太驚詫。靠這麼少的部隊頑抗十餘日，從他接獲的指令來看，已經在戰略上取得了巨大成功。

彥右衛門一看來報者是個甲賀人，疑惑問道：

「你們發動叛亂了？」

「甲賀人也是龍蛇混雜。」他頗自負地回答。

「好，那就由甲賀人消滅甲賀人中的奸徒！」

彥右衛門命令甲賀人殺死叛徒。十幾名甲賀人發出了武士的吶喊，勇敢衝向叛徒固守的松丸要塞，卻全部遭槍擊戰死。烈火立即包圍了他們的屍體。夜深後起了風，火勢向四周蔓延，染紅了城北小栗栖山的天空。

望見大火，攻城部隊立刻鬥志昂揚，立馬衝過護城河，開始攀牆。守城士兵戰鬥力不減，將登城敵兵悉數打落。

攻城部隊中有位將領是肥後人吉的城主，名曰相良賴房。秀吉晚年賜姓豐臣。

（我須跟隨獲勝的一方。）

相良賴房仔細觀望東西軍的形勢，參加了攻城戰鬥。後來相良賴房在進攻美濃時倒戈，投靠了東軍。戰後，家康將舊領地賜給他。不過，此刻看見了熊熊燃燒的敵城，相良賴房再也不能一動不動了。

「登城！」

一聲令下，回應者在他的指揮下呼嘯向前衝去，足輕大將是蘆原六兵衛。六兵衛身背相良賴房的馬標，帶領兩個年輕武士登上城頭，立即豎起了馬標。

「相良左兵衛佐（賴房）部下最先衝上了！」

六兵衛剛要這樣高喊，就被跑上來的守城士兵一槍刺透胸部，棄置一邊。

馬標被扔到了城裡。

城下仰望的相良賴房悲痛高喊：「馬標被丟進城裡了！」聞聲，戰馬旁的神瀨九兵衛自報奮勇：

「我上去！」

他和一個名叫才若的「草履取」（編註：負責給主公提草鞋的僕人）開始攀爬城牆。

神瀨九兵衛苦心琢磨出方法。他和才若拔出短刀，倒拿插入牆縫，腳蹬手抓，步步攀爬，未久登上了城頭。

跳到城裡，馬標掉了。九兵衛剛要去撿，肩頭挨了一刀。

九兵衛敏捷調整槍法之際，一槍刺到他頭盔內側，滿臉鮮血淋漓。九兵衛不屈不撓，按倒敵人，割下首級。

事後才知道，被割下首級的其實是友軍小早川秀秋的家臣。雙方同時衝進敵陣，都誤認對方，結果自相殘殺。

這時，治部少輔丸落入島津惟新入道手中，人馬衝進了城裡。松平家忠及八百守軍戰到黎明，全部陣亡。內藤彌次右衛門把守的西丸也被攻破，守軍全滅。

只剩下本丸。

前述向松丸屋簷射進火矢的小早川家的松野主馬，策馬到本丸的月見角樓之下，又向上射去火矢，第三支射去之後，月見角樓燃燒起來。

本丸裡的鳥居彥右衛門還在指揮戰鬥。

他聚集了二百殘兵，揮舞長刀衝殺出來，與高野越中率領的石田軍激烈交戰，部下幾乎全滅。彥右衛門暫時退卻，剛要坐到通往天守閣的石階下喘口氣，遇上了紀州雜賀人雜賀重朝，持槍交戰，最後被取了首級。

彥右衛門有個司茶僧，名曰神崎竹谷。他趁著城落混亂時逃出，當日卻被逮住，送到大坂。

三成親自審訊，被彥右衛門以下官兵幾乎是戲劇性的奮戰及壯烈犧牲感動了，問道：

「彥右衛門的兒子叫新太郎吧？」

竹谷叩拜回答：

「正是。」

新太郎忠政跟隨家康，現今人在關東。

「你將其父戰死一事，轉告新太郎！」

言訖，三成赦免這名戰俘死罪，並賜小舟一艘，送他前往關東。

豐前人

上方發生事變的消息，傳到了九州。

「風水輪流轉。我做天下之主的時機或許到來了！」

某瘸腿老人這樣思忖，拍膝跳起身來。他就是豐前中津城黑田家已退隱的主公如水，時年五十五虛歲。

如水通稱官兵衛，官名「勘解由」（編註：官員離任、就任時負責檢查檔案交接的官員）。老家在播州姬路。

如水是戰國時代第一策士，更可謂是日本史上罕見。早在秀吉追隨織田家、擔任討伐中國地方的指揮官時，兩人便已相識。如水當時不過是播州某豪族的家老，他看好秀吉，為其奔走，獻出各種良策。

由彼時起，直到豐臣家的天下誕生，這段期間秀吉大多數行動都是按照如水策劃的步驟運作的。若說秀吉是絕代名伶，那麼，創作劇本並擔任導演的就是黑田如水了。

然而，豐臣家打下江山後，只賜予這位創業功臣區區十幾萬石俸祿，而且好似將他趕出京城似的，領地封在九州的豐前。

「太閤害怕黑田官兵衛的智謀和才氣。」

很早就有這種議論。這並非什麼流言，其中的微妙處，秀吉和如水心裡一清二楚。

對秀吉而言，取得天下前他需要如水；取得天下後，如水反倒成了障礙。若是個無能者，秀吉會論功行賞，封給他盡可能遼闊的領地；如果賜予如水遼闊領地，他有了實力，則像如虎添翼。秀吉擔心自己死後，如水會篡奪豐臣家的天下。

秀吉這種隱憂，如水十分明白。戰國武將中，如水還是個少見的讀書人，他熟知中國的先例。古代出力打天下的功臣，當帝國建立安定後，主政者便捏造各種理由，將之殺害或流放邊疆，諸般先例如水了然於胸。

諺語有云：「狡兔死，走狗烹。」意即野山上敏捷的兔子捕光後，迄今為獵人效力的獵犬無用了，殺掉烹而食之。如水當然知道這說法。

（還沒被殺，已是萬幸了。）

如水這樣暗思。此人的有趣之處在於，他不認為此事帶有諷刺，也不覺彆扭。如水對秀吉的處置既沒發牢騷，也從未向家臣流露不滿。

（理所當然的命運。）

如水好像這麼思量。如水就是這樣性格的人。他總能客觀看待自身，覺得自己命運的發展頗為有趣。

秀吉在世時，某次在夜晚茶話會上，

「諸位猜一猜，我死後誰能掌握天下？」

秀吉詢問左右。不消說，這只是當場說笑，以為談資。於是左右都直言不諱，或舉出德川家康的名字，也有人提出田利家，或是蒲生氏鄉。

「不太對哩。」

秀吉說道，以他來看，應是那黑田官兵衛。

眾人皆感意外。誠然，黑田如水的才氣在豐臣家大名當中或許超群，怎奈他的俸祿很低。低祿者縱然有才氣，也成不了爭奪天下的事業。

「那人有此能力。」

秀吉說道。

此話幾經周轉，傳到黑田如水耳朵裡，他便決定辭官隱退了。

（這太危險了。）

如水可能這麼想的。他立即登城，以病為由，申請隱退。秀吉沒批准他隱退出家，只准他將家督的位置讓給兒子長政。如水繼續等待時機，朝鮮戰爭爆發翌年，他落髮為僧。

數年後，秀吉死了。當時，如水在伏見宅邸。

（時候到了。）

如水這樣思忖。他離開了政局的中心——京城大坂。如水在政局最關鍵的時刻離開政爭的中心，回到九州，這是出於僅有如水自己明白的秘計。

自古以來，日本的武力培養基地都在關東和九州。源賴朝在關東興兵驅逐了平氏。平氏逃至西國，招集九州兵，再度決戰，大事未成身先死。接著，足利尊氏勃興於關東，在京都因政爭而功敗垂成，暫時逃至九州，招兵買馬擴軍，靠這支武力為後盾，終於打下江山。

如今，家康在關東。

如水回九州，想先平定之，再率兵爭奪京都。這個秘計他從未對任何心腹透露。他只是戴著褐色頭巾，手持一根青竹杖就離開大坂。

離別之際，如水命令大坂留守官栗山四郎右衛門設置了獨特的通訊機制。

方法是以快速輕舟鏈結大坂、鞆、上關三個港口，一旦大坂發生事變，派輕舟像接力長跑似地將消息迅速送到他的九州居城。

七月十七日過午，通信船將三成舉兵一事報告如水。

如水喜好在街上散步。此日恰好到城下富商伊予屋串門子，在伊予屋的茶室裡接到事變的消息。

「時機到了。」

如水低喊一聲，看著茶友。茶友是鄰國豐後的大名竹中隆重。他任豐後高田城主，是年祿一萬三千石的小大名。隆重出身美濃。秀吉軍旅生涯的初期，即征伐中國地方之前，軍師竹中半兵衛重治向秀吉獻了許多計策。而隆重與半兵衛是同族，相當於堂兄弟。

「出了何事？」

年輕的竹中隆重問道。事出偶然，已故的竹中半兵衛是秀吉創業前期的軍師，黑田如水則是秀吉完成後期創業時的軍師。

竹中隆重敬慕如水。兩家是鄰國，隆重時常越過國境到如水的城裡串門。今天他又造訪如水的中津城。

「走，到城下百姓家喝茶去。」

隆重接受如水的邀請，來到了伊予屋的茶室。

「治部少輔舉起反旗了。」

如水笑了。

這名老人對於獨佔了晚年秀吉的三成，從未有過任何誹謗，但對三成的存在感到不快，倒是千真萬確的事。

當年如水身為戰術顧問，渡海奔赴朝鮮戰場。三成等軍監朝氣蓬勃，戮力從公，凡事不和這老人認真商量。因此，如水感到無聊，整日在軍中下棋。如水的懶惰行狀被三成上報秀吉。按照三成的官僚氣質裁定，如水那種形式上的怠慢已構成不可饒恕的罪狀。

秀吉接到報告，大怒，不想再看到如水。如水啞口無言。儘管如此，如水也沒在背後說三成壞話。

（三成是那種氣質，又肩負那種使命。向太閤做出那樣彙報，自有道理。）

如水擁有能洞徹事理的眼光。但是，如水最害怕的是自己令秀吉心懷「官兵衛想謀反」的隱憂。如水認為，這種情況下，受到主上貶斥便輕易隱遁，反倒會遭到懷疑，以為有謀反之虞。故此如水依舊每日登城，在秀吉隔壁房間裡與同僚高聲雜談。如水就是如此細心的人。

總而言之，如水不可能對三成心懷好意。秀吉的謀臣最初是竹中半兵衛重治，接著是黑田如水。二人都是動亂時期的軍師。秀吉晚年政治安定時代，三成就任此職。如水覺得，自己是在動亂中輔弼秀吉打下江山，三成卻將成果視為一己私物，擅權跋扈。

如水對此應該難以忍受。但他依舊面對現實，咬牙忍住。由此可見其器量之大。

卻說茶友竹中隆重。對事變報告很驚愕，

「世道將如何變動?」

他問如水。

「治部少輔必敗。他不是內府的對手。」

如水毫不躊躇地回答。

「但畢竟是大軍交戰，不可能立即對決，一舉分出高下。總之會拖延下去。」

這是如水的預測。至少如水不認為關原一戰就能決定天下大勢。

「拖延下去」的預見，包蘊著如水的期望。戰爭拖得越久，如水越是幸福。他可以趁機疾速平定九州，率兵挺進中原，與獲勝的一方交戰，一舉奪取天下。

這是如水的構想。

然而黑田的家督長政率領軍隊，陪伴在家康身旁。家康若戰勝三成，勝者家康就成為如水的敵人。那麼，家康身旁的兒子長政該如何安排?

（勢逼無奈，只能見死不救了。）

如水這樣定奪。事實上，關原之戰落幕時，如水對凱旋的長政和盤托出了自己的計劃。

卻說如水。他建議竹中隆重:「你加盟家康一方!」並讓他徑直返回豐後高田的居城。

如水回城後，馬上召集重臣，發佈出陣命令。

諸臣啞然大驚。說是上陣，卻無兵力。黑田家的軍隊大半被年輕的家督長政率領著開往關東了，城裡剩下的除了最低限度需要的警衛，就是老弱婦孺了。靠這些人想平定九州的石田勢力，最終入手全九州，除了鬼神，無人能夠達成。

「懷疑什麼？別忘了諸位的主公是我黑田官兵衛！」

如水笑著說道。

他立即下令調查天守閣裡貯存的通貨總額。和秀吉相同，如水也是在貨幣經濟興起之際成人，深知通貨的價值與用法。如水平素幾乎是個吝嗇鬼，愛惜一分一厘，儘可能儲蓄起來。

（只要有錢，人就聚來。）

如水如此認定。

於是在領地內張貼佈告，又派人去領地外招募兵員。

「浪人自不待言，凡是希望透過參戰立功者，農民、市民、匠人都歡迎。都來吧！只要是站起還能活動，老人也無妨。」

這是募兵要旨的內容。

……

隨之，人們絡繹不絕趕來了，可謂珍奇的場面。有人穿戴滿是補丁的盔甲，有人只戴頭盔，有人騎著農耕馬匹、身穿紙糊無袖外罩……盡皆雄赳赳地鑽進城門。

如水命令部下將來人帶進大院。他在面朝大院的大廣間簷廊上放置一把折凳，坐在那裡接待。他依然戴著褐色頭巾，一副隱居大名的派頭。

大廣間四周的紙門拉開了，裡面高高堆滿金銀，其數之鉅，令觀者簡直嚇破了膽。

「喂，這是軍餉，發給大家！」

如水下令。

家臣們讓應徵入伍的新兵站好，依次分發金銀。能騎馬帶領數人者，發白銀三百匁（編註：每匁為一兩的六十分之一）；步兵每人發白銀百匁；勤務雜兵每人發白銀十匁。

有的新兵領完一次，重排隊又領第二次、第三次。如水並不介意。

這就是政治手腕。

「別管他。領兩次也好，三次也罷，都是自己人，不是浪費。」

歸根結柢，入伍兵的動機是大廣間內那座金銀山。他們認為，有那麼多金銀，打得起持久戰，最後肯定是我方告捷。

如水和每個新兵說話，激勵他們。中津城的隱居大人向自己搭腔，新兵們興奮不已。這種用兵微妙機理，除了秀吉與家康，再沒有比如水更精通的了。

如此這般之間，大坂的石田三成派來密使，邀請如水「加盟我方」。

如水出人意料地一口答應，甚且告知：

「我對恩賞有所期待。希望能賜我九州地區七國。若能保證這條件，我如水隻手即可粉碎家康！」

來使聞言大喜。「賞賜一事，待大坂開會決定後立即回覆！」言訖便告辭了。

如水的家臣為之愕然。原本說好跟隨家康，開始徵兵，怎又明確答應投入石田陣營？

「究竟本意為何？」

老臣井上九郎右兵衛趨前問道。

「不明白嗎？」

如水倒是驚訝於家臣們的迂拙了。

總體說來，石田一方的勢力在九州佔有絕對優勢。從大名的姓氏說來，有小早川、毛利、龍造寺、鍋島、立花、小西、秋月、相良、高橋、伊東、中川、島津等。

若說德川方面，

「只有加藤清正和細川忠興。」

四周全是敵人。此時鮮明打出「加盟家康一方」的旗幟，必會招致四周群起而攻之。

「因此先欺騙他們。治部少輔恐怕也在騙我，為軟化我方態度才派來密使。對待治部少輔，我只是以其人之道還治其人之身。」

如水說道。他心底的敵人並非三成。其戰略是，先讓家康滅了三成，自己再滅家康。因而在這階段，三成也好，家康也罷，都得先騙再說。

如水開始運作了。

他率領招募的三千六百新兵，十天內就攻陷半數加盟西軍的九州大名留守城池。

此間，如水並不戴盔披甲，只是手執指揮旌麾，騎馬喀噔前行。每戰必勝。他忙得不可開交，甚至通過自己居城都無暇入內停留。

急報

七月二十四日，家康終於抵達決定他命運的野州小山驛站。

野州小山，即今栃木縣小山市。作為奧州街道的驛站，很早以前便開始繁榮，戶數有五百戶許。

前已述及，最初向會津發兵時家康就說過：

「二十四日的宿營地，小山最合適。」

在遙遠的古代，開創了鎌倉幕府的源賴朝前往征討奧州時，這座小山是其宿營之地。家康襲用了這吉祥前例。

「有城池吧？」

家康問道。其實那裡僅有源平時代的貴族豪邸，即便有城池，也已於天正年間隨著小山氏的滅亡而化為廢城了。若想住一宿，寺院或郭內其他建築倒是還遺留著。

黃昏時分，家康抵達野州小山。

他立即沐浴後，一進居室，就讓跟隨此趟奧州行軍的側室阿夏按摩腰部。

「被妳的小手一按摩，可真舒暢啊。」

家康明快地笑了。

「年輕的關係吧？」

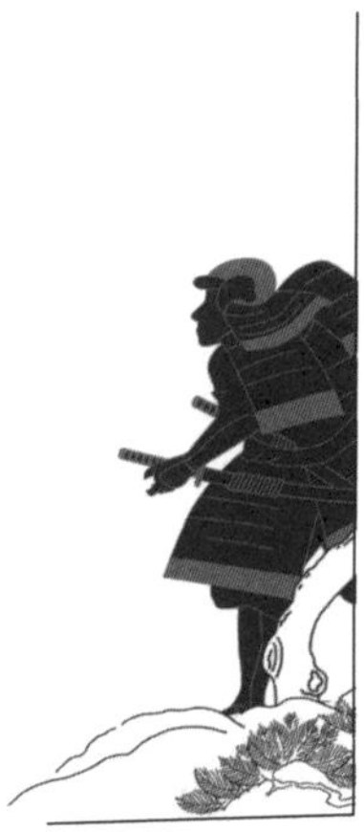

急報

七月二十四日，家康終於抵達決定他命運的野州小山驛站。

野州小山，即今栃木縣小山市。作為奧州街道的驛站，很早以前便開始繁榮，戶數有五百戶許。

前已述及，最初向會津發兵時家康就說過：

「二十四日的宿營地，小山最合適。」

在遙遠的古代，開創了鎌倉幕府的源賴朝前往征討奧州時，這座小山是其宿營之地。家康襲用了這吉祥前例。

「有城池吧？」

家康問道。其實那裡僅有源平時代的貴族豪邸，即便有城池，也已於天正年間隨著小山氏的滅亡而化為廢城了。若想住一宿，寺院或郭內其他建築倒是還遺留著。

黃昏時分，家康抵達野州小山。

他立即沐浴後，一進居室，就讓跟隨此趟奧州行軍的側室阿夏按摩腰部。

「被妳的小手一按摩，可真舒暢啊。」

家康明快地笑了。

「年輕的關係吧？」

阿夏二十歲，伊勢人，胞兄是伊勢北畠氏的遺臣，名曰長谷川三郎右衛門。如今是德川的家臣。

家康眾多側室當中，人稱「三人眾」的三名年長者留在大坂當人質，而由年輕的阿夏隨軍來了。阿夏貌美，性格溫柔，聰明伶俐。家康最喜歡這個像孫女般的小女子。

「畢竟是天正九年（一五八一）生的呀。」

關於阿夏，家康總把這話掛在嘴上。天正九年出生的阿夏，卻已有成熟的女性體態和機能，對家康來說，這是至大的暢快。

此處為冗筆。照顧家康晚年日常生活的阿夏，活到八十高壽，至四代將軍家綱的萬治三年（一六六〇）才殂謝，葬於小石川傳通院。

按摩了近一小時，快要吃晚飯時，走廊裡的腳步聲亂糟糟的。

「何事？」

比家康抬眼還快，阿夏已來到走廊上。井伊直政正跪在稟報道：

「伏見來人。」

守將鳥居彥右衛從即將陷落的伏見城派來了密使。這個將青史留名的信使名曰濱島無手右衛門。

家康讓濱島上前湊到門檻邊，聽他詳細口述上方驟變的勢態。

（這一天終於來了！）

異樣的亢奮令家康熱血沸騰。

濱島傳達的伏見現狀是，敵軍圍城，開戰在即。

「臣與部下官兵。殊死固守城池。」

濱島代替彥右衛門將原話稟報家康。

家康始終沉默，最後聽到這句，

「嗯，嗯。」

兩度急急點頭。老人極力止住快要流出來的眼淚。

「萬千代。」

家康呼喚年輕的謀臣井伊直政。直政已在隔壁待命。

「事態驟變。派使番通知各部隊，行軍暫停。明天二十五日，在小山召開軍事會議。將此一意旨傳達諸將！」

畢竟是七萬大軍，第一軍司令官秀忠已經到達距此三十公里外的宇都宮。眾將都住在沿途村落，先頭和殿後部隊的距離竟有六、七十公里。

旗本鎮目彥右衛門被選為使番。身披母衣（編註：騎馬武士裝備，長布迎風以防流矢），牽出坐騎，飛身上馬，馬蹄聲疾，跑上街道。

其後，家康讓阿夏端來煎茶，靜靜喝著。

面帶愁容。

（這種事態，已在預料之中。）

本在預料之中，家康卻故意給三成可乘之機，自己離開大坂，前往征伐奧州。誘擊三成，是家康此生最大賭博。

正因如此，家康心懷憂慮。

（到底情勢能否隨心所願，三成會否舉兵？）

這種憂慮最近幾天漸漸化解了。大坂諸將派密使稟報了事變詳情。

奇妙的是，稟報者都是三成一方將領。前已提及，理當是三成盟友的奉行增田長盛，本月十九日送來第一份「三成有舉兵徵兆」的情報。

接著，三成忠誠不二的奉行盟友——長束正家、前田玄以，也送來了內容相同的密信。昨天二十三日，蜂須賀家政、生駒正俊的密信也送到了家康手裡。

但三成根本不知道，這些盟友一邊共同舉兵，一邊暗中取悅敵人家康。

（世間趨勢大幅向我傾斜。）

家康蔑視這些將領，卻因相繼出現的奇妙現象，開始對押上自己前途的賭局頗感樂觀。

（三成不過在演獨角戲。）

這事多少有點滑稽。

家康到了這把年紀，深知世間的運轉是靠欲望和自我保存的本能。

跟隨西軍的眾將愁得夜不成眠，不知己方能否奏凱。家康是控制全關東的大大名，而三成不過是琵琶湖畔僅有一城的中級大名。

（跟隨這樣的人，能有勝算嗎？）

甚至連三成的盟友都心懷擔憂。他們祈願的是保存自家，而勝於護衛豐臣家。

但是目前尚不能斷言家康已勝券在握，也許是三成獲勝。因此，人在大坂卻向敵方洩密，這就是哪方勝利都無所謂的「兩邊壓寶」。

（因此才有了這些密信。）

善於洞徹人心的家康，將這等事情的本質理解得十分透徹。家康不能譴責他們，他需要的是盡可能湧現這樣的叛徒。

大坂諸將精選信使，化裝成山野僧或行商，分別將密信送到家康手中。信使們將密信搓成紙撚，藏進髮髻或斗笠的紐帶。家康不把這些密信當秘密。

而是將其公開。

本是密信，家康卻採取了特殊處理。他令人謄寫若干封，全軍傳閱，性質儼如後世的報紙。這種做法是對己方進行心理戰。

（西軍有這麼多叛徒啊！）

己方諸將會為之驚訝。

（連西軍核心的奉行都如此傾心內府，這場戰爭，德川必勝！）

家康要讓自己率領的豐臣家諸將產生這種心理。身經百戰的老人家康明白，這種心理是創造自己勝出的最重要因素。

但是無論如何，上方形勢的決定性情報來自伏見城守備隊長鳥居彥右衛門。此信可謂是向東軍提交的正式報告。

接到後，家康下令全軍停止前進，明天召開軍事會議。

「在那之前，」

家康喝完茶，對井伊直政說道：

「還得召開心腹軍事會議。讓他們現在就到我這裡來。」

所謂心腹會議，即幕僚會議，議題只有一個，是現在繼續前進，按預定計劃討伐會津的上杉氏？或是來記回馬槍，長途西進，在某地和三成決戰？還是有其他高妙方案？

（我的心意已決。）

家康自忖。他看起來比平時更容光煥發。

（但是，彌八郎和萬千代的意見我必須聽一下。）

這是老人的一貫做法。他與信長、秀吉不同，從不相信自己的天才性，總是從廣議中擇優作為結論。即便自己心裡有了完整方案，也秘而不宣，諮詢眾議；最後縱然執行自己的方案，也要交給眾人討論。如此可以鍛鍊幕僚們的頭腦。平素一直這樣不斷鍛鍊，就能使他們養成將德川家命運看成自己命運的習性。

俄頃，常見的那些人聚集來了。

「彌八郎呢？」

家康瞥了一眼燈光照不到的鄰室。

「臣在這裡。」

家康最信任、馴鷹匠出身的謀臣本多正信，轉過滿臉皺紋的老臉回答。

「看不清臉呀。」

很少開玩笑的家康這麼說。此話意思是，正信老人膚色黝黑，在燈光照不到的暗處難以發現。此話鬆弛了眾人的心情。

「伏見彥右衛門的來信，都聞知了吧？事態已有變化，在此想聽一聽諸卿高見。」

正信的嘴唇微動著，似乎想說點什麼。

但正信是家康政治方面的謀臣，並不擅軍事。因此曾多次遭到家康武將當面羞辱，狼狽不已。譬如，從前在長篠之戰中，戰場一片大亂，殺氣騰騰。此時正信提出作戰意見，家康麾下排名第一的武將渡邊半藏暴跳如雷，亂罵一通：

「好你個彌八，你當這是擺弄算籌、計算需要多少食鹽味噌啊？你在野外訓練獵鷹也許是把好手，至於沙場上的事你懂什麼?!」

長篠之戰發生在天正三年（一五七五），已是二十五年前的往事了。如今正信的地位進一步提高，家康對他更加信賴。連當年那個亂罵人的「槍之半藏」，如今也只能在背後說正信的壞話。但武將們對正信的憎恨比當年更加強烈了。

此可謂側近者的命運吧。正信遭到前線武將厭惡，這一點與秀吉手下三成的處境別無二致。

儘管如此，正信還是想說。

「彌八郎，看樣子你是想說點什麼？」

家康引他發言。彌八郎頷首，先咽下唾沫，然後口若懸河講了起來。

「軍營中多是豐臣家的大名，家眷都留在大坂，握在治部少輔手中。」

「嗯。」

家康點頭，神色平和。

「因此，該當如何？」

「人的感情是很可怕的。大名們都擔憂家眷安危，即便跟隨我方，也難保何時就會叛亂。這一點讓人有靠不住的感覺。」

「因此，該當如何？」

家康追問道。

「最好是現在解散軍隊，打發他們返回各自領地，再讓他們自行決定何去何從。對於上方的軍隊，德川家不如下決心單獨與之交戰，戰略是首先固守箱根，敵人攻來，一舉擊潰。」

（哎喲。）

家康感到意外。

總之，正信的意見是，戰鬥由德川軍單獨承擔，以箱根為要塞，將敵人誘入山地作戰，進而擊潰。

（一個莫名其妙的人。）

家康內心這麼想。政治領域的縱橫捭闔與謀略方面，正信具備卓越的才能，涉及軍事卻說出了幼稚話語。

家康曾認為自己腹中的基本戰略，正信應當是充分理解的。

（這樣聽來，他豈非什麼也沒明白嗎？）

家康不由得這樣思量。

（或者他天生就是這個性格。）

家康這樣思索。正信儘管充分理解了家康的基本戰略，可一旦開戰，他又動搖起來，改變主意，返回了一味因循守舊、敷衍一時的國土防衛方式。

（原本就是個謹小慎微的人。）

家康以同情的眼光看待正信。既然戰爭是賭博，過於小心謹慎的退縮方式在任何場合都不適用。

「是嗎？」

家康給正信留面子，故做深思的表情。

其他軍事參謀看到家康這表情，感到驚訝，擔心家康又為正信的花言巧語所騙。有兩三個人高聲講話，湊向前來。

「哎呀，我們反對正信的建議。」

首先，井伊兵部少輔直政表態。

「若是這樣，德川家必敗。目前若乘威勢，怒濤西進，奔赴戰場的列位大名無暇顧及留在大坂的家眷。他們會認為，當此一家一族存滅之際，家眷是否會遭殺害，那就隨便吧！反而會決心跟隨德川家。在這怒濤大勢當中，若有人言稱掛慮家眷而歸國，那還真是『勇氣可嘉』呀。通常不會有這種人。在下認為，征討上杉的大軍原樣不變，回頭討伐三成，我方必勝！」

「兵部，你太嫩。」

正信反駁道。所謂「嫩」，是指對於諸大名在考慮人際感情方面還欠成熟。

「何謂嫩？戰鬥就在氣勢，不乘勢奮進，焉能成事！」

「萬千代，」

家康以通稱喊著直政。直政還是兒小姓時，就跟隨家康受差遣了。

「說下去。」

「主上，現在正是取得天下的絕好時機，蒼天要讓主上取得天下。俗諺有云：天賜不受，必遭天罰。想來德川家要奪取天下，在此一舉。當神速西上，統一天下！」

「說得好！」

家康頷首，但沒再說什麼，這場「心腹軍事會議」到此結束。

一切都看明天。明天豐臣家大名悉數出席，關於西上的討論必定熱烈。

這場會議，需要私下先行運作。

明日

家康將明天在小山召開的大名會議看成決定德川家盛衰的分水嶺。此觀點，非只家康一人。

歷史是變化流轉的。

「彌八郎，萬千代。」

家康說道。家康敦促本多正信、井伊直政兩名謀臣做好準備。

「明白。」

本多正信老人的鼻翼聚起皺紋，深深點頭。正信和直政心裡都明白。

（明天的軍事會議倘若失敗，迄今一步一步積累起來的所有策略，瞬間就土崩瓦解了。）

家康率領討伐上杉的諸將，大半是豐臣家的大名。屬於「客將」。

他們特意引兵跟隨家康，其法律根據是聽從豐臣家大老家康之命。

——為維護秀賴公的天下治安，討伐叛亂者上杉景勝。

家康是借用了「大義」之名分。在這種情況下，家康始終以秀吉任命的秀賴公法定監護人身分，站在公務的立場。故此能夠動員豐臣家的大名。

（明天軍事會議上，一舉將他們攬為私兵！）否則打不下江山。不借助這些跟來的豐臣家諸將力量，無法打敗多如雲霞的浩蕩西軍。

（難啊。）

就連正信都認為頗為不易。敵人石田三成擁立豐臣秀賴，以大坂城為根據地。不消說，秀賴是家康的主上，也是眾客將的主上，大坂是主上之城。前年秀吉尚在人世的最後時刻，人們跪拜豐臣家，向病榻上的秀吉數次提交了意旨為「對秀賴公絕無二心」的誓言書。如今，白刃卻要刺向主上家。

（他們真能這麼做嗎？）

正信擔憂的就是這一點。

針對此事，正信和直政坐在家康身旁不遠，圍繞此事展開反覆議論。

「老人，不必擔心。」

針對這點，年輕的井伊直政已將豐臣家的大名明確定位，分析透徹。

「他們這些人是為了利益才聚合在豐臣家傘下，沒什麼義心。」

年輕的直政斷言。這一點，不同於三河時期以來譜代大名眾多的德川家。

「現在的大名幾乎都是織田家的家臣。細川、前田、池田、山內等莫不如此。比喻說來，他們曾是已故太閤的同僚。從前，故太閤為了討伐中國地方的毛利，帶領信長公麾下諸將，踏上姬路城前的土地。當時發生了本能寺之變，信長公為明智光秀所殺，故太閤當即回師，於山城國的山崎大敗光秀軍，一舉登上奪取天下的臺階。當時的『與力』（信長命令他們附屬秀吉）、大小大名相當於故太閤的家臣，後來才正式成為故太閤的家臣，誕生了豐臣家。但大多數大名並非故太閤的譜代家臣。跟隨故太閤只是因為有利可圖。他們不可能從骨子裡對豐臣家懷有義心和忠節信念。」

「長篇說教。」

正信略略諷刺了年輕的同僚。這種歷史說明以及對豐臣家大名的分析，即便這年輕人不說，正信也早已瞭若指掌了。

「依你的視角分析，豈非太明確了嗎？」

大膽明確地分析事物是青年的特點，同時也是弱點。

「老人不這樣看待。」

老人看到的角度通常是對事物過慮的陰翳之面，認為並非輕而易舉就能明白。

「誠然，太閤出身卑微，沒有世代傳承跟隨的家臣。人云『譜代蒙恩的家臣是家中寶』，確實，豐臣家沒有這類家臣，故太閤常懷憂慮。因此，他常盡最大可能廣施恩義，那些蒙恩者若會念及太閤的厚恩，那可不得了的。」

「這是老人杞人憂天。不可能有那般可敬的大名。他們全是只汲汲於自家利益的貪欲之徒。」

「噯，聽我講！還有一件事。故太閤一手恩養提拔的那幾位可視為譜代大名。隨了西軍的宇喜多秀家、小西行長、石田三成，還有從軍來到這裡的福島正則，遠在九州熊本為德川家盡忠的加藤清正，這些人都是其中佼佼，堪稱強有力的譜代大名。」

本多正信這樣說道。

「尤其是福島正則。」

正信特別強調這名字。正則生於尾張清洲桶匠之家，可視為故太閤血統稍遠的兒子。在親人很少的太閤看來，正則是珍而重之的存在。正則和清正同為豐臣家的屏障，受到相當器重。正則二十來歲就被拔擢為大名，目前領地在故鄉尾張清洲，年祿二十四萬石，並特意賜姓羽柴，官至侍從，享受世間尊稱：

——羽柴清洲侍從。

「此人意向如何？」

正信老人問道。他的擔憂不無道理。福島正則性格單純剛烈，野戰攻城捨生忘死，打衝鋒勇往直前，是典型的軍人性格。正因如此，他對豐臣家懷抱強烈的忠義心。家康的謀略若稍有差池，正則會為了幼君秀賴率全家將士跳入火海的。

而且這次的討伐上杉軍，正則率領的部隊在家康統率的客將中人數最多，有兵馬六千。

（他要是鬧脾氣的話，那可難辦了。）

年輕的直政有同樣的憂懼。

這一點家康也很擔心。

在某種意義上，正則的向背或許會成為改變歷史的分歧點。

「叫你倆來，就是為了左衛門大夫（正則）的事。」

家康說道。

此刻已經九點多了。雖然夜幕已降，也必須立即派人去私下運作。

「現在已經針對左衛門大夫做了什麼嗎？」

「還沒有。」

正信老人指尖抹著額頭上的汗。現在說正信無能怠慢已無濟於事。要說運作，早在大坂時，黑田長政就從各方面對正則使過懷柔手段了。

正信說明之後，家康神色緊繃說道：

「這事我也知道。很早以前就聽說左衛門大夫憎恨治部少輔，對我懷好意。但現在要說的是另一件事。」

家康的表情平靜下來。

「我說的是明天的軍事會議。」

「此話怎講？」

這樣一來，正信也好，直政也罷，說到底，擁有的不過是一介參謀之才。在家康強大的思考能力面前，二人僅是聽眾。

「明天在諸位客將面前，一開議我就詢問眾人是要跟隨敵方或我方。會問得明確。我打算說：若跟隨敵方，現在就讓你們回領國備戰。我絕不阻攔。」

家康咽下一口唾沫。這位曾指揮千軍萬馬的老練之人，一想像明天的會場氣氛，神經也緊繃起來了。

「按照想像，列位客將會是這樣的，」

家康說道：

「垂首吞沫，提心吊膽，一言不發。整個會場靜得連掉根針都可聽見。這是人之常情。誰都怕首先發言，無論答案是『可』或『否』，誰都沒有勇氣率先開腔。」

家康繼續說道：

「加之，他們對豐臣家多少是有報恩觀念的，會害怕高聲說出『可』的答案。」

家康對於人的本性深有研究。家康和秀吉一樣，青年時代就時常以這種能力作為思考軍事與外交事務的基礎。甚至可以說，正是得益於此，才能坐上今日之位。這一點是正信和直政無法相比的。

「會場上人人左顧右盼，窺伺旁人神色，相互猜測，自無定見。此刻若有人出聲說『紅』，定是滿場異口同聲說『紅』；有人稱『白』，則就都傾向『白』的一側。這是明天議決的關鍵。故此，必須事先決定頭一個表態的人。」

（有道理。）

本多正信頻頻撫膝，多次頷首。家康停頓片刻，說道：

「由左衛門大夫福島正則擔任這個角色。」

「啊？」

正信大驚失色。

「沒、沒想到這一點。」

「為何福島左衛門大夫是最佳人選，知否？」

「不知曉。」

因為他不蠢吧，正信回答。福島正則是故太閤的親人，而且是自幼即受撫養提拔，沒有比他蒙受太閤恩澤更深的人了。現在他還和清正同受太閤遺孀北政所厚愛。

如果正則開口表態，列席諸將必會瞠目結舌。

（連福島左衛門大夫大人都這樣！）

他們會受到這樣的衝擊。正則蒙受了其他大名無法相比的厚恩，而且是決意替豐臣家赴湯蹈火的；如果這個正則表態：

——我站到德川大人一方。

那麼其他諸將肯定會以滿堂雷鳴般的氣勢，投入家康一側，成為支持者。

「但困難的是由誰、以及如何勸說正則。」

家康說道。這時，家康和正信、直政的心中，都有了明確答案。

那就是黑田長政。

如水的這個兒子，在父親眼裡看來或許是「不肖之子」，但他不愧承繼了乃父血統，謀略之才出類拔萃。早在秀吉去世前後他就下注家康。為了賭贏，他周旋於豐臣家諸大名間，暗中將之牽引到家康麾下。家康今天的政治勢力，幾乎有一半是由長政開創出來的。

有趣的是，黑田家這位三十三歲少壯主公，是在家康並未刻意拜託的情況下，主動把未來押在德川一方。他吹捧家康，自發地為之奔走。這一點酷似其父如水。從前，如水把未來賭在不過是織田家一介部將的秀吉身上，並為秀吉竭盡謀略之才。長政大概想效仿父親，這次以「家康」為素材，依樣畫葫蘆。

長政另一個奇妙之處是，他的外貌性格看起來不像擅長運籌帷幄之人。容貌粗獷，遇事好強出頭。上了戰場，武士長政比任何家臣都橫衝直撞。就是這樣一個粗魯直爽的人，與其父不同，因此別人反倒不會提防他，於是容易施展謀略了。

「有道理。馬上讓甲州（黑田長政）來！」

言訖，正信立刻起身。他想趁夜派人去長政軍營，喚他速來大本營。

正信疾步走廊上。

此時，不意間發現虎背熊腰的長政正朝這邊走來。

「哎，甲州！」

正信舉扇高喊一聲。長政悠然止步，望一眼這位家康老臣：

「何事？」

看正信那行動遲緩的樣子，怎麼也不帶策士的風範。

「甲州，有急事。這裡是走廊不好說話，往這邊來。」

「難得佐州（正信）找我一次，但我有事要拜謁主上，能否容許回頭再說？」

「有何貴事？」

家康的老秘書官問道。大名稟報諸事，都由正信聽完再轉達家康。

「關於左衛門大夫的事。」

黑田甲斐守長政說完，正信愈發詫異。

「左、左衛門怎麼回事？」

「是這麼回事。」

長政俯身貼近老人耳畔，打開白扇遮住，說出內容梗概。聞之，正信驚詫絕頂。

「竟如此暗合！知道了。這邊請。」

正信催促長政，將他領到家康居室，秘密拜謁。

「是麼？」

家康驚愕，瞪大眼睛，凝視黑田長政刮過鬍鬚的青跡。長政與家康所見相同，他已去過福島正則的軍營，徵得同意了。

（這武夫從何處來的這等智慧？不知是用什麼法子說服了福島正則？）

不消說，家康心裡找回了玩味此事的餘裕。

長政和正則是多年老友，都好軍事，話語投機。不過，有一點長政對正則束手無策，即正則過於熱愛豐臣家。

「跟隨家康，有利可圖。」

若這樣建議是說服不了正則的。

最後長政決定換個角度勸說，那就是儘量刺激正則憎惡三成。

「治部少輔舉兵的本意，是妄圖取代豐臣家掌管天下。不打倒他，豐臣家岌岌可危。內府一心為幼君秀賴公著想，決心剷滅奸賊治部少輔。」

「原來如此啊。」

正則大大頷首。內府是為秀賴的境遇著想啊，正則眼裡湧出淚水。正則的癖性是每夜喝得爛醉，醉後感情起伏激烈。

「老子要生啖治部少輔的肉！」

這是正則平時的口頭禪，也是二十四萬石福島家的政治方針。

「但是，不必擔心內府嗎？」

正則問道。他的疑懼是，家康會否乘機篡奪秀賴的天下？

「家康那麼有長者風度，是個大好人，毫無那種邪念。所以，為了豐臣家，你難道不希望這一戰務必要讓內府奏捷嗎？」

「當然希望！」

正則激烈點頭。於是，長政勸說由正則完成走向勝利的第一步——擔任在軍事會議上帶頭表態的角色。

「這是內府召開、即將一決勝負的會議。你先站出來，大聲表態跟隨家康，就可決定大局。你不認為此舉之功超過沙場浴血嗎？」

「當然！」

「那就這麼說定了！」

長政又慎重確認後，徑直趕來家康的大本營，稟報此事。

福島軍營

雨又下了起來。

「三成舉兵。」

跟隨家康出征的大名，宿營於奧州街道沿途所有村莊，這個令人驚駭的消息傳遍軍營每個角落。

「聽說明天在小山召開議決會。」

各處篝火旁，只見眾兵士議論紛紛。

「我家主公跟隨哪一方呢？」

睡在野外營房的步卒們似乎都處於亢奮中，今夜無人入眠了。

此夜，天地間雨氣滿溢。他們一想到自己的今後去向不由得鬱悶起來。

「祈願我家主公深思熟慮後能站到大坂一方。」

所有士兵都懷著這樣祈禱的心情。他們樸素地推測大坂一方能夠獲勝。

他們會這樣想，理所當然。大坂一方是豐臣家，是政府軍。按照常識，他們認為一介個人的家康不可能勝出。

關於此間眾人的感情，借用古代文獻的蒼古氣味，表達如下：

眾人議論，德川家此戰必亡。各自主公何去何

從？眾人低語祈願主公跟隨大坂一方。最終過半人數心向大坂。——《平尾氏劄記》

這是平民的心情。他們不能參與政治，總是懷著遠離利害的正義感來看待時勢。家康趁著主公秀賴年幼，妄想奪取豐臣家政權。眼見家康如此動向，他們沒有忘記對之嚴厲批判。

當夜，福島正則的軍營裡風雨交加。雨中守在庭前篝火旁的哨兵們也在議論此事。

「我家另當別論。」

他們說道。

「我家與豐臣家同族，豈能跟隨德川大人去攻打秀賴公的城池？」

他們這些議論，被正則下令前去探知情況的親信聽見了，將之稟報正則。

「是那麼說的呀？」

正則悶悶不樂說道。

「下等人不明白其中奧妙。」

正則唾棄似地說出此言。通常情況下，正則聽此一言，必然大怒：

——竟敢背後議論主子！

然後恐怕就下令覓出議論者，親手處死。正則就是這樣的人。然而，這個癲狂猛將現在卻一反常態，俯首凝視酒杯。

（那樣做，合適嗎？）

他頻頻反思此前與黑田長政密談時的口頭約定：

「我將跟隨德川一方。明天小山軍事會議上，我第一個發言，表明意旨。」

就連缺乏政治敏感度的正則也明白，自己若那樣表態，眼下跟隨家康出征的大名會雪崩似地倒向德川一方。

相反，自己若表態：

「我跟隨大坂一方。」

會場必定頓時陷於混亂。與己同調的大名，將超過半數吧。若此，不知家康的命運將會如何？行軍至此的諸將，除了感念豐臣家的恩澤，更牽掛置身大坂的家眷安危。他們人在陣地，對大坂牽腸掛肚。

「真想馬上飛奔回大坂。」

所有大名都有這種強烈心情。

（是讓家康獲勝，還是讓大坂一方獲勝，關鍵握在我手中。）

正則被安排在這樣的位置上。他多少帶著些孩童般的愉悅，欣賞眼下的自己。

（往年的市松，如今變成了不起的男子漢了！）

正則一邊思索事態，一邊自我欣賞，臉色不由得舒展開來。市松是正則的通稱。

不過，正則是個感情變化幅度很大的人，或許是天生的躁鬱症性格。他做如上得意思考之際，

「太閤隆恩……」

一思及此，心情又忽地低落下來，有種幾乎要窒息的感覺。

正則並非武士出身，家中也非名門。原本是尾張清洲城下一介不良少年。

他是清洲某桶匠之子，少年時代就跟父親學習刨削桶板、綑紮桶箍的手藝，幫助家業。

十四歲時幫家裡跑腿，通過長柄川橋邊，看見一個步卒呈大字形睡著。當時的步卒因為總上戰場，大多數人都性情魯莽。

市松從對方身上跨過之際，腳後跟踢到那人腦袋。對方跳起來一把抓住市松，舉手就要飽以老拳。

市松手伸入自己懷中，裡面有精雕用的鑿子。他一把握住，猛地刺進對方腹部。

「看見沒？我是桶匠市松！」

儘管對方高喊著痛苦不堪，市松依舊狠狠轉動鑿柄，直到確認已經斷氣，他才拔出兇器。

雖說是戰國時代，但殺人就是殺人。市松當即潛逃了。這種殺人犯出身的武將實屬罕見。

市松逃離尾張，走山陽路進入姬路。當時，織田家一將、羽柴筑前守秀吉常駐姬路城，將此地作為

進攻毛利的戰略據點。

（投靠羽柴大人當武士。）

市松這樣尋思。秀吉的發跡過程異乎尋常，成了尾張百姓憧憬的偶像，加之秀吉是市松的親戚。市松的養父新左衛門，與秀吉之父彌右衛門是異父同母兄弟。

儘管如此，市松也不便直接拜託秀吉。他先依靠秀吉的部將、尾張山賊出身的蜂須賀彥右衛門，申明意旨。彥右衛門再向秀吉轉達。

「是某某新左衛門的兒子來了嗎？已經大到能獨自外出旅行了呀。」

親戚很少的秀吉，聞之大喜。

「要是他，用不著見外試用了。先帶進城裡廚房，讓他吃飯！」

開初，市松不是兒小姓，無具體任務也無俸祿，只幹些跑腿送信的差事。元服之後，秀吉提拔為小姓。與市松情況相同、由羽柴家撫養成人的還有加藤清正。

剛來到二十歲上頭，青年們在賤岳之戰的追擊戰時，遵照秀吉命令，神速猛烈襲擊敵人，都取得了敵將首級，世人美稱「賤岳七本槍」，威名大震。秀吉以此為契機，將七人提拔為頭領，分別封為三千石的身分，惟封正則五千石。

（血濃於水。市松這小子是同族，我想讓他成為我家將來發展的柱石。）

秀吉心裡大概如此打算。此時年祿和別人一樣，只有三千石的清正甚至頂撞秀吉：

「偏心！」

清正的不滿是：「市松是同族的話，我也是呀。而且戰功彼此難分高下，為何這般不公平？」清正是秀吉母親堂兄的兒子，說來與秀吉相當於從堂兄弟關係。從血緣濃淡來看，秀吉認為還是市松較近。

其後，豐臣政權建立，賜予清正肥後半國二十五萬石，賜予正則領地尾張清洲二十四萬石，身分大致相同。不過，官位上正則稍高。正則受賜姓羽柴，事實上已獲得了同族待遇；清正則不然。

正則受到如此優厚的待遇，源於秀吉對他發自心底的關懷。

與信長、家康不同，秀吉幾乎沒有可成為家業屏障的親戚。這是豐臣政權的致命弱點。秀吉健在時還好，到了下一代秀賴，

——可憑依的惟有一門同族。

秀吉受這種心情影響，他接連拔擢正則，到超出他實力的程度，終於高升到如今的大名地位。

當然，正則可謂一員猛將。戰場上的勇猛無與倫比。但是，僅靠勇猛不足以擔任大名。還須有智謀，敏於政治，具備行政管理能力。正則沒有這些才能。若無秀吉這層關係，正則大概終其一生就只是個騎馬馳騁的武士吧。

秀吉這樣提拔正則，正則卻沒有體會，他是個自信很強的人。

（當然，這全靠我的武功和才能。）

正則如此認為。他缺乏客觀思考自己立場的能力。對於當上尾張清洲城主一事，他也是這麼認定的。

關東家康若興兵西進，秀吉看重的最大防衛據點就是清洲城。

總之，清洲城是狙擊家康的要塞。正因如此，秀吉才將少年時代就獲得提拔的正則放到該城城主位置上。對秀吉而言，一切都是考慮到秀賴時代而刻意安排的。

——自己為何當上城主？

對此，正則的頭腦似乎有點無法理解。

不過，正則首先是個感情至上者。對幼主秀賴的忠誠和熱情，遠比同時代其他大名來得強烈。

（豐臣家萬一有事，我正則可以捨棄生命！）

他這樣下定決心。因為曾是不良少年，正則的情感要比擅長理智思考的石田三成等人都純粹得多。

但正則的這番純情，並非由智慧得出的結果。

故此，他可謂受到黑田長政欺瞞。

「我們的敵方是治部少輔，不是豐臣家。」長政反覆說這句話，模糊了事態的本質。

「德川大人說，為了清君側、除奸孽，保障豐臣家的安泰，必須讓左衛門大夫發揮作用。」

「有道理。」

這時，正則多次頷首。

家康若打敗了以三成為盟主的豐臣政府軍隊，天下政權將如何轉移？對此，猛將正則並不具備能夠鮮明看透本質的思考力。

不過，並非說福島正則是個蠢貨。而是他對三成的強烈憎惡遮蔽了透視事態本質的眼睛。

加之，在正則看來，以下觀點是成立的。

（三成如果勝利，天下就成了他的。在三成政權下，我即便跟隨，遲早也會被他消滅吧。總而言之，太閣去世後，豐臣家的天下已無力維持了。正像織田信長的兒子在豐臣政代落到僅是一介大名的身分。豐臣只能保全一家，而不再能擁有天下了。這是無可奈何的事。跟隨三成還是跟隨家康？看結果，還是跟隨後者要好得多。）

此刻不容許中立。既然如此，只有跟隨家康。

（就這麼定了。）

正則這麼認定，一切聽憑黑田長政安排。雖然如此，站在正則的立場，他心裡有各種疑念交雜，卻也有其道理。

卻說長政將正則拉攏過來後，就將此事稟報家康。

「甲州（長政），做得漂亮！」

兩人相距有一張榻榻米寬，這消息讓老謀深算的家康高興得要起身去握長政的手。對家康來說，此前無論如何也無法釋懷的就是正則的動向。

家康滿臉堆笑，立刻又平靜下來。

「是真的嗎？」

家康問道。老實說，家康覺得進展太順利，還不敢馬上徹底相信。不管怎麼說，來自大坂致出征大名的催促函，是以秀賴名義寫的。家康判斷，如果看見秀賴那份命令書，正則再討厭三成也一定會心生動搖。

（正則是秀吉特別偏愛培養起來的，與其他大名不同，他對這次事態必然別有一種心情。）

就連家康也這麼推測。

「哎呀，請放心。正則對三成恨之入骨，我從這角度勸說，意外簡單地達成了一致意見。人心沒有比憎惡更可怕的事了。」

（有勇者無智，正則就是這樣啊。）

家康頷首聽著。

長政又說道：

「我有防備，萬一他今後有了二心，我與他交手動刀槍。正則的事就全權交給在下處理吧。」

「那就多費心了，拜託。」

家康相當喜悅，命小姓從背後的盔甲櫃中拿來頭盔相贈。這是家康於長久手之戰時戴過、前有羊齒飾物的頭盔。

「這可是珍貴的寶物啊！」

長政驚歎。這是家康有數的頭盔中他最愛用的一頂，世人皆知。

除了頭盔，家康還挑了一匹愛馬，連馬鞍馬具都一併致贈。

「我將甲州當作自己的分身，故而贈以頭盔和駿馬。煩你代替我努力奮戰吧！」

「這樣一來，主上在戰場上就不方便了吧？」

「非也。我還有頭盔和戰馬。左衛門大夫正則的事既然定了下來，征討三成那廝，我就不需要頭盔和戰馬了。」

老人家康流露出他少見的歡快。

長政就此告辭。

因為這樁大功，後來長政獲賜筑前國五十二萬三千石的大大名高位。

六文錢

這裡有一位奇妙的大名。

名曰真田昌幸。

信州上田城的城主。當時他就以英勇善戰而遠近聞名。昌幸還是後來大坂之陣的智將真田幸村（信繁）的父親，故而名聲遠揚。

當時，真田昌幸五十四歲。

他個頭矮小，卻長了一個大腦袋，臉面鐵青浮腫，一眼看去像個鄉下老和尚，只是雙眼閃著犀利的光。

眼前這個男人，不可小覷。

真田昌幸生於信州的小豪族家庭，在戰國的動亂裡成長，具備了人類的所有狡黠。昌幸將此作為唯一的生存智慧，爽颯度世，是具有戰國亂世特色的人物。

昌幸的人物形象，就像他的出生地、活動舞臺——信州的地形一樣。信州山河狀貌複雜，領國分隔成若干狹隘天地。若在這世界裡反覆發動戰爭，玩弄謀略，琢磨出的計策自然而然會像工藝品般小巧精緻，不會宏大。

謀略家真田昌幸，其思考與手法已臻藝術之境。而身為戰術家的他，指揮操縱區域性戰鬥的高妙之

處，亦可謂當代第一。

歸根結柢，宛如命中註定的不幸，信昌前半生的主要活動舞臺侷限在強國環伺的信州。昌幸的青年時代，這個高原之國四周為越後的上杉氏、關東的北条氏、甲州的武田氏等日本屈指可數的強國。信州國內存在難以統一的地理因素，造成了小政權割據的狀態，以致於信州好似周圍大國共享的草料場。

自然而然，小豪族發展出應對的深奧智慧。

真田昌幸就是其中之最的代表性武將。

昌幸自年少時代就有雄心壯志，拚搏著想做一番大事，怎奈周圍與大國緊密接壤，難以如願。為了擴張領地，昌幸定下生存的基本方針：盡可能利用這些大國，發展成長於狡智的小屬國。

首先，他成為武田家的「被官」（隸屬大名），俸祿六萬石。武田家在勝賴時代滅亡了，昌幸失去了強大的保護國。其後不過半年裡，他換了四個保護人，依次是北条氏、上杉氏、再度北條氏，而後德川氏。

接着，昌幸對德川感到失望，離去了。昌幸半生反覆施展謀略、甚至謀殺，欺騙無數人，但每次都成功了。但在上州沼田城的歸屬問題上，他頭一次受騙，家康毀棄了協議，昌幸對家康大失所望。

「家康是奸人，不講信用！」

昌幸大怒，改投秀吉。當時秀吉的天下剛剛誕生，盤踞東海地方的家康尚未來歸。其間面對家康的大軍，昌幸以少勝多，給予毀滅性打擊。

不久，豐臣家的天下安定，家康成為秀吉麾下首席大名。

「為了萬世的太平，你跟家康和解吧！」

雖經秀吉勸說，昌幸仍不太積極。但後來真田家的長子信幸決定娶家康部將本多平八郎忠勝的女兒小松。

初聞這樁婚議時，昌幸氣勢洶洶地拒絕了。

「我家雖小，依舊是大名身分，焉能娶家康的家臣之女！」

昌幸對媒人這樣說道。無奈，家康將之招為養女，以「德川家與真田家」的名義結下姻緣。

昌幸就是這麼個講究原則的人。

他性情佶屈，顧盼自雄，除了自己的智慧外，什麼也不信。此前沒尊敬過幾個人的昌幸，不可思議對秀吉採取了例外態度。

昌幸受到秀吉保護，為了前往致謝，他在信州上田城下擊潰家康軍，然後去了大坂。

這是他首次拜謁秀吉。面對這種個性強烈的土豪型人物，秀吉有絕妙手腕能夠加以馴服。

「哎呀，是安房守（昌幸）呀。你的武道絕妙，久聞大名。所以不覺得是初次見面。」

秀吉說著就從上位走下來，不造作地拉起昌幸的手，將佩帶腰際的精緻短刀連同刀鞘，拔出相贈。

「這刀和你比較匹配哪。」

秀吉瀟灑大度地笑了。

昌幸生平從未受過如此令他折服的待遇。回國後就讓畫師畫了秀吉肖像，掛在壁龕，朝夕焚香禮拜。關原大戰後，昌幸被流放到高野山，但這習慣沒改，一直持續到六十五歲辭世。

昌幸雖然性格奸猾，但世間評價卻好極了。其一，他戰術高明宛如神授，是作戰高手；其二，偷偷禮拜秀吉畫像，這種出奇的天真令人覺得可愛，因此獲得極高評價：

「安房守大人是古今少有的名將。」

還有一件幾近滑稽之事。昌幸半生玩弄謀略、進行作戰而汲汲奔走，卻依然不過是個年祿五、六萬石的小大名。

「運氣不好。」

世間的同情者都這樣斷定，昌幸自己也認同此說。和他的才能相比，這種現狀顯得過於卑小了。

真田昌幸與其他大名一樣，遵照豐臣家大老家康的命令，參與征討上杉。

昌幸率軍由信州上田城開拔，經由中山道西行，越過碓冰嶺進入關東。抵達野州佐野（栃木縣佐野市）之際，大坂的密使追上來了。

此人一副山野僧打扮，自報家名，乃石田三成與大谷刑部少輔吉繼聯名派來的密使。

其使命就是傳達：

「加盟秀賴一邊！」

三成與昌幸是摯友。加之，三成的同仁大谷吉繼之女嫁給昌幸的次子幸村，可謂親緣近密。

三成喜歡動筆，他的來信，依照慣例，詳述了西軍和東軍的態勢：

「渴望得到大人的智勇。奏捷之後，秀賴公賜予甲州、信州兩國。我對神明發誓，絕非謊言。」

甲州、信州兩國，俸祿恐怕有八十萬石以上。

（可得到甲信二州啊！）

昌幸仰望烈日長空。這是撼動靈魂的待遇。

（想來……）

他不由得回首半生的奮鬥與徒勞。儘管目前有些人稱自己為神秘的軍事家，但三十餘年來孜孜奮鬥，得到的領土不過五、六萬石。比照努力與才能，收穫過少了。

（我這豈非時來運轉了嗎？）

如此一思量，豐臣政權安定以來昌幸那酣睡的雄心，倏然又熊熊燃起。

「請稍作歇息。」

昌幸對密使說道。他命側近負責接待，並要全軍停駐休息，接著命令使番：

「將伊豆守與左衛門佐叫來！」

他要和兩個兒子商量。伊豆守即長子信幸，時年三十四歲。他擔任先鋒大將，遙遙走在隊伍前頭。左衛門佐即後來大坂冬之陣、夏之陣的中心人物，次子真田幸村，剛滿三十歲。

少刻，弟弟徒步而來。哥哥騎馬，衝開隊伍，逆馳在狹窄的道路上。

「都來了?」

老昌幸將二人叫到折凳旁。

「是秘密會議，不能夾雜外人，只和你倆商量。到那山丘上。」

昌幸手拿馬鞭指著。

他帶頭走去。俄頃，進了山道，踩踏撥開夏草，來到山頂。

「坐到那裡。咱們靠近些。」

昌幸也坐了下來。他的臉頰像少年一樣紅撲撲的。

「何事?」

哥哥信幸問道。此人後來在江戶時代，成為信州松代九萬五千石的真田家家祖。信幸下顎寬厚，性格篤實，平時少言寡語，但其武勇和智略絕非二流。

「看這個。」

父親將三成的密信扔到草地上。哥哥撿了起來。展閱之間繃起了面孔。

「此、此事非同小可!這怎麼能答應下來呀。」

「所以，需要商量。」

父親故做無精打采狀。

弟弟也讀了起來。弟弟的面相總體而言較像母親，是單薄的長臉，雙睛特別水靈。低頭時長長的睫毛似在搖曳。

「這件事非同小可。」

幸村說出與哥哥同樣的話，但是，之後的提問卻與哥哥不同。

「父親大人，這又怎生拒絕呢?」

弟弟幸村的青少年時代，和娶家康養女為妻的哥哥完全不同。他自幼就遠離家鄉，成為小姓，服侍於豐臣家的殿上，博得秀吉喜歡，總叫他「源次，源次」。

朝鮮戰爭期間，秀吉來到肥前名護城，幸村是騎馬親衛隊一員，不離左右。文祿三年(一五九四)，幸村的官位晉升到與哥哥一樣，同為從五位下，任左衛門佐，還獲賜姓豐臣。就連石田三成、加藤清正，秀吉也未賜此姓。弟弟和豐臣家的親密度與哥哥大不一樣。加之，嬌妻又是三成的好友大谷吉繼的女兒。這封密信是岳父與三成聯名寫的。由此看來，他的反應與胞兄相異，理所當然。

「想聽聽父親大人的想法。」

哥哥說道。

「我的想法？」

昌幸微笑了。他微微開口，眺望著四外的景色。少刻，

「跟隨西軍。」

昌幸斬釘截鐵說道。

「這是義舉。」

綜觀這位老將的履歷，和其他戰國武將一樣，從未有過與「義」有關的行動。老人僅熟知次子幸村喜歡「義」這一儒教理念，將其作為說話的開頭而已。

「男子漢一輩子，就是為了開拓自己的命運。現在運氣來了。」

「這是不著邊際的荒誕事。」

哥哥說道。此話的意思是，賜予甲信二州一事，純像伸手去抓雲彩一樣不著邊際。

「那塊雲彩，我抓得到。我抓到手後，就不把它當雲彩了。我要在天下豎起真田家六文錢的大旗。」

「父親大人驚慌失措了吧？」

總地說來，哥哥信幸是個想法現實的農夫式人物，他與父親、弟弟不同，不具備他們那種充滿商人般夢想與野心的投機性格。

「父親大人，請再好好想一想。治部少輔可是招天下厭嫌之人。他若任事實上的統帥，無論怎樣借用秀賴公名義招集大名，其後不久，離合聚散的結局肯定會到來。」

「值得一做。」

「必敗？」

「必勝！」

老人斷定。

「不過，這是指只要有我在。我要打勝仗給大家看看。」

老人說出了他的作戰方略。家康必率大軍由關東向西發進。僅靠東海道是不夠的，理所當然，要有一半人馬走中山道。

「中山道的信州上田城有我在。儘管城小，卻可阻擊十萬大軍，不放一人西去。我要打這樣一仗給大家看看。」

確實，家康發送大軍時，分中山道和東海道兩路進軍。中山道三萬餘大軍交給嫡子秀忠，榊原康政任總參謀長。這路大軍全部遭到昌幸上田城的阻擊，到底沒趕上關原大戰。

「我是有這般技能的人。」

「即便如此，石田敗了，又當如何？」

「天下越發混亂吧。然後，我給大家畫一張更宏大的藍圖。」

昌幸的願望，和在九州一隅要不擇手段蠻幹的黑田如水，可謂用心相同。

「無論怎麼說，我也難以贊同。我妻子是內府的養女，目前正蒙內府厚恩。事到如今，我不想反戈襲擊內府。」

說完，他問弟弟：

「你當如何？」

幸村從剛才開始就沒看哥哥，此時還不看哥哥的臉，只是靜靜回言：「問我啊？」

「我隨父親大人。」

「你娶了大谷吉繼的女兒，才這樣的吧。」

「非也。我是一個深蒙豐臣家特殊恩澤的人。義在何處，服從何處，這才叫武士。」

「縱然失敗也無悔嗎？」

「交手後才能見真章。」

「好，就這樣定下來了。」

老昌幸表態。

「伊豆守跟隨東軍，我和幸村跟隨西軍吧。無論哪方勝或敗了，真田的家名都不會斷絕的。」

兄弟倆用驚駭的眼神看著老父。這是老人昌幸從亂世中多年積累的經驗智慧中產生的結論。

「明白了？不久咱們戰場相逢吧。那時，信幸你殊死奮戰吧！我讓你在飛矢和槍彈中看到我的麾令旗如何模樣。」

老人發出了摩擦青草的聲響，站立起來。他似乎對這個巧妙嚴密的結論十分滿意。

少刻，三人走下山丘，分別騎上戰馬。率領先頭部隊的哥哥真田信幸繼續東進，率領中軍以下的父親昌幸和弟弟幸村，立即改變部署，引軍折回，向出發點信州上田行進。

途中經過信幸的居城上州沼田城下。

（乾脆將城池奪過來吧。）

昌幸老人好像這樣思謀。他派人給留守城池的大兒媳小松送信說道：

「我想看看孫子。和孫子輕輕鬆鬆玩一晚上。將城門打開！」

小松一看隊伍裡沒有夫君，疑惑不解，便傳回話來：

「儘管是父親大人的命令，但只要不是夫君伊豆守大人的命令，就不能開城門。要想強行開城，這裡只好弓箭伺候了。」

聽此回言，老人發出苦笑，說道：

「真不愧是本多平八郎的女兒！」

昌幸在城外住了一夜。翌晨，整軍徑直撤回信州。途中下起了細雨。

下野小山也下著同樣的雨。昌幸此舉，發生在家康於小山召開軍事會議稍早之時。

抱茗荷

奧州街道小山宿營地正在下雨，直到深夜，還沒有停止的跡象。

「列位大名的軍營不知如何？」

夜深之後，家康叫來了年輕的謀臣井伊直政，這樣問道。就連家康這樣的人，一想到明天的軍事會議，也難入眠。

「雨中，所有軍營都燃起了熊熊篝火，尤其是主將的住處，院裡哨兵身影頻頻晃動，侍大將以上的將領似乎都沒睡。」

「氣氛很嚴肅吧？」

「是的，很嚴肅。」

大概所有大名的軍營裡都在召集重臣，長時間低語進行議決，到底跟隨家康還是跟隨西軍，難以決定吧。

「嗯……」

家康硬是止住了不由得要發出的歎息，閉著眼睛。此夜肯定是家康畢生中最長的一夜。

「僅有一座軍營，明快地飲酒歡鬧著。」

「啊？」

家康睜開眼皮。

「誰家軍營？」

「堀尾信濃守（忠氏）的軍營。」

「是那個年輕人啊。」

家康笑了起來。畢竟年輕，一點也不曉得對自己和天下而言，明天是何等重要的日子，竟然以雨夜為幸。大概叫來一些當地姑娘，正在嬉鬧耍歡吧。

「年輕人都這樣，毫無辦法。」

家康不由得發出了苦笑。

……

秀吉健在時，堀尾家受到了特殊信賴。根據秀吉遺言，堀尾家擔任豐臣家的中老一職，是蒙恩大名。堀尾家的居城是遠州濱松城，年祿十二萬石，家紋是「抱茗荷」。

「堀尾吉晴在遠州濱松城，只要能鎮住關東德川家，豐臣家就沒有任何威脅了。」

秀吉在世時，部分人這樣認為。那位堀尾吉晴就是信濃守堀尾忠氏的老父，忠氏是代父上陣。

吉晴老人以誠實正派聞名於世。一旦上戰場，他的老謀深算也深受眾人欽佩。

關於吉晴的履歷，值得一談的故事頗多。

吉晴青年時代稱茂助，幼名仁王丸。少年吉晴的事蹟成為了傳說的佳話，他好像在尾張上郡供御所當過獵師。其父是浪人，名曰堀尾吉久。

某時，尾張的國主織田信長來到仁王丸居住的鄉間，進行大規模圍獵活動，調動大量民伕，讓他們哄出野獸，而信長擔任指揮，親自命令火槍隊和弓箭隊射殺。這時，一頭大野豬出現在信長眼前。牠受傷了，瘋狂衝來。這個突發情況令眾人一時反應不及。

恰在此時，從村裡徵來的民伕中跑出一名少年，飛身一躍騎到野豬背上，將柴刀刺進野豬的側腹，與癲狂亂撞的野豬纏成一團，殊死格鬥。終於將牠殺死了。少年也精疲力竭，昏了過去。

信長對少年頗感興趣，立即召見。當時不過織田家一員將領的秀吉，極力央求，得到了這名少年，讓他當上自己的家臣。仁王丸改稱茂助。秀吉初任近江長濱城主時，賜茂助年祿一百一十石，茂助成了秀吉的騎馬親衛隊員。

其後，茂助多次隨秀吉的發跡而晉升，相繼擔任過若狹高濱城、若狹坂木城、近江佐和山城的城主。秀吉將關東封給家康時，他特別看中堀尾吉晴，讓他擔任家康的舊地盤遠州濱松城的城主。

「茂助可以勝任。」

秀吉對吉晴抱有強烈期待。

秀吉預想，自己死後，關東家康如果興兵，該如何處理？秀吉從自早由他一手提拔起來的大名中，特意選出了誠實正派者，安排到東海道沿線任職。

家康倘若越過箱根，首先，駿府城有中村一氏，會努力奮戰抵禦家康。遠州掛川城有山內一豐，橫須賀城有馬豐氏，濱松城有堀尾吉晴，吉田（豐橋）城有池田輝政，岡崎城有田中吉政，尾張清洲城有福島正則。如此這般，像念珠珠串一般，排列著忠誠規矩者把守的城池。然而，秀吉怎麼也沒料到，結果這些人悉數背叛，倒向了家康。

秀吉特別器重堀尾吉晴。他基本上是個沉默寡言的人，一生中立下眾口傳揚的大功有二十二次，但他從不曾向兒子們講過自己當年戰功。

上述那個制伏野豬的故事亦然。家臣問起，吉晴只是回答：

「也許有過，但畢竟是很早以前的事，記不大清楚了。」

對吉晴的這種人品，秀吉給予了很高評價。

秀吉死後，家康也特別關注德高望重的吉晴，頻繁接觸，深加溝通，想獲得吉晴的真心。吉晴畢竟是豐臣家的中老，也是東海道沿線的長者，家康認為若將他拉到己方，東海道沿線的其他諸將自然會加以仿效，都來到自己麾下。

因此，家康竟犯下了違法的事。按照秀吉的遺令，

「諸將俸祿，在秀賴成人能獨立判斷之前，保持現狀。在此之前，不可對之加減。」儘管如此，家康卻以豐臣家大老的資格發表道：

「堀尾帶刀先生（吉晴）為豐臣家屢立戰功。按照他的殊勳，俸祿顯得太低，所以，作為引退金，特此增加越前府中六萬石。」

當時，三成等奉行表示強烈譴責。家康將其壓制，拒絕道：

「故太閤殿下患病臥床期間，我在枕邊直接得到了秘密意見。此事與足下各位無關。」

（家康向豐臣家諸將兜售私恩，為日後自己的陰謀做準備。）

三成這樣判斷。說是私恩，家康新加封吉晴的越前府中六萬石，是由豐臣家的直轄領地分割出來的，家康的廚房不會因此而貧窮。

對大名來說，最大的欲望是封土。晴吉老人大喜。

（惟此人，值得侍奉。）

老人開始依賴家康。雖然如此，他也不像黑田長政和細川忠興那樣積極從事反豐臣活動。

家康為了討伐上杉，離大坂下江戶期間，吉晴恰好在新封的領地越前府中。他夜以繼日兼程返回主城遠州濱松城，和兒子信濃守堀尾忠氏一起歡迎家康，設午宴款待。

此時，家康信步城中庭院，對晴吉直言不諱說道：

「現在退隱佐和山的石田治部少輔，趁我外出之機，要在大坂舉謀反之兵。」

吉晴認為存在這種可能性，但家康如此明確表達，吉晴不能不為之愕然。

「治部少輔列舉我的不是，向天下控訴。他擁兵討伐我，進而企圖篡奪豐臣家。好一個奸惡之徒。」

「如此說來，治部少輔那廝列舉了內府何種不是？」

「哎呀，例如我為大人加封越前府中六萬石等事例。」

經這麼一說，篤實的老人覺得實在對不住家康。

「為了我這等人，給內府帶來困擾……」

「噯，沒事的。」

家康又故作鄭重地說道：

「比我的事更令人憂慮的是豐臣家的未來。若被治部少輔那廝的野心吞噬了，那麼，接受了故太閤殿下遺託的大人與我，死後於冥府何顏見殿下？」

「正是。」

吉晴深深點頭。但是，老將吉晴隱約悟出了家康的野心。

（或許是眼前這位想摧毀豐臣家，奪取天下吧？）

吉晴這樣猜測。他思忖：若果真是這樣，接受了如此厚意的我，為了家康，理當努力盡我堀尾家的全力。

（深蒙故太閤遺恩的我，這樣做合適嗎？）

這時，吉晴毫無這樣的想法。秀吉已成逝者，武士為賜己俸祿的活人服務、為逝者負有義理的觀念，自鎌倉時代以來並不存在。進入德川時代，才確立那種儒教式的武士道，其道德與目前堀尾帶刀先生吉晴的心思毫無關係。

「懇切拜託帶刀先生。請嚴密監視治部少輔的動向，這是為了豐臣家呀。」

「哎呀呀。」

吉晴慌忙回應。他心想，家康故意用了「為了豐臣家」這句話，是因為他對我吉晴的真心還沒摸透，才這樣謹慎表達。

「老夫家和內府的命運休戚與共。怎奈老邁年高，犬子信濃守忠氏今後還請多多關照。」

吉晴說道。

吉晴將兒子信濃守忠氏叫到院子裡，讓他在林泉點綴的庭院小亭中再次拜見家康。

堀尾家的吉晴不上戰場，忠氏代父指揮全軍，跟隨家康前往討伐上杉。

「老夫老邁年高了。」

吉晴多次表白。他自稱年老，其實比家康還小一歲，時年五十八。他腿腳硬強，在其後返回越前府中的路上，在水野和泉守宅邸出席酒宴，由口角導致動刀，他立即砍倒對方，自己也受了十七處刀傷，卻滿不在乎，發揮了大豪傑的武威。

吉晴不跟隨家康上戰場，

（如果治部少輔勝利了，該當如何？）

大概是因為心存這種疑念。如果三成告捷，只要自己沒親自參戰，多方奔走還可補救。就連沉默有德的吉晴，面對利害打算，也和同時代其他大名一樣，具備敏銳的決斷能力。

「犬子很不懂事。」

吉晴將信濃守忠氏託付給家康。忠氏時年二十三虛歲。

（長得像母親。）

家康這樣思忖。忠氏根本沒繼承父親吉晴的英勇氣派。身材苗條細高，是個皮膚白皙的秀氣青年。

「當學令尊的武人氣概呀。」

家康略帶客套地說道。

那個青年，就是今夜在奧州街道旁軍營裡飲酒作樂的青年。日落之後，他叫來了附近地方的姑娘們。

「會跳舞不？跳個舞吧！」

如此這般，嬉鬧起來，彷彿忘記了時間的流逝。

「妳要是不跳，我就先跳一圈兒了。」

言訖，忠氏站了起來，打開銀扇，手腳動作乾淨俐落，跳了起來。

跳得雖然不算漂亮，卻也不令人生厭，挺爽快的。不習慣這種場合的村姑們，剛開始斟酒時手都顫抖，十分拘謹。但一看年輕信濃守忠氏跳著暢爽的舞蹈，她們當中有人竟不由得歡聲叫好。

晚宴進行到一半，老臣進來，湊到忠氏近前：

「明天在小山有軍事會議。少爺今夜不預先密議貴府何去何從，還想繼續如此飲酒作樂嗎？」

老臣說道。對此，忠氏只是略略傾首，「嗯」了一聲而已。

「少爺，務請三思。其他軍營都靜得陰森森的，低聲私語，商議面對黑白雙方，自家何去何從的大事。那種氣氛甚至都表現在篝火的顏色上了。」

「預先密議就不必了。」

「啊？」

「我已做出決定了。」

忠氏看著老臣的臉。

「跟隨家康！」

對於家康，他既不稱「內府」，也不稱「江戶大人」，直呼其名，甩掉敬稱。

「既然決定了跟隨何方，再做議決純屬浪費時間。如果嘮嘮叨叨進行密議，被家康的密探知道，今後會長久遭到猜疑。莫不如像這樣已經決定了向背，明快地歡娛為好。」

即便從忠氏的小姓眼裡看來，老臣的想法也顯得愚鈍了。

「儘管放心，安穩睡覺吧。我堀尾家一是跟隨江戶大人，二也是跟隨江戶大人，此外再沒有任何費腦筋的事了。」

「誠惶誠恐。」

言訖，老臣退了下去。

夜半，忠氏的晚宴落幕了。忠氏贈給姑娘錢物，派哨兵將她們分別送回父母身旁。

忠氏剛要進寢室，來了四、五個人，其中夾雜著適才的那名老臣。

「少爺現在能否再向我們透露一下心裡話？」

他們請求道。這些人都受到老主公吉晴的委託：「信濃守沒嘗過戰場滋味。青嫩之處頗多，好好扶助他。」

「心裡話？」

忠氏問道。

「那麼我說一說。如諸位所知，可以說，進行議決多是無定見者的聚會。」

「正是。」

經忠氏一解釋，老臣們頷首，覺得或許真是這麼回事。

「大家都窺視鄰座的臉色，膽小鬼們不發一語。議決會開始時，會場寂靜得不啻置身於無人的森林。」

「哎？」

大家以半驚呆的眼神看著這個二十三歲青年的嘴唇。聽青年的口氣，彷彿他早已經歷了明天的議決會似的。

「我首先發言，表明站在德川大人一方。於是，無勇無智之輩，會爭先恐後隨聲附和。僅此，日本六十餘州的勢力分佈就會發生巨變，直接成為江戶大人的天下。」

「唉呀呀！」

「我立下的大功是，幾乎相當於我將天下獻給了江戶大人。這才叫智多星。」

忠氏一一道出，略帶足智多謀的自豪。與沉默寡言的父親吉晴正相反，忠氏口若懸河，雖然如此，卻不輕薄。

「父親大人蒙受過故太閤的恩澤，但作為兒子的我，與太閤沒有任何關係。我可以毫不躊躇地選擇江戶大人。」

或許此為基礎，忠氏才表明了那樣明確的態度。

「但是，若有重量級人物先於少爺表明跟隨德川大人，又該當如何？」

「那也無妨。智謀僅有一計，常常難以成功。一計失敗，再出一計。我若出第二計，能驚倒滿堂人，尤其江戶大人與許會高興得跳起來。」

「計將安出？」

「深藏不露。對爾等心腹忠臣，現今也不能公開。」

「有道理。」

老臣們都有點失望。此前，他們對堀尾家這位少壯嫡子的才氣不甚瞭解。如今他們眼前一亮，得知忠氏的智謀超過其父吉晴。只是有個缺點，忠氏話太多，略有炫耀智慧和玩弄才氣的癖習。但這點可謂當時武將的通病，並非致命的缺陷。

「首先，諸位可以對我的智謀放心。快樂地等待著明天軍事會議結束吧。」

言訖，信濃守忠氏進居室去了。

光與風

翌晨，天還沒亮，年輕的信濃守忠氏醒來後，

「今天下雨，還是晴天？」

立刻問隔壁的值班人。

「昨夜的雨已經停了，難得看見了星斗。少刻，染紅天空的旭日就要升起來了。」

「染紅天空……」

年輕的忠氏好像喜歡這詩一樣的表達。慶長五年七月二十五日的這場小山會議，會改變歷史。忠氏亢奮得比誰都更滿懷詩意般的感慨。

他飛快梳洗，正要動筷吃飯時，屋裡亮了起來。

此時，傳令兵來了。

「鄰近軍營的山內對馬守一豐大人，覺得前往小山途中寂寥，懇求與少爺並馬同行。現今正在門前恭候。」

「喲，是山內大人呀。」

堀尾忠氏停下筷子。

（大名當旅伴，新鮮事。）

忠氏這樣思忖。

鄰近的軍營是山內一豐的營地。山內一豐的年齡與忠氏相差得好像父子，時年五十五歲。

「對馬守是忠義規矩人。」

一豐大概覺得同為鄰居，就當相邀同行。一豐與忠氏的父親吉晴，自服侍織田家以來，一直是同僚，都是從一介尋常武士發達到今天地步。一豐的戰功並不顯赫，但因人品溫和與十分看重義理而聞名。

「馬上就到。先茶水招待，不可怠慢。」

忠氏說完，加快用餐。

山內一豐是遠州掛川的城主，與堀尾家的濱松城領地毗連，是鄰居。

都是「海道大名」。

故秀吉戰略上為了抵抗家康，在東海道沿途依次安排了忠義規矩的大名。其中，忠義規矩堪稱第一的就是一豐與忠氏的老父吉晴。

（哎喲，人家前來邀我，這是謙恭啊。）

忠氏快速動筷吃飯，並反覆這樣尋思著。

少頃，忠氏準備停當，手執馬鞭一出門，發現山內一豐坐在路旁折凳上，悠閒等著。

他身著簡單便裝，坐在樹下納涼。

（姿態真優雅。）

忠氏這樣暗思。一豐是身經百戰的老將，打扮卻像一介當地德高長者散步似的格調，休憩樹蔭裡。這是可成為名畫題目的風景。

「哎喲！」

山內一豐認出了忠氏，站了起來，走到自己戰馬旁邊。

他以令人驚訝的輕捷飛身上馬。

「信濃守大人。」

「哎，願一路陪同。」

忠氏將馬靠近了山內一豐。

「好天氣，真難得呀。」

一豐回頭說道。他的臉盤上窄下寬，一雙圓眼，表情總體上顯得天真無邪。

跟隨二者的武士分別都只有幾個人，皆身穿便裝。山內家和堀尾家的武士們穿插混雜在一起，騎馬伴行在主公的鞍前馬後，隨意聚合前行。看其景狀，好似遊山逛景。

「關東的景色真遼闊呀！」

一豐感歎道。

「在這樣的原野上騎馬前行，輕鬆得簡直懷疑我的馬是否在走動。」

這是不觸犯他人的話題。

「此言有理。」

忠氏微笑頷首。忠氏喜歡聽老人講話。更何況這位老人生於尾張，與父親是同鄉，年輕時又同任織田信長的家臣，戰場上是往來馳騁的戰友。

「請講一講家父青年時代的故事吧。」

忠氏請求道。

「哎呀，令尊可是一位勇猛的人，但又是個不可思議的人。戰場上他奮力拚殺如鬼神，一到日落返回營房，卻文靜得像個婦人，從不高聲談笑，也不炫耀自己的殊勳。」

一豐講了幾則吉晴的軼聞，全都是兒子忠氏初次聽到的事。這個青年感到趣味盎然。

「織田右大臣是怎樣一個人？」

忠氏改變了話題。

「問信長公啊？」

一豐眼望升騰著水汽的前方草叢，眯眼憶往。暫且緘默無言，騎馬前行。

「他的脾氣十分暴躁，嗜好也很偏激，是個很難伺候的人。不過，現在想來，是個稀世英雄。他一生從不在本國作戰，哪怕只踏出國境一兩步，也要到外國打仗。他打仗時而像疾風吹烈火，猛烈攻擊敵人，時而悠悠閒閒打持久戰，千變萬化，從沒使用過同一種戰法。」

一豐隨著浮想，故事一個接一個講到了信長、秀吉等，最後返回忠氏的老父吉晴。

「沒有誰能像茂助（吉晴、帶刀先生）和我那樣交情深厚。」

一豐說道。

「我倆相繼從信長公的心腹旗本成為秀吉公的與力。秀吉公在長濱的時候，我兩家是宅邸毗連的鄰居。」

所謂「秀吉公在長濱的時候」，即秀吉初任織田家大名之後，在近江琵琶湖畔修築長濱城，年祿二十萬石的時代。由於一躍成為二十萬石的大名，需要大量家臣，信長的許多親信配給了秀吉。一豐講的就是那時的事。

當時，一豐的年祿是二、三百石，堀尾茂助的年祿也差不多。

山內一豐曾借助妻子的才學得到一匹名馬。這個有名的故事就發生在此時。

「人的運氣真是不可思議呀。當時，信長公的直屬武士被分配給各地的與力，有人跟隨柴田勝家大人前往北國，有人跟隨瀧川一益大人前往關東。我與令尊被安排到長濱的秀吉公帳下。分派往柴田大人和瀧川大人帳下的那些人，如今不知是否還活在世上；而像我們，已高升到大名身分的人。」

「有道理。」

忠氏傾聽著，對不可思議的人世心生小小的感動。

「但是，」

倏然，一豐又把話題轉向了時下的態勢方面。

「哎呀……」

信濃守忠氏一邊喀噔按轡前行，一邊琢磨如何回答是好。

（儘管是個和父親關係密切的人，我也不可馬虎大意，信口開河。）

忠氏這樣自誡。一豐老人有點像在探聽堀尾家的方針。

「石田治部少輔，」一豐在微風中說道：「不是那種人。區區十九萬五千石的身分，卻招集大大名，與江戶內府為敵，挑起雙方決定天下成敗的會戰，這種事古今未有。」

（這是讚揚三成。）

忠氏愈發不能掉以輕心了。

「做古今未有的大事，說到底，肯定是英雄好漢。」

一豐為了誘出忠氏的意見，從各種角度褒揚三成。

「太閤晚年的政務，悉數由治部少輔代理。政務不可能令所有人都滿意。對一方有利，對另一方就有弊。有弊的一方因為不能憎恨太閤，便將憎恨全部投向了治部少輔。若把人的憎恨比做箭，三成的全身就好像刺蝟。太閤位於背後，沒受一箭之傷，渡過了幸福的晚年。治部少輔的口碑不佳，全怪這個原因，不怪他的人格。」

一豐輕抖韁繩，沐浴微風，按轡徐行。

「是這樣嗎？」

忠氏小心謹慎，語尾留下了疑問。

「當然是這樣。」

老人斬釘截鐵回答。

「如果三成有野心私欲，太閤健在時，他會藉權力之便，向四面八方出賣私恩吧。三成不是那種人，才得到了太閤信賴。」

「嘿嘿。」

「三成得罪了人。可以說，正因為得罪了人，他才不是個壞人。」

「對馬守大人。」

忠氏沉默不下去了，說道：

「大人這般偏袒三成嗎？因此，今天的軍事會議上申明站在大坂一邊嗎？」

「非也，非也。」

一豐顯得慌張起來。

「少爺聽錯了吧。剛才老夫接著信長公、秀吉公的人物評價，不過僅談及治部少輔的人格，僅此而已。」

「那麼，大人是跟隨德川大人，還是站到大坂奉行們一邊？二者必擇其一。」

忠氏開門見山問道。一豐毫不猶豫，篤實的臉上浮現出濃濃微笑，回答道：

「這一點，與堀尾家同心同德。」

在不易表明黑白之際，聞聽此言，忠氏驚歎不已。

（不愧是從織田家尋常武士成長起來的人，歷經了三朝風雲，最終當上了遠州掛川六萬石的大名。並非只是個忠義規矩人。）

忠氏這樣思忖。

途中，二人扳倒草叢坐下，一起吃了便當。

然後又騎馬前行。前頭雜樹林彼方天空晴朗，開始飄浮著美麗的白雲。

「天總算晴了。但是西天黑暗，我覺得這晴天不會持續到明日。」

一豐低語，瞧著忠氏，

「老夫是個天資愚鈍的人。」

微笑著說道：

「從前，太閤大人自稱羽柴筑前守，進攻中國地方時，老夫與令尊在羽黑戰役中一同堅守要塞。從那時起，老夫就愚鈍。」

一豐咳嗽了一聲。

「老夫總是接受令尊開導。戰場上判斷敵情，老夫的頭腦一沒法兒轉彎，就去請教令尊。」

「大人過謙了。」

「不，不，不是過謙。老夫自知天資迂拙，每次遇事該如何定奪，都徵求同僚或家臣的意見。」

（還請教夫人。）

忠氏心中覺得他怪怪的。一豐夫人才氣煥發的賢婦形象，自織田家時代至今，馳譽武士之間。一豐好像太迷戀夫人，雖無子女，卻不娶側室，也從不染指侍女。

（怪誕的老人。）

忠氏開始對老人抱有好意。

想來，從某種觀點看，世間沒有比謙遜地認為「自己天資愚鈍」而借用他人智慧者的形象更可愛了。

（教他？）

忠氏終於受到了誘惑的驅動。他也有意在這位老人前炫耀自己的智慧。

終於這樣開導：

「剛才，對馬守大人說要與我家同心同德。離開領國時，家父對敝人說，太閤作古後，要依賴德川大人振興家業。這樣一來，對馬守大人還與我家同心同德吧？」

「絕對同心同德。」

一豐笑嘻嘻回言。

「十年河東，十年河西。織田右大臣在本能寺死於非命後，秀吉公繼承了天下。這一次理當輪到德川大人繼承了。這是世道的趨勢與天理，老夫雖然力不從心，卻準備支持德川大人開拓世運。」

「想法不錯。」

年輕的忠氏點頭，心境好似老人的師長。

然後，雜談片刻，一豐的問話觸及核心問題。

——今天的小山軍事會議，該採取何種態度為好？

「啊，問這件事呀。」

「向父子兩代求教，是因為年齡雖高，經驗卻少，十分羞愧。人說信濃守是超越令尊的智多星，還望指教一言。」

一豐說道。

忠氏的心情漸漸好轉了。他想明示自己的智慧，令老人驚詫，於是，和盤托出了「第一個表態站到家康一邊」的腹案。

「敝人準備這樣做。大人如何行動為宜，敝人一時還說不好。」

「確實，說得對。」

一豐衷心佩服。

「哎呀，十分敬服。縱然有諸葛孔明的智謀，對此也想不出良策的。」

「美言實不敢當。」

老人誇人嘴巧。忠氏被誇得逐漸強烈昂奮起來。

「還有妙計。」

忠氏在這裡終於說出了可謂秘中之秘的計策。

「別人姑且不論，」

忠氏說道。

「敝人既然跟隨德川大人，這就是一場開拓家運的大賭博。所以，敝人準備將城池與領地都獻給德川大人。」

「……」

一豐緘口不語。堀尾信濃守忠氏此言的意思，一豐一時還理解不了。

（將城池與領地都獻給德川大人。）

從未聽過這等事情。然而，沒有比這更強烈的「加盟宣言」了。

堀尾家的濱松城與十二萬石的身分都拜領自豐臣家。忠氏要將其全部獻給德川家。此舉不僅意味著與豐臣家絕緣，還鮮明表示了與德川家休戚與共的決心。

歸根結柢，是將城池騰出來，不駐紮留守部隊，堀尾家的家臣全部攜帶軍糧跟家康上戰場。如果決定天下成敗的會戰失利，堀尾家則儼如失去了棲息的鳥群，沒著沒落地在空中飄蕩。

「真那樣做？」

「是的。讓德川大人的旗本看守城池。」

「啊？」

一豐受到刺激，一時說不出話。自己若採取與堀尾家相同的追隨方式，也必須明示如此破釜沉舟的態度。

（這麼做，德川大人肯定欣喜若狂。）

堀尾家若獻上遠州濱松城，東海道沿線大名就不可能保持緘默了，必然爭先恐後獻城。於是開戰之前，將東海道沿途諸城將悉數入家康手中了。

勝利必然到來。若打算向家康邀功，這是最好的手段。

命運

古城裡山毛櫸和櫧樹很多。一條紅土坡路，由城下街市通往城裡。

「那麼，餘言後述。」

堀尾信濃守忠氏到達小山古城舊址後，與老人山內對馬守一豐誠懇頷首道別了。

忠氏走上了紅土坡路。

大名們走在他的身前背後，全是輕裝，隨從不過是持槍兵和揹行篋的幾個人。

諸大名皆面帶愁容。

（都難以決斷自己的前途。）

比照先代和老將們極其無智與膽小的樣態，年輕的忠氏多少有些滿足。

「哎，信州（忠氏）！」

倏然，前頭坡路上有人出聲喊他。

是福島正則。

這個長著虎髯的男人坐在坡路中途，擦汗納涼。

「帶水沒？我的家臣都是些糊塗蟲，這樣的大熱天卻忘了帶水葫蘆。」

「要水呀？」

忠氏回眸一瞥家臣，命令獻給正則一個水葫蘆。

正則捧起大水葫蘆，也不倒進碗裡，直接喝了起來。水從他的鬍鬚間滴了下來。

（何時都是個粗魯漢。）

忠氏觀察著這個一直受故太閤青睞的猛將。

「令尊還好吧？」

喝完水後，正則問道。

「是的，託福還好。現在大概已離別了濱松，正奔向越前哩。」

「是去越前府中吧？那可是靠內府格外美言才得到的土地喲。」

「正是。」

「堀尾家可不能忘了內府的大恩。」

「但是，」

忠氏想戲弄一下正則，說道：

「豐臣家的厚恩也不可忘記呀。家父當走卒時就開始受提拔，能列為濱松十二萬石的大名，全是托故太閤的洪福。」

「那當然。我也一樣。」

「還有，」

忠氏又說出了無需說的話來。

「這次越前府中六萬石的增祿，雖說靠內府美言，但那是從豐臣家直轄領地中拜領的。」

（好個黃毛小子！）

福島正則露出這種神情。此乃不言而喻的事。

「如此說來，堀尾家要與大坂的奉行們為伍了？」

「我何曾那樣說過？」

「雖然沒說，語氣卻帶出來了。」

「別光說我，大人與何方為伍？」

「當然是內府。」

正則如實回答。此人說不定蹲在這裡每次向通過的大名要水喝時，都會探聽對方的心裡話。

（他想附和多數人。）

忠氏這樣推測。從正則的表現來看，忠氏越發覺得是這樣。正則是自幼經秀吉一手恩養的大名，卻想跟隨家康。或恐對自己的如此心情稍感害怕吧。

——同類人越多越好。

出於自責的念頭，他一定這麼思謀著，向路過的熟人打招呼，確認對方的本意。

「多謝吐露真言！」

言訖，忠氏俯首。

「我也認為內府是獨一無二的偉人。我想支持內府，開拓家運。」

「總算等著了！」

正則小聲說道：

「但我可不一樣。我這次站到德川家一邊，是出於對石田的憎惡。宰了他我才能如願。」

「大人是說自己對豐臣家的忠誠依然如故吧？」

「正是。」

（這才是說了廢話。）

忠氏這樣暗思。無論是否憎恨石田，現在都要攻打豐臣家了。德川一方若獲勝，豐臣家就隨之滅亡，天下歸於德川。對這種一目瞭然的結果掩目不看，卻空言「不忘豐臣家大恩，但要討伐三成」，在道理上說不通。

（這位虎鬚大人，只要堅持這種想法，等到德川大人取得天下後，必遭德川大人厭惡排斥，最後必會落得家門摧毀的下場。）

年輕的忠氏明確認識到這是一場賭博，賭博不需要忠義和爭辯。

——我想靠德川大人來開拓家運。

正則莫如這樣明確說道，才會使福島家平安無事。只要正則是這種曖昧根性，在不久將爆發的大戰中，無論正則如何奮戰，家康肯定都不會心懷謝意。

「那麼，告辭了。」

忠氏繼續沿坡路向上走去。

登上了坡頂。

這裡是源平會戰以來在下野國立威的豪族小山氏

的古城本丸。

小城的舊址建有村長宅邸，時下是家康的行營。會議就在這裡舉行。宅邸有點狹窄，與此相聯的後面，為今天的軍事會議建起了大廣間，面積相當於卸去了隔扇的三個房間。不言而喻，這是利用家康攜來的野戰器材，一夜間修建起來的。

忠氏走了進來。

眾人已彙集此處，擠滿了秀吉提拔的大名，如池田輝政、細川忠興、淺野幸長、生駒親正、有馬則賴、黑田長政、蜂須賀家次、京極高知、藤堂高虎、加藤嘉明……他們拘謹得相互不雜談，一心等待會議開始。

忠氏入席了。

德川家的司茶僧擠進了座位之間，端來了煎茶。有要茶水者便給端來，並非一律提供。茶碗也是從附近百姓家借來的粗品。

（這是德川大人特色的吝嗇風格。）

忠氏這樣思量。若是秀吉，這種場合必會配上點心，豪華地招待大家。軍事會議結束後，肯定是酒宴款待。

（但是，正因為樸素吝嗇，德川大人才足以肩負眾望。）

堀尾信濃守忠氏如此認定。秀吉在世期間，興建大量豪奢建築，費用由列位大名負擔，還對朝鮮發動了無用戰爭，浪費國力。

（已經不堪忍受了。）

大名們正如此思忖之際，秀吉死了。接下來的家康若是同一類型的浪費家，大名或許不會擁戴他的。

（德川大人是個連自身日常生活都簡樸的人。將來若是他的天下，恐怕不會有前一時代那種開銷巨大的事吧。）

人們渴望享受安寧的和平，這種期待集中寄託到性喜質樸的家康身上。

少時，家康出現在上位。
家康座位的近旁是他的政治參謀本多正信和軍事參謀本多平八郎忠勝。
「諸位來得好！」
正信對眾人說道。不讓家康開口直接對大家講話，是因為從這個瞬間開始表演，要將家康推至「主上」的位置。
正信開始高聲講話：
「我想，諸位都已有耳聞，大坂的奉行們將秀賴公佔為私有，言稱奉秀賴公命令舉兵，已經開始討伐內大臣大人了。」
正信老人對目前形勢做了大致說明。
聽講之間，忠氏對某事感到驚詫。會場上初次聽到「大坂事變」而愕然張口的大名，竟有十幾個人。
（確實，任何場合都存在不諳世故的愚鈍人。）
不消說，對世道過於敏感的忠氏，此刻像在觀看珍奇動物似地望著這些人。

正信老人講話一結束，接著就出現了兩個禿頭老人。
（哎喲！）
忠氏一愣。
（這不是山岡道阿彌與岡江雪嗎？兩位老人有何貴事？）
這兩個人是故太閤的御伽眾。
御伽眾是豐臣家的官職，一言以蔽之，就是陪秀吉閒聊的人。為了協助政治家秀吉提高教養，御伽眾可謂是讓秀吉「聽學問」的人。
御伽眾的俸祿，多者如前代年長貴族那樣，與大名年祿相同；寡者如刀匠出身的曾呂利新左衛門那樣的薄祿。其專業人士的構成如下：有的僅會講說故事，也有學者，或茶道名人，有武藝人，還有通曉朝廷公卿社會諸事者。
這些人當中，山岡道阿彌屬於哪種專業呢？他原是近江甲賀出身的鄉士，名曰備前守景友，是一員武將。他最初出仕足利將軍家，繼而侍奉織田信長家，退隱之後又服侍豐臣家。

秀吉喜歡山岡道阿彌為人柔和，知識淵博，擅長茶道。修築伏見城時贈他巨郭，將其一角命名為「山岡曲輪」。

山岡道阿彌的後人成為德川家的旗本，一直延續到幕府末期的鐵舟山岡鐵太郎。

岡江雪這位老年御伽眾，原本也是一員武將，是被秀吉消滅了的小田原北条氏的舊臣。侍奉秀吉以來，岡江雪和道阿彌一樣以茶道為專業。

在忠氏看來，二人的共同點為受到秀吉青睞，擔任豐臣家所謂「茶道奉行」，與列位大名的交際很廣。

（因此，才請來二人？）

忠氏這樣猜測。家康特意帶來這二個人，是為了讓他倆在這場小山軍事會議上扮演某種角色吧。

兩個老人在說著什麼。

（聽不見。）

忠氏聚精會神一聽，獲家康授命的兩人竟說出令人驚愕之事。

「內府說了，或許有人想站到大坂一邊。這樣的人現在就請撤出軍營，返回領國，儘快做好戰備。這裡絕不故意找麻煩。」

山岡道阿彌這樣說道。特意不讓德川家的人講出此話，卻讓已故秀吉的老寵臣來講，家康在這場軍事會議中設下的機關可說相當巧妙。

「該當如何？現在就請乾脆撤出軍營吧。」

岡江雪也說話了。

「非也。」

忠氏剛想這樣表態，有人比他早了一步，在會場正中央起身。

那就是福島左衛門大夫正則。

「且慢！且慢！」

正則膝行來到正面。

「別人姑且不論，敝人現在沒有與大坂的治部少輔為伍的理由。確實，敝人家眷留在大坂，但他們要殺就殺吧。敝人一心跟隨內府，請委任敝人為先鋒。敝人當拚死衝殺，生啖嚼碎治部少輔那廝的肉！」

正則怒吼似地說道。

（糟糕！被人家搶先表了態。）

忠氏心想。這種場合，忠氏不像正則那樣粗線條，敢於莽然主動地出頭。

（我不如他。）

忠氏這樣承認。

他也覺得，豐臣家滿門大名中，最適合頭一個開口表態的就數正則。

（或許和山岡道阿彌、岡江雪一樣，正則也是預先安排好了的角色。）

這麼一想，忠氏頓覺安慰，自己並不輸人。

確實，正則的發言效果巨大，爭先恐後高聲表態者接連不斷，終於，全員都跟著表示贊同。

（挺可憐呀。）

忠氏望了一下列席大名的臉。這麼多大名當中，可能也有人過於思戀家眷，想脫離軍營回大坂吧。另外，關於勝敗的預測，肯定有人心懷觀望，不認為家康能獲勝。

這些人彷彿遭到大浪席捲，嘩啦啦全被沖到了家康一側。

「那麼，」

上席有人講話了。忠氏挺直腰一看，是家康的家臣本多平八郎忠勝。演員又換了。

「進入軍事會議日程。」

德川家數第一的軍事幹才本多忠勝宣佈道。

「首先，請教一事。現在東邊已經逼近上杉，西邊石田舉旗，我們應當先討伐哪一側？請教列位。」

這是老套的運作方式。當然，有人大聲表態先討伐西邊，眾人隨聲附和。

軍事會議之間，家康中途退席了。

少刻，家康返回會場時，會議已進行到決定由福島正則與池田輝政擔任先鋒的事了。

「嘿嘿，今後有好戲看了。」

家康向正則與輝政相繼送去微笑，表示同意。

「故此，各位從小山即刻發兵西上！」

「內府如何行動？」

「我在江戶。」

「這太好了。」

正則說道。

「不，我遲早也要西上。列位先到尾張清洲，駐紮該地。我遲早從江戶出發，與諸位會師清洲。」

接下來，又決定了一些支微末節小事。此時，

「哎呀！」

會場上有人出聲。是忠氏父親的老友山內一豐。

「敝人有事要說。眾所周知，敝人的城池在東海道旁的掛川。」

山內一豐說出的內容，不正是今天早晨忠氏得意過度洩露的秘計嗎?!忠氏啞然失色。

所謂秘計，就是「向內府獻上城池和領地」的創意。

家康對這提案感到詫愕。古往今來，無人提出這種條件，再與他人結成夥伴的吧。

「對州大人，感激不盡！」

家康半挺直腰，高聲致謝。這是家康值得狂喜的事。因為別人難以對一豐的提案保持沉默，和一豐同樣位於東海道沿途的城主悉數獻出了城池。

忠氏就是其中一人。

然而，行動已晚。

關原大戰時，山內一豐在戰場上沒立下什麼戰功。但因此時的這句話，戰後他由掛川六萬石的身分一躍晉升為土佐一國二十四萬石的城主。

論功行賞之際，就連本多正信都對家康的慷慨大方感到驚奇，說道：

「對州沒立功，卻是這般。」

家康回答：

「戰場上的衝殺誰都能做到。但小山會議上山內對馬守那句話，似乎決定了關原大戰的勝利。」

順筆寫來，關原大戰之後，堀尾家沒有得到太大加封，僅受賜出雲、隱岐二州二十四萬石。關原大戰後第五年，忠氏病歿，終年二十七歲；其子堀尾忠晴於寬永十年（一六三三）病歿，終年三十五歲。因無子嗣，其家的地位被幕府撤銷了。

伐竹

軍事議決結束時——

「那麼，」

家康晃著身體，從上位對諸將說道：

「軍旅中要注意身體。我在江戶做些準備，遲早會隨各位前去尾張。期待與各位會師尾張。」

家康用三河方言說這番話時，諸將見他臉色紅潤，煥發出年輕人的輝煌朝氣。

家康臉上不斷露出微笑。

（萬事暢達。）

家康這樣思量。這次會議誕生了家康的鴻運。會場氣氛分外熱烈，並取得超過家康與幕僚們預期的成果。豐臣家全體大名沒等勸誘，就及早踴躍地跑到家康這邊。

（如此成功的軍事議決，空前絕後。）

家康這樣感慨。

諸將退去了。

其後，

「太神妙了。」

正信老人望著庭園說道：

「適才還是晴朗的天空，現在又有些怪了。蒼穹也

彷彿為這場議決才放晴似的。」
確實，雲彩飄上來了。
「今夜還要下雨吧。」
「彌八郎，我有點疲累了。」
家康嘟囔著，揮手讓正信退下，他躺了下來。傍晚，他又叫來正信等人，繼續召開軍事會議，直到深夜。
翌日，諸將拔營，折回逆行軍，開始沿奧州街道南下。
大雨如注，不停擊打著行軍隊伍。
道路擁擠狹窄，路面寬度僅能容下兩匹並列的戰馬，加之路面好似泥濘水田，數萬人馬通行，道路已經被草鞋和馬蹄攪和得不成樣了。
家康原地不動。
他依然住在小山廢城的山丘上，作為臨時大本營。
「慢慢地回江戶吧。」
家康對幕僚們說道。

家康還有許多事務必須在小山處理。
首先是制定防備北方上杉軍的對策。
「上杉不可能從背後追擊我們。」
這是家康的預測，且有充分的根據。
兵少將寡的上杉一方，制定了必勝戰略，將會津地方全境要塞化，企圖引誘家康軍深入領地交戰。他們沒有充分的兵力到領地外進行硬碰硬的野戰。
（加之，北方有伊達政宗。）
伊達政宗以現今的仙台為根據地，他是德川的人。他的軍隊已經在國境附近與上杉軍交戰了。
家康向政宗通知了上方事變的消息，命令道：
「事到如今，不可輕率交戰，立即撤兵。上方的大事決斷之前，你要保持沉默，繼續只給上杉以威脅。」
家康對上杉也不能採取放任態度。為了壓制上杉南部，在宇都宮駐紮了軍團一萬八千人，領軍的是家康次子結城秀康。

家康在小山大本營裡不斷向各地發出軍令，忙得不可開交。

其間，利根川氾濫。架在河上的浮橋全被大水沖走了。通往江戶街道的大小橋樑幾乎全部流失。

利根川上浮橋流失令本多正信大驚失色。

「主上，火速架橋吧。」

他以惶恐不安的聲音建議道。若不採取措施，則孤立於小山，回不去江戶了。

「浮橋？」

家康不慌不忙說道：

「沒有浮橋，乘船下利根川回江戶，不也挺好嘛。」

正信覺得此話有理。家康本人可利用水路，但是，這般規模的大軍卻不能靠船運輸呀。

「還是重新架橋為好。」

正信建議，家康搖頭。

「沒用的事。」

按家康性格，決不會為沒用的事花錢。他的想法是，沒有橋就找水淺的地方徒步過河。

「那些浮橋和便橋，原本是為了奔赴會津的兵馬和馱馬隊架設的。如今會津無事，沒必要架橋了。」

於是西去諸將部隊全部徒步過河。人馬還好說，運載物資的馬隊車輛過河時，不管哪支部隊都是一陣混亂。得先卸下車上貨物，由民伕肩扛著，然後卸下車輪運過河去。

「哎呀，人人都變成泥人了。」

有人對家康這樣說道。家康面無笑容，回答道：

「這樣也不錯啊。」

在軍事家的家康看來，儘管盔甲被浸泡得皮革膨脹，士氣也不至於低落。故此，無須架橋。

到八月了。

家康還不想離開小山。他叫來幕僚井伊直政，

「你作為我的代理官，早一步去尾張！」

命令他先出發。直政即刻打點行裝，但當夜感冒

發起高燒，臥床不起。於是由本多平八郎忠勝作為代理官，提前出發了。

八月四日，家康終於走下了小山廢城的山丘。自住進奧州街道的古驛站以來，已經十餘日了。

「天晴了。」

家康走在下山小徑時說道。家康緩緩下山坡的身影，濃得好像滲透了紅土小路的路面。

「亮得刺眼。」

家康瞇著眼睛，多次仰望天空。其表情與其說在欣賞久違了的青空，毋寧說是暗自欣賞自己輝煌的前途。

山麓已備好了轎子。

「不，我要騎馬走。」

對此，近侍們面面相覷。雖說是久違了的大晴天，但路上尚且泥濘，馬有失蹄的危險。

「萬一落馬，那可不得了呀。」

身邊的人不敢這麼說。家康是騎馬高手，而且他體驗沙場驅馳的歲月，放眼日本，沒人比他久。但如今他畢竟肥粗老胖，難以坐穩鞍座，不敢保證不落馬。

「將『島津駁』牽來！」

家康指名要自己鍾愛的戰馬。俄頃，馬牽來了。家康雙手拽著韁繩把馬拉過來，以驚人的輕捷手腳飛身上馬了。

「咯噔！」

馬蹄聲響了起來。咯噔咯噔，家康騎馬前行南奔，全軍隨之移動。

途中，家康說：

「忘記帶了。」

旌麾是大將指揮用具，揮之可令全軍進退。

通常情況下，是在近二尺長的握柄頂端，綁著一把金銀色紙條。

「有何吩咐？」

正信下馬，跑到家康近前。

「旌麾忘了。不知是落在小山，還是當初從江戶出發時就忘了。」

「哎呀，這便如何是好？立即派人回小山找一找吧。」

正信一臉認真地說，因為忘的不是其他，那旌麾可謂大將的象徵。不消說，旌麾包蘊著祈禱與吉祥，任一次作戰獲勝的旌麾，下一次都還要使用。將一切都賭在勝負之上，這是武將的必然本性。

「如何是好？」

正信仰視家康。

這個睿智的老人望著家康異常沉穩的神情，放下心來。

（是在演戲吧。）

這是正信的直覺。確實，家康不知將旌麾忘在何處了。但他大概以此為由，要演一齣戲。

——我是太郎冠者。

正信想扮演狂言劇中的角色「太郎冠者」（編註：狂言劇角色之一，多為被主人欺侮的隨從）。

「那是主上一時疏忽。是否當初從江戶出發時，旌麾就忘記帶來了？」

「別說了，彌八郎。確確實實，我特意將當年於長久手打敗太閤時使用過的旌麾帶來了。」

「這就好。但我彌八郎在這次軍旅活動期間，不曾見過。」

（主上在策劃著什麼。）

正信這樣猜測。主帥參加決定命運的大戰時，往往需要通過表演來振奮全軍士氣。足利尊氏在丹波篠村八幡宮突然表明了討伐鎌倉幕府的決心；織田信長出擊桶狹間的途中，在神社前投了一枚表裡兩面相同的錢幣，占卜勝負。結果出現勝利的一面，鼓勵了全軍士氣。

秀吉亦然。為討伐光秀，他從播州姬路開拔時，割下了自己的髮髻，讓士卒感到這是一場悼念信長的會戰，帶有悲壯感。

（我家主上，該當如何？）
這是正信的興味所在。
「那麼，主上，」
他仰望著家康，說道：
「我彌八郎跑一趟，去小山的主上大本營附近找一找吧。」
「不必了，彌八郎。」
家康搖頭，一手執腰刀，一手操縱轡繩，馳馬靠近路邊竹叢。
「……」
全軍都在注視家康的舉動。家康在馬上抽刀出鞘，只見白光一閃，砍斷了一棵細竹。
馬跑過之後，家康回首看著正信，說道：
「彌八郎，將細竹撿起來。再給我拿來紙條和細帶。」
正信遵命行事。
家康騎在馬上，一邊將一疊紙壓在馬鞍前穹，用小刀割開，拴在細竹梢頭，做出了一把旌麾。家康揮舞了兩三下。
「要擊潰治部少輔那廝，何必用標準的旌麾？靠這柄細竹就夠了！」
家康發出了不像他平日風格的高聲大笑，笑得都能看見喉嚨深處了。
細竹旌麾的事立即傳遍全軍，令己方對前途充滿了期待。
此日，家康騎馬行進了五里（編註：約二十公里），來到利根川畔的古河，直接乘舟到達葛西上岸，翌日的八月五日，返回江戶城。

此間，三成事多大忙。
「必勝！」
三成這樣確信。他有必勝的計謀。
七月二十九日，三成視察激勵了攻打伏見城的軍隊之後，從伏見乘船返回大坂，登城拜謁秀賴，以統帥毛利輝元為核心，召開了軍事會議，討論了他的戰略戰術。

八月二日，伏見城陷落了。

接著，攻打丹波田邊城（細川家）的西軍，戰果也令人欣喜。

（一切都進展順利。）

三成這樣認為。他立即對剛剛攻克了伏見城的西軍諸將下達了新的指令。

全軍分三路，第一路進攻伊勢路沿途諸城；第二路進攻美濃路；第三路從北國出擊，最後三路大軍會師尾張。

尾張。

事出偶然，東軍和西軍都將在這個地點會師。

部署完畢，三成為了完善自己的戰備工作，急速離別大坂，奔向居城佐和山城。

（主上可真忙啊。）

謀臣島左近跟隨三成奔向近江。二人都穿便裝，手執一根馬鞭，隨從士卒不過百人許。捲起沙塵，向北疾馳。

（這一點是致命傷。）

島左近這樣判斷。三成是西軍事實上的統帥，卻不能像家康那樣沉著冷靜地運籌帷幄，不能穩坐中軍發號施令。

三成不過是個十九萬餘石的大名。

三成請毛利輝元擔任統帥，自己在他手下任總指揮，還要擔任和其他大名同級的野戰將領之職務。他可謂是一人兼二職的罕見人物。

（古往今來，有處於這般奇妙立場的統帥嗎？）

左近如此思量。三成身分轉換匆忙，這還好說，但看他那低微的地位，其軍令能讓諸將畏懼聽從嗎？

「左近啊，總算萬事俱備了。」

騎馬奔馳在琵琶湖東岸的路上，三成心滿意足地說。三成不過是豐臣家一介執政官，卻動員了超過東軍的兵力，他覺得僅此一點，即可謂男子漢的痛快大事。

回到佐和山城時，墜於湖西的夕陽將湖水、原野和城池都染成暗紅色了。

密使來了。

來自信州真田昌幸家。三成與昌幸之間，已有過若干次的使者往來。

三成接見了使者，然後讓他歇息，自己卻不休息，鑽進一室，喚來左近，要寫回信。

「左近，回信和盤托出，如何？」

「當然可以。安房守（昌幸）大人是稀世軍事名家。將我方計畫全部告訴他，他們也便於行動。」

為了通知真田昌幸將要啟動的作戰計畫，三成開始寫起長信。

「全軍奔向尾張。」

這是三成進擊的目標。於濃尾平原擺開全軍，在此地消滅西上的東軍，這是三成的構想。

進入濃尾平原共有三條通道。

為此，全軍須分為三個軍團。從伊勢口進入的軍團以宇喜多秀家為首，七萬九千八百人。

從美濃口進入的軍團，以石田三成為首，二萬五千七百人。

從北國口進入的軍團，以大谷吉繼為首，三萬零一百人。

這是野戰軍。不言而喻，為了鼓舞真田昌幸，人數估計得多少偏高。

接著，三成詳述自己對勝敗的觀測。

「家康帶領的豐臣家諸將，家眷都留在大坂。他們與家康的關係再親密，也不可能忘記二十年來的太閤厚恩。這樣一來，家康麾下充其量不過三四萬人，這點力量只能淪為天下的孤兒。老賊家康若倉惶西上，就在其故鄉三河或者尾張的原野擊敗他。其間，會津的上杉與常陸的佐竹，將指揮大軍南下，闖入江戶。」

這項作戰計劃堪稱氣勢宏偉。如此富於緻密構想力的作戰計畫，家康方面是沒有的。

家康只是將麾下的豐臣家諸將像獵犬般驅往西部，不知何故，自己卻不離開江戶。他的直屬軍隊也見不到離別關東的跡象。

（福島正則等獵犬們，果真是自己人嗎？）

家康好像還思前想後懷疑著。

（中卷完）

日本館・潮 J0248

關原之戰（中）

作者……司馬遼太郎
譯者……劉立善
主編……吳倩怡
特約編輯……洪維揚・梅子
行政編輯……高竹馨
美術編輯……吉松薛爾
封面繪圖……林繪

發行人……王榮文
出版發行……遠流出版事業股份有限公司
100 台北市南昌路二段八十一號六樓
電話……(02) 2392-6899
傳真……(02) 2392-6658
郵政劃撥……0189456-1
著作權顧問……蕭雄淋律師
初版一刷……二〇一一年十二月十五日
初版八刷……二〇二二年三月一日

ISBN 978-957-32-6908-3

國家圖書館出版品預行編目（CIP）資料

關原之戰 / 司馬遼太郎著 ; 劉立善譯. — 初版.
— 臺北市 : 遠流, 2011.10-
冊 ; 公分. —（日本館.歷史潮 ; J0248）
ISBN 978-957-32-6860-4（上冊 : 平裝）
ISBN 978-957-32-6908-3（中冊 : 平裝）

861.57 100018656

遠流博識網
http://www.ylib.com
www.ebook.com.tw
e-mail: ylib@ylib.com